醉瑞安

风起江南

陆春祥／主编

林娜 著

文汇出版社

图书在版编目（CIP）数据

醉瑞安／林娜著. —上海：文汇出版社，2024.3
ISBN 978-7-5496-4206-9

Ⅰ.①醉… Ⅱ.①林… Ⅲ.①散文集−中国−当代
Ⅳ.①I267

中国国家版本馆 CIP 数据核字（2024）第 054108 号

醉瑞安

著　者／林　娜
责任编辑／熊　勇

出版发行／**文匯**出版社
　　　　　上海市威海路 755 号
　　　　　（邮政编码 200041）
经　　销／全国新华书店
印刷装订／四川科德彩色数码科技有限公司
版　　次／2024 年 3 月第 1 版
印　　次／2024 年 3 月第 1 次印刷
开　　本／880×1230　1/32
字　　数／260 千
印　　张／9.625

ISBN 978-7-5496-4206-9
定　　价／58.00 元

风起江南系列第三季总序

我们将整个世界视为自己的花园

陆春祥

1

这里是富春江畔、寨基山下的富春庄，地图上却没有。进大门，过照壁转弯，上三个台阶，两边各一个小花岛，以罗汉松为主人翁，佛甲草镶岛边，杂以月季、杜鹃、丁香、朱顶红、六月雪等，边上，就是一面数十平方的手模铜墙。

墙上方主标题为：我们将整个世界视为自己的花园。

小说家，诗人，散文家，报告文学作家，文学评论家，这些作家，有的已入耄耋，有的则刚过不惑，手模有大有小，按得有浅有深。经常有参观者这样对我说：看这位作家的手模，手指关节硬，粗大有力，应该是工人或者农民出身；看那位作家的手模，手指细小，浅纹单薄，应该是个没有劳动过的知识分子。我往往惊叹，谁说不是呢，手模不就是作家的人生嘛。五十五位作家的铜手模，在正午的阳光下，会发出耀眼的光芒，看模糊了，再看，那些手模，竟然纷繁如灿烂的花朵一样。

所有的优秀写作者，不都是将整个世界视为自己的花园吗？

话说回来，既然是花园了，那还不得草木茂盛？

现在富春庄，建筑面积一千多平方，花园也有一千多平方。植物是花园的主角。它们就像挤挤挨挨的人群，只是默默无语罢了。除前面提到的一些外，还有山茶花、红花继木、榔榆、海棠、红梅、鸡爪槭、枸骨、竹子、青艾、芍药、六道木、菖蒲等。比如我住的A幢旁边计有：海桐、枸骨等灌木，月季花，杜鹃，墙角的溲疏、绣球花、萱草，一棵大杨梅树，萼距花，菊花，迷迭香，南天竹，石竹，黄金菊，水鬼蕉，朱蕉等，林林总总，竟然有百余种。如果有时间，真的很想写一本《富春庄植物志》，我眼中，它们都是山野的孩子。

春夏季节，草木们似乎都在比赛，赛它们的各种身姿。那些花们，熬过秋冬，在春天争艳的劲头，绝对超过小姑娘们春天赛美时与别人的暗中较劲，而四季常青的雪松、冬青、枸骨们，则显得极为冷静，它们就如村中那些见惯世面的长者，默默地看着身边的幼稚，时而会抚须微笑一下。时光慢慢入秋，前院后院那些鸡爪槭，我叫它们枫树，则逐渐显现出它们无限的秋意，细碎的红，犹如一把把大伞撑开，那些春季里曾开出过傲慢花朵的低矮植物，此时都被完全遮蔽。其实，鸡爪槭们春天绽放出铜钱般的细叶，也令我无限欢喜。

无论是花的热烈、浓香，抑或是树的成熟、伟岸，草木们其实都寂然无声，有时经过树下，一张叶子会轻轻搭上你的肩头，那也是悄无声息的。不过，我眼中，每一种植物，都有蓬勃与盎然的生命，它们既是我的陪伴者，也是我的观察对象，我知道，它们都有独特的生命演化史，也有自己的生存与交流语言，虽非常隐晦，或许人类根本观察不到，我却认为一定是意味深长的。

淳熙十一年秋，退休后的陆游在家乡山阴满地跑，那些与他相视而笑的植物，不少被他收入诗囊中。比如《剑南诗稿》卷十六的《山园草木四绝句》，紫薇（钟鼓楼前宫样花，谁令流落到天涯），黄蜀葵（开时闲淡敛时愁），拒霜（木芙蓉，何事独蒙青女力，墙头催放数苞红），蓼花（数枝红蓼醉清秋）。一路行，一路观，借植物既抒感情，也言志向，信手拈来。

今日清晨，经过小门边，忽然发现，围墙上的月季太张扬了，花朵怒放，铺天盖地，想霸占周围的一切领地，立即戴上手套，收拾它一下，我只是想让被遮盖的绣球花们，呼吸顺畅一些。我希望庄里的植物们，与天与地与伙伴，都能默契，共生共长。

2

我们将整个世界视为自己的花园。

这个标题中有三个关键词。

"我们"。是主角，是观察的人，是写文章的人，但仅仅是我们吗？

"我们"还是"他们""你们"。"他们""你们"，是没写文章的绝大多数，是阅读者，是倾听者，是家人，是朋友，"他们""你们"构成了这个社会的主体，而"我们"，只是极少数表达者。

"我们"还是"它们"。"它们"，是动物，天上飞的，地上跑的，水中游的，脊椎，无脊椎，形形色色；是植物，有种子的，无种子的，种子有果皮包被的，无果皮包被的，有茎叶，无茎叶，一片子叶，两片子叶，有根的，无根的，琳琅满目。"它们"以自己的方式交流、对话、思考，"我们"观察"它们"，"它们"也同样与"我们"对视。"我们"与"它们"同属一个星球，同享一个太阳，共照一个月亮，"我们"与"它们"，其实在同一现场。1789 年，英国博物学家吉尔伯特·怀特在《塞尔彭自然史》中这样说：鸟类的语言非常古老，而且，就像其他古老的说话方式一样，也非常隐晦。言辞不多，却意味深长。

"整个世界"。是重要的辅助，是"我们"的观察对象。世界之大，无奇不有，写作者要寻找的就是这个"奇"字，"奇"乃不一样，奇特，奇异，怪异。奇人，奇事，奇景，总能让"我们"兴奋，激动，灵感爆发。

这个世界说大也大，说小也小，千变万化，"奇"也复杂，那些表面的"奇"，一般的人也能观察到，但优秀的探索者，往往能将十几层的掩盖掀翻，从而发现自己独特的"奇"。不奇处生奇，无奇处有奇，方是好奇、佳奇。

"自己的花园"。有花就会有园，你的，我的，他的，关键是"自己的"。一般的写作者，很难形成自己的花园，东一榔头西一棒，学样，跟风，别人家的花长得好，自己也去弄一盆，结果，东一盆，西一盆，南一盆，北一盆，表面看是花团锦簇，细细瞧却良莠不齐。

其实，植物的每一种生动，都有着各自别样的原因，个中甘苦，只有种植人自己知道。

契诃夫说世界上有大狗小狗，它们都用上帝赋予自己的声音叫唤。那么，"我们"，面对"整个世界"，就照着自己的内心写吧，脚踏实地去写，旁若无人地写，春种一粒粟，秋收万颗子，直到"自己的花园"鲜花怒放。

3

风再起江南，这个系列的第三季，又朵朵花开。

这数十位"我们"，皆将整个世界视为自己的花园。

"我们"是，王楚健，桑洛，林娜，陆咏梅，郑凌红，陆立群，陈羽茜，张梓蘅，张林忠，黄新亮，金坤发，金凤琴。

王楚健的《墨庄问素》，肆意行走，勉力挖掘，与山水互为知音，将草木与风景赋予精魂和魅力，并与深厚的人文精神相交融，写人，写事，写物，均古今勾连，字里行间蕴聚了灵性与内涵，文章蓬勃生动，气象万千。

桑洛《一院子的时光》《总有一缕阳光温暖你》，他一直在追逐着光，他的足迹遍及浙江大地、中国大地，甚至世界大地。人满世界飘，内心却沉静，文字也随之简洁、句式简短，散散的，疏疏的，干净朴素，思维随时跃动毫无拘束，行走时不断碰撞出的火花也不时闪现，思想的芦苇，时而摇曳。

林娜的《醉瑞安》，是一个游子的近乡情怯，亦是一个游子的乡愁总爆发，故乡的人事，故乡的风物，故乡的山水路桥，故乡的角角落落，故乡的任何一处，都会将她的激情点燃，继而汹涌澎湃。故乡即旷野，她在旷野上矫健奔跑。

陆咏梅的《今夜月色朦胧》，在深夜，细数家乡的菜园子，一页一页翻寻，一帧一帧浏览，幸而，已镌刻在心灵的图籍上。漂泊异乡的游子，能做的，就是翻寻昨日残存的记忆，刻下一个历史的模子，留给孩子。然后，修筑心灵的东篱，让童年的骊歌落下。

郑凌红的《红尘味道》，食物的讲义经久不散，不同的食物，就像人生的一面面镜子。青鲥的气质，可以作为清廉的美食代言人。它在岁月的历练与淘洗中，成了家乡味道的外溢，糅合了岁月和人间烟火的智慧，构成与天下食客人生轨迹交融的一部分。

陆立群的《不惑之光》，在一路的冥想中，走过了孩提、少年、青年、中年，所失与所得，都交还给了时间。记忆与现实，皆需要用脚步去抵达。人生的意义，是各自按审美织就的波斯地毯，季节会带来新的风景。只有那些剩余的梧桐，有着最深的记忆，时而繁盛，时而萧索。

陈羽茜的《壹见》，读小说，读诗歌，读散文，观影剧，看评论，作者博览群书，徜徉在文学的海洋中，肆意吸吮，天上地下，古今中外，人事物事，林林总总，就如一只辛勤的蜜蜂，繁采百花，进而酿出属于自己的蜜。大地上的炊烟，弥漫着经久不息的诗情。

张梓蕗的《无夏之年》，多棱镜般的世界，驳杂的人生，眼花缭乱的影像，羞涩的行走，温暖的过往，少年用她纯净而清澈的双眼观察社会、人生及她所遇到的一切，她在阅读中寻找自己的快乐，她在表达中呈现稚嫩中的成熟，优美与识见如旭日般升起。

张林忠的《杭州唯有金农好》，作者横跨书法、评论、作家三界，将"扬州八怪"核心人物金农作了多角度全方位的探索。金农的人生、学问、艺术根基，寻求仕途的渴望，终无所遇，却在另一个王国里创造了自己的辉煌。一个立体的金农，栩栩如生地伫立在我们眼前。

黄新亮《心中的放马洲》，故乡的风物与山水，一物一事，一草一木，皆心心念念。领悟百味人生，玩赏沿途风景，畅游浩繁书海，质朴的表达，真挚的感情。在大地上不断寻找，于细微处探微求知，白云悠悠，满山青翠，富春江正碧波荡漾，春正好！

金坤发的《会站立的水》，在不经意的小小遭遇里，水并不单是谦虚的化身，它还充满着神奇与积极向上的进取精神。只有当它融入另一种生命，它才能让万物苏醒，让垂危的生命出现转机。它在每个生命背后都默默地站立与护佑，世界因此处处万紫千红，生机勃勃。

金凤琴的《唱给春风听》，酸甜苦辣，喜怒忧恐，像极了音乐中的七个音阶，生活中的零零碎碎丝丝缕缕，其实是可以谱成一首首声情悦耳小曲的。所有过往，皆为序章，时光，情愫，心态，温馨的，忧伤的，细细的，淡淡的，一曲一曲，都悠悠地唱给春风听。

4

画作永远没有风景精彩，无论多么优秀的作家，都做不到百分百还原繁杂多姿的生活，写作就是一场漫长的修行。我们将整个世界视为自己的花园，梅花三万树，园中春深九里花。

癸卯腊月十八
富春庄

（序者为中国散文学会副会长、浙江省散文学会会长、鲁迅文学奖得主）

目 录
Contents

▽
▽
▽

chapter

01

▼

第一卷

故乡屐痕

醉瑞安 Zui Rui An

游子归乡

离开家乡瑞安负笈北上求学已经四十四年了。过去温州地区交通不便，咫尺天涯，我离开后回家乡的机会很少，在北京的时间已经是在瑞安时间的两倍，大有他乡即吾乡的感觉。直到瑞安交通大为改善，才偶尔回来，却从来不曾多逗留。去年因故留在瑞安，从而与瑞安日报发生了一段不了情。

我与瑞安日报初始的情缘源于 2014 年 6 月，我从福建出差途经瑞安。那是我几十年来第一次坐途经家乡的动车，当广播中响起瑞安站快要到了的时候，回想起当年离家求学时交通的艰难，我热泪盈眶，情不自禁地站起来，看着动车过飞云江大桥，天堑变通途，眼前仿佛又出现了当年瑞安轮渡码头长长的等待过江的车队，不禁心潮澎湃，泪湿衣襟。回京后，回忆起家乡的点点滴滴，在电脑上一挥而就，把稿投给了瑞安日报。2014 年 7 月 8 日，《家乡的桥搭在游子心中》见报。尽管我在北京发表过很多文章，可是第一次在家乡的报纸上发表文章，激动得有些不能自已。后来回到瑞安，即使只在我熟悉的老城区逗留，也能体会到家乡巨变，于是有了一篇《重识故乡》。此时，我还是一个来去匆匆的过客，与瑞安日报仅是一面之缘。

直到去年，本来是为夏天瑞安游泳馆两个月的早场而来，我却因故留在瑞安，我心安处即吾乡，就如瑞安话"生落处，住落处"，重归家乡仅仅半年多的时间，我逐渐习惯瑞安的生活，与瑞安日报也再续情缘。

故乡有一种神奇感，有童年天真无邪的生活，有父辈和祖先的故事。青春随时间逝去，时间把乳臭未干的游子变成了深怀乡愁的中年人。入世越深，越怀念儿时的率真与无忧无虑；离昨天越远，越清楚时光不会倒流，能留住的是记忆。过去的时光被故乡、故里、故居、故人收藏着，等着游子回来叩问。走在瑞安老城区，处处触景生情。我每天在外滩散步，感叹瑞安的变化，于是瑞安日报上有了我的《瑞安最美的路》《消失的竹巷》以及《渐行渐远的横街》。清明节怀念瑞中吴引一老师，就有了《在你的墓碑前放一束红玫瑰》，怀念父母便有了几篇纪念父母和舅舅的文章。感叹谋生不易，有了《大婶面摊》和《博士妈的水果摊》。作为一枚资深吃货，自然少不了《小城小吃皆美味》和瓯柑篇，等等。这些文章不仅引发了瑞安本地人的共鸣，也勾起了国内各处甚至海外游子的回忆。这要归功于瑞安融媒体中心的APP，网络拉近了距离。经常有人在网上对文章内容加以讨论。我的文章刊登在《学习强国》浙江学习平台和温州学习平台，更多的人看到了我的乡愁，听到了我心中的思乡曲。

游子归乡，犹如一条洄游的鲑鱼，闯出去了，却发现故乡情结依然萦绕于心。从乡愁的标签到重新发现，游子是一粒披挂乡愁和怀旧情结的内在蓬勃的种子，遇到故土就会发芽、开枝散叶。写故乡是在某个时刻回望时，触景生情，时时刻刻拨动心弦。于是，瑞安日报上有了我回忆十八虚岁的《初为人师》。在瑞安，走在曾经熟悉而今陌生的地方，我脑海中不断闪现故去的点点滴滴。去年下半年在瑞安，是我写故乡怀旧文章的高产期，文章也引起了很多共鸣。

偶尔遇到老邻居、亲朋好友和瑞中校友，他们都会问：某某文章的作者是你吗？

编辑们给了我很大的鼓励，从素昧平生到可以交心。素未谋面的贾洁楠、季瑞芳，偶然才得以一见的谢瑶，都是既熟悉又陌生的朋友，感谢她们的信任。乡愁是扎在游子心中的一根刺，触及过去，心会隐隐作痛。陈良和编辑劝慰我说：通过一次次写作，跟过去和解，跟自己和解，跟父母和解。理解、尊重和沟通，是作者和编辑友谊的基石。当然，瑞安日报的稿酬发放得非常及时，瓜子虽小是人心，可以供我在咖啡馆买杯咖啡、点个甜点，边享受边构思下一篇文章。乐不思京，君问归期未有期。

纸短情长，如果说我与瑞安日报的情缘始于《家乡的桥搭在游子心中》，那么，今天我与瑞安日报的情缘将因为它为游子与家乡之间搭起了文字桥而绵延不断。

回不去的故乡

来回三日，匆匆故乡行。这三日，过去只够单程路途，如今三日已经足够访亲问友。只是，故乡，已然不是心中的故乡。

没有了翘首以盼的亲人，回去毫无意义。大门台和老房子被拆，没有了驻足留恋之地。八角桥没桥，后河街没有河，马西桥旁是臭水沟，瑞安中学已迁址，玉海中学四个字取代了魂牵梦萦的瑞安中学。

同行的二表弟，唐山生，唐山长，从未去过老家瑞安。在陌生的被他父亲念念不忘的故乡，那个他填表时写的籍贯瑞安，连他父亲出生的老房子都没见着，还叫什么故乡，叫什么老家？

舅妈说，本来想在八月份，等大表弟的孩子高考录取后，让他们代表年迈的舅舅和舅妈回老家一趟。我觉得没什么意义。回到一个他们全然陌生的地方，还不如带孩子去别处旅游一趟。舅妈说："你不理解老一辈的心思！"

我怎么不理解老一辈的心思？人生苦短，如今，我已经成为老一辈。我的孩子，在北京生北京长，依稀还记得幼时回去外婆在大门台老房子里藏着好吃的东西给她。其他，毫无概念。如今，大门台老房子拆了，外公外婆仙逝多年，我的故乡，对她还有什么意义呢？更何况，表弟们从没有去过那个陌生的地方，如今即使回去，见到的也都是全然陌生、没有联系的表姐妹表哥弟，那种客气，那种不自在。不理解的应该是老一辈吧？舅舅刻骨铭心的家乡，对于生在河北长在河北的表弟不过是口头上的故乡、户口本上的籍贯而已。所谓回故乡也不过是遂了老一辈的心愿，如果让他们选择，会选择回父亲的故乡还是出国旅游？

只有我这种土生土长而后远离故乡的人，故乡才是货真价实的，也正是如此，故乡是回不去的。这并非指物理距离，短短两个半小时的飞机航程，取代了过去的汽车、海轮加火车的三天颠簸路程。但是，真正的故乡，心中的故乡，是回不去的。

黄永玉说："天下故乡各不相同！各人有各人的故乡，各人有各人甜蜜的回忆，那些小生活、小角落，永远永远不会再回来的'故乡'！"

于我，回不去的故乡，是扎在心头的一根刺，永远无法拔出。

重识故乡

说起老家瑞安，我的口头禅是：腚一样大的地方。因为我离开家乡瑞安时，它还只有一条东西朝向的所谓"大街"，没有公交车。不久前，分别几十年的初中同学聚会，我的口头禅又脱口而出，结果话音未落，有个同学应声而起：腚一样大的地方，点蜡烛也要三根才能摸遍。这句双关语引起了同学们的哄堂大笑。是呀，瑞安，不再是过去的瑞安，早已今非昔比，我已经完全不认识她的新面貌了。

回瑞安，我喜欢住老城区，因为在新区，我不辨东西南北。一天晚饭后，我坐三轮车回温商大酒店，车夫拉我进入一条胡同，我有点害怕，大叫：拉大街上去，拉大街上去！车夫不耐烦地说："这不是大街吗？"原来这是大街的东门。是呀，过去的大街已经衰落，与新大道相比，狭窄得像是胡同。

晚饭后，大家提议去体育馆锻炼，原来瑞安也已经有了高大上的群众娱乐场所，还有游泳馆，而且还有出租与北京一样的公共自行车。且不说宽敞的大道和安阳新区等，还有贯通全瑞安的公交车。去温州南站坐高铁，竟然经过陶山，在我的印象中，过去去陶山，应该是从瑞安的西门坐长途车的，对新瑞安，我已经完全没有了方向感。

　　在瑞安，无论是清晨在西山环山一周后，站在瑞安烈士墓远眺晨曦中的隆山塔，还是站在温商大酒店的房间里注视夕阳下的万松山，或是走在路上看四周远方的青山。这次给我的印象是，原来新瑞安是长在群山之中。过去的旧瑞安低矮破旧，现在的新瑞安长大了，舒展了，一下子可以看见四周的群山了。

　　从北京回瑞安办点事，妹妹开车，跑了几个有关单位，几天之内把有关手续补齐。我问妹妹："这一天开了有几十公里吧？"妹妹笑了，从上午九点开到下午，才几十公里？

　　现在正值群众路线教育实践活动期间，妹妹说："我们老百姓别的感觉不到，至少觉得到机关办事方便多了，态度也好多了，过去出来办事，要是不懂，被办事人员像骂孙子一样训斥，现在处处是笑脸。"

　　俗话说，士别三日当刮目相看，更何况阔别故乡三十年呢！

走　归

看君已是无家客，犹是逢人说故乡。

自负笈北上，离开家乡已经四十多年了。对于故乡，没有不怀念的。父母归西之后，乡愁已经成为扎在心头的刺，去不掉拔不出，只要触及就会隐隐作痛。曾经在温商大酒店住过一个月，俯瞰万家灯火，却没有一盏灯为我点亮。那就为自己点亮一盏心灯吧。我把父母的老房子简单装修一下，权当临时周转房。不料到底如瑞安话所言，"生落处，住落处"，落叶归根。

回归故里，始于买一张瑞安公交卡。那年回来，手机支付尚未开始。一张实名制的公交卡，让我重新对瑞安有了认同感：我是瑞安的一员。2022 年在瑞安时，民警通知我去办理了瑞安暂住证。我已经参加两年瑞安的免费体检了。第一次接到瑞安玉海卫生院阮医生的电话，通知我去免费体检时，我误以为是诈骗信息。他说去原工人医院，现在的玉海卫生院，在八角桥。我印象中的工人医院还是在水心街的小巷，却不知那条小巷早已拆迁。正如瑞安作协王键主席所言，我心中的瑞安还是四十年前的瑞安。等我慢慢熟悉瑞安时，玉海卫生院已经搬到外滩——原中医院地址。疫情期间，我去那儿打疫苗测核酸，看见玉海卫生院公众号上很多有关健康的活动，体会到这是一家有温度有态度的医院。

在温州龙湾挂职的师弟，带我们参观了新温州新龙湾。虽然儿时寒暑假都坐小火轮沿塘河到温州小南门，住在广场路，但是这次却颇有些刘姥姥进大观园的感觉，感慨之余写了一篇《龙湾山水满春色》，适逢 2022 年龙湾在全国开展非虚构散文罗峰奖征文，获得了优秀奖。这是家乡敞开她温暖的怀抱，拥我入怀，欢迎游子回家的方式。

冯骥才先生曾在《灵魂的巢》一文里写道："对于一些作家，故乡只属于自己的童年；它是自己生命的巢，生命在那里诞生；一旦长大后羽毛丰满，它就远走高飞。"而后他又在《我的一个奇迹》中谈道："大部分作家至迟到了青年时代就背井离乡了。他们外出求学，或谋生闯荡，大多是在经多磨难，对社会人生深有感悟，才拿起笔来成为作家。"我，就是冯骥才笔下的游子。

没有离开故土，就产生不了故乡的概念。只有在远离家乡后，重新审视故乡故土，才会逐渐发现其中的牵挂和羁绊，故乡是一种心结。游子归乡而写作，犹如一条洄游的鲑鱼。闯出去了，走出去了，到最后却发现故乡情结萦绕于心。写故乡，是无数游子在某个时刻回望时，触动的念念不忘、生根发芽的种子。离开故乡再回眸，笔下故乡绝不同于未曾离开的当地作者所写。当地作者有着深厚的积累和底蕴，而我只能另辟蹊径。玉海杂志的余盛强老师说，出故乡再写故乡，我的视野与众不同。冯骥才说过："故乡有一种神奇感。你的父辈甚至祖先的故事都在那里。再有，便是童年天真无邪的生活。等到我们入世越深，就会越怀念自己儿时的率真与无忧无虑；我们离昨天越远，越清楚无法再回到过去。然而，昨天的时光被故乡、故里、故居、故人收藏着；它们的保存方式是无言的、缄默的、含而不露的，等着你去叩问。"

人生苦短，永远不远。青春随时间逝去，无可挽回，能留住的，是记忆，而记忆中最垫底的，是故乡和童年。时间把游子变成了深怀乡愁的中年人。走过了万水千山，其文字里不会有矫情的"淡淡的哀愁"。

退休回乡，我反而实现了儿时的作家梦，申请加入了瑞安作协。高考之时，我的志愿是学中文，结果阴错阳差学了会计，成为高级会计师归来。历经万水千山，归来仍不忘初心。如今不为谋生而写作，心灵更加自由。

乡音未改鬓毛衰，在瑞安人听来，我的普通话已经带有北方口音，但是远在北京的女儿，听到我接受瑞安电视台采访时说的普通话和其他瑞安人说的普通话时，她说，你们的口音一模一样，乡音未改，乡音未改呀！普通话和英语让游子走向远方，而家乡话却帮助游子找到回家的路。

青山旧路在，白首醉还乡。抚流光，听乡音，我仿佛听到了故乡故土在用瑞安话呼唤我：嗨，走归！

书　缘

听闻家乡在搞"书香瑞安"活动，甚是喜悦。这是一项很好的活动，孩子们无论将来学文学理，阅读都是基础，而对于成人，阅读也是终生学习的必要技能。

书香瑞安，令我想起了与书籍的不解之缘。

在没有网购、没有电子阅读的时代，只要我路过北京西单和王府井，仿佛有一根无形的线要把我拉去图书大厦。身为职业妇女兼家庭主妇，每天疲于奔命，几乎忘记了自己的存在。在图书大厦和图书馆，书，又唤醒了深藏于我内心的精神需求。畅游于书的海洋中，平日的劳累、不快、名利的得失，此时烟消云散。整整一天，我毫无目的地逛着、翻着，不知饥渴。望着大厅里熙熙攘攘的人群，尤其是年轻人和孩子，真是感慨万分，有书读是多么愉快的事。我不禁想起自己那个找书读的年代。

"文革"时，外公不得不销毁他的丰富藏书。那些书被一本本撕掉，然后付之一炬。当时家里还用柴火烧饭，这些书被用来当引火柴。那段时间，我主动要求烧火，天天坐在炉灶前，看那些撕得没头没脑的小说。我一页页地拼着，囫囵吞枣地读，不是忘了添火，就是把书送到火里时烫了手。茹志鹃的《高高的白杨树》，就是那时读的。有一篇描写威海卫的散文，那爱国的激情跃然纸上，看得我热血沸腾。那时看过的许多故事、小说至今没忘，可就是不知其名或文章作者。

当时在批判《海瑞罢官》《燕山夜话》《李慧娘》等，这些杂七杂八的书成为我的读书索引，不然年幼的我真不知道该看什么。通过从母亲单位拿来糊墙的报纸上的批判文章，通过想象，在脑海里拼凑出一个个栩栩如生的故事，遗憾的是，不可能读到故事原文。外公那些劫后余生的唐诗成为我的故事书。半懂不懂地读着《长恨歌》《卖炭翁》，靠后面的注释才能在脑海里形成一个个美丽而凄凉的完整故事。谁家有《林海雪原》《红日》等，我恨不得赖在他家不走。别人看书，我总是站在背后看，因为读得快，常常情不自禁地伸手去翻页，经常惹得书的主人厌烦了，便让我拿回家先睹为快。此时我便如逢大赦，一溜烟地跑回家。然后任凭母亲千呼万唤，我不吃不喝不干家务，木头人般"钉"在椅子上看书，以便能在下午及时还上午借的书。我不仅还书及时，还经常把书包了书皮再还，因此我保持着良好的信誉，大家都乐于借书给我。母亲去开会或加班的晚上，便是我自由读书的时间，可是我必须做好准备，院子大门一响，马上把书压在身下装睡。如果真是母亲回来，我这晚上只好躺在书上睡觉了。我高中毕业到飞云江南岸一个乡村小学当代课老师时，一位老教师借给我一本《聊斋志异》，当时的欣喜难以言表。乡村的夜晚，在煤油灯摇曳的火苗下，17岁的我夜读聊斋，又怕又爱，生怕与善良的女鬼、美丽的狐仙不期而遇。

《现代汉语词典》出版时，我立即去买了一本。6元钱已是我工资的三分之一，工厂的同事都笑话我这个书迷。直至上大学，书也并不十分丰富。英语老师知道我想补习英语，借给我一本教科书，我才有练习题可做。等拿到樊映川编的数学练习题和钱歌川的英语语法书，真是如获至宝。在人民大学念研究生时，书的挑选余地大了，可是钱就捉襟见肘了。曾经在一个月末，我在校园地摊见到了一本心仪已久的书。不过区区 5 元钱，难倒天之骄子。身无分文的我见到一位在那里团团转的男生，原来他想向我借钱买那本书。我希望他去借钱时多借 5 元，他还指望我能去多借 5 元。我与这本心仪已久的书终于擦肩而过。毕业留京工作后，在原王府井外文书店，当我看见一个学生掂量着两本书，拿起又放下时，我仿佛看见了当年的我——只有一本书的钱，可又想买两本。于是，我冒昧地提出为他付一本书钱。他出于自尊，没有接受我的好意。其实，有钱固然好，囊中羞涩也并不丢人，钱袋充盈而知识贫瘠，处处露怯才丢人。

如今出版的图书汗牛充栋，网上阅读方便无比，但是能够静下心来阅读的人越来越少了。家长们宁愿花钱送孩子去作文培训班，也不给孩子留出阅读的时间。岂不知，磨刀不误砍柴工，阅读才是作文的起点。所以我举双手赞成"书香瑞安"活动。养成阅读习惯，终生受益。

飞云渡

从北京回到瑞安，我就迫不及待地去看梦萦魂牵的飞云江。

陆游诗《过瑞安江》：俯仰两青空，舟行明镜中。蓬莱定不远，正要一帆风。彼时，飞云江还叫瑞安江。猜测他应该在上游，有清澈之水。到飞云渡，江水已经浑浊发黄，浪潮滚滚。

飞云江是瑞安的母亲河，自西向东蜿蜒而行，是浙江省第四大河、温州市第二大河。其名字随着瑞安的县名变迁有过几次更改，据说是在唐天复三年（903），在安固县改名瑞安县的次年，定名为飞云江，并一直沿用至今。所以在我记事起，它就一直是飞云江。

一条飞云江将瑞安分隔成南北两岸，现在的飞云街道我们过去叫隔岸，我父亲是从隔岸的一个叫仙降的地方参加革命，走向抗日战场、参加解放战争，又走向朝鲜战场参加抗美援朝。回国后，他先是留在城里供销社工作，又被派到隔岸的供销社工作多年。而我的奶奶、叔叔、姑姑都在仙降务农。我高中毕业后去隔岸一个叫屿头的地方当代课老师。所以我们来来回回都要坐飞云渡的船才能回家。

飞云江渡船自古就有，据说正式的渡口创设于南宋时期，初始由私人提供舢板摆渡。到了元、明、清时期由官绅多次改为官渡或义渡，但依然都是以舢板渡客。光绪三十一年（1905）八月九日，飞云江渡口因管理废弛，致渡船失事，溺死 13 人。惨剧发生后，瑞安慈善家吴之翰挺身而出，组织"飞云江义渡改良会"，自任会长，革除弊端，重订章程，规定每年考选渡夫，检查修理渡船，并捐资新建南岸民渡码道和北岸待渡亭，多管齐下，一举改变了飞云江渡口的安全状态，利乡利民。百余年后，我同学的丈夫、吴之翰的嫡孙吴卓进以他和我同学两口子的名字设立卓美慈善基金，捐赠以千万之巨，慈善精神代代传。

1915 年，由项湘藻创办的瑞安通济轮船公司引进了汽轮并将其用于飞云渡，结束了长期来靠人力摆渡的历史，开创了动力渡轮的新纪元。飞云渡票是一头尖尖细长的竹签。飞云渡从创办伊始，就是用竹签代票。这是时任通济轮船公司经理沈公哲所创。沈公哲是项湘藻的女婿，曾留学日本。他见坐渡船的大多是飞云江南岸进城贩卖农产品或是购物的农民，坐船时肩挑背扛手提，携带大量农副产品，腾不出手拿纸票。刮风下雨，纸票或被风吹走或被雨淋湿而破碎。当年飞云渡是浙南的交通要道，是温瑞通往南岸的平阳、泰顺及福建的唯一通道，每天的客流量很大，印制票券也是一笔成本开支。沈公哲受码头的搬运工人计件时使用竹签的启发，用竹签当船票，延续至今。

每次过江，拿着售签处买的竹签，上船之前在入口处往收签的大竹筐中随手一扔，随着当一声清脆的声音，收签人头也不抬便知你已买票。售签处和收签处，每天整理对账，把这些竹签一百一捆扎好，第二天重复使用。随着城市发展，很多东西都消失了，竹签票传统却保持了下来。

在我 1979 年离开瑞安去上大学前，飞云渡的签钱是三分钱。那时三分钱加半两粮票可以买个小烧饼。飞云渡有两个相隔不远的码头，一个是汽车轮渡，一个是渡人码头。渡人的船是由轮机船头带一条露天的木船，过江者都是站着，可能旁边还有鸡笼。下雨天穿着蓑衣的老农和我们这些带着油纸伞的姑娘们挤在一起，我见过我叔叔从仙降进城时穿着蓑衣的样子。我在屿头结束我的代课生涯时，我的学生走了将近一小时的路送我到隔岸渡船码头。我上船后，哭着喊着让他们回去路上小心，他们在岸上哭着喊着叫着老师，随着船开身影越来越小。船快到岸了，船工隔着老远把一根粗绳子扔到岸上铁环上套住，然后渡船慢慢靠拢。上岸或下船的斜坡距离随着涨潮落潮而定。每次走在斜坡上，都会感叹人类的智慧，简而不陋的飞云渡口。

往东一点，就是汽车轮渡码头，长长的坡道，迎来宽敞的大平板般的渡船，旁边的两翼随着船靠拢或离开可以升降，汽车可以直接开到船上。飞云渡是温瑞连接平阳等地的交通枢纽，尤其是七十年代中后期，温州地区率先搞活经济，是小商品生产和集散地，运输车辆来来往往非常繁忙，汽车轮渡承载能力完全不能负担如此多的大货车过江。等待的货车排起了长长的队，最紧张的时候居然排了一公里多，甚至堵到了莘塍，排两三天的都有。那时市场上还没有桶装泡面，货车司机饥寒交迫。我一个同学承包的门市部就在附近，几个人就在单位门口支起了面摊，将很简单的热汤面递到司机手上。面对五元一碗的面条，司机再三说谢谢，而同学几个人也赚钱了，双赢。

飞云渡也是看天开船，瑞安多台风，尤其是夏天，天有不测风云。每当台风天，渡船就早早根据天气预报停开。当时隔岸农村医疗条件不好，重病患者必须送到瑞安县人民医院。若渡船停开，完全是听天由命。

时隔四十四年，当我回到家乡瑞安，汽车轮渡已消失，我从飞云渡出来喜欢穿过的拱形城墙，已经在20世纪90年代拆了，留在了中老年人的记忆深处。1989年1月，飞云江上第一座大桥——飞云江大桥通车，渡口原来的汽车轮渡就完成了它的历史使命。现在取而代之的是飞云江上五座大桥，宏伟壮丽。通往动车站的公交车在五桥上呼啸而过。东边飞云江大桥（一桥）夜间金黄色灯光倒映在飞云江中，飞云江化身为金色的池塘。西边白天是湛蓝色的五桥，晚上彩色灯光熠熠生辉。飞云江上还在建造永宁大桥，从温州延伸而来的轻轨S3将把飞云江两岸进一步连接起来，天堑变通途。

尽管飞云江上已经有了五座桥，飞云轮渡依然还在，渡人的轮船至今依然还在江上往来，像披着蓑衣的老人，勤勤恳恳为行人撑船。原来位于南门旧址飞云渡口于20世纪90年代被拆除，新渡口往西迁移了一点，抬头可见西山上国旗馆上那幅硕大的国旗。对面是著名的小马道茶亭，瑞安最早的免费茯茶亭，是当地百姓的慈善之举，与飞云渡有着千丝万缕的关系。飞云渡来来往往的贩夫走卒，肩挑背扛手提，免费茯茶夏日可一解口渴，冬日可驱寒冷，小马道茶亭应运而生。现在遗留的小马道茶亭，是1995年小马道老人捐资在原址重建的。

沿江的路拓宽加长，起了滨江大道的名字，开通了公交车，有一站就叫飞云渡。渡船已经鸟枪换炮，可以为过江者遮风避雨。隔岸已经成为瑞安城市的一部分，变成了飞云街道。虽然坐船的人越来越少，飞云街道建造了不少新房子，不赶时间的人坐船还是方便。对岸新开发的新外滩，几幢大楼拔地而起，新的摩天轮被称为瑞安之眼的霓虹灯不停变换着颜色，打出"我爱瑞安"的彩色字样。还有不少瑞安人会来这里寻找往日的记忆，甚至有些年轻父母会带着孩子来这里体验坐船，这也许就是瑞安人的怀旧情结吧。

我也不例外，回到瑞安，在外滩散步看见飞云渡，立刻过去买票。票钱是两元钱，有趣的是现在的小烧饼价格也是同步，也卖两元。令人诧异的还是竹签当票，承载着一个多世纪的竹签，拿在手里感觉沉甸甸的。从我儿时一直用到现在的一头尖的竹签，就像是养了多年的玉，有了包浆。手里拿着竹签，仿佛回到了童年，还是熟悉的大箩筐，我把竹签扔在箩筐，当的一声，还是那熟悉的声音。真想捡起来再扔一次，却不敢造次。船到隔岸，我没有上岸，原船回转。飞云江水无穷，蓝天白云缥缈。无风时水波不兴江天浩渺，起风时浪拍船舷涛声阵阵。飞云江上云飞渡，有时候像大鹏展翅扑面而来，有时候像棉花朵朵，近得仿佛伸手便可抓一把下来。飞云江暮色动人心魄，落日余晖中再现了古诗中的"一道残阳铺水中，半江瑟瑟半江红"的景象。两元钱看了个江景，走了怀旧之路。飞云渡不再繁华，如今的飞云渡每日客流量只有约2000人次，已成为时代进步与城市变迁的见证者。但是每日发船的汽笛声会照常响起，仿佛在招呼游子：嗨，走归！

我答：飞云江，母亲河，我回来了！

海之味

　　去瑞安体育馆游泳回来，路过瑞安人民医院门口，蓦地，一担垫箩（箩筐）映入了我眼帘，尤其是垫箩上一团绿油油的东西。我止住了脚步，定神一看：那不是久违了的海苔吗？

　　儿时大街上总有小贩挑着担，沿街叫着：卖苔，苔要不？垫箩的盖翻过来，放着卖的海苔，怕小孩子乱翻，底下才是满满的海苔。有人买，两分钱给扯一把，五分钱给扯一大把。今天垫箩依旧，只是物是人非，我已经不是过去那个什么零食都能往嘴里塞的人了。我犹豫了一下说，这几年都不买直接入口的东西了。那人说："你买了炒年糕呀！""哎呀，你是宁波人！"我脱口而出。我怎么知道？海苔炒年糕是宁波特色，我吃过一次多年不忘。他问我是哪儿人？我说我就是瑞安本地人，他却不信，我才想起来我的普通话已带有北方口音了。

　　这个卖海苔的宁波人，让我有他乡遇故知的感觉，源于我曾在宁波吃过一次海苔炒年糕，没齿不忘。那次独自从北京到宁波出差，住在月湖附近宾馆。在北京多年，不忘温州海鲜的我，离开宁波前的最后一顿午饭，必须是海鲜。我向宾馆前台打听，他们推荐了附近一家石浦海鲜，我步行前往。点了几个海鲜后，菜单上的海苔炒年糕唤醒了我儿时的味蕾。明知独自难饕餮，还是义无反顾地加了一个海苔炒年糕。那一盘海苔炒年糕一上来，已经全然诠释了什么叫翡翠白玉盘。绿油油的海苔，白糯糯的年糕，白绿相间，一清二白。夹一片裹着海苔的年糕片放在嘴里，齿颊留香。因为海苔的参与，原本没有滋味的年糕独具风味。一个人点菜，眼大肚子小。那一大盘年糕，也只略动了几筷子。我犹豫再三没舍得扔，就打包随身带上了飞机，这盘海苔炒年糕跟随我回到了北京。第二天在微波炉里一转，海苔香味飘出，我暗自庆幸把海的味道带回了北京。打那以后却再也没有见到过海苔，更别提吃到海苔炒年糕了。直到今天遇见卖海苔的宁波人，买了一点海苔。回程途经忠义街，见有卖湖岭的手工年糕，就手买了几条。一切都刚刚好，一切怀旧元素都扑面而来，我只须回家整理即可。

我把海苔垫箩的照片发在了高中同学群。我说不敢买直接入口的海苔，美丽的女班长马上说，可以炒海苔松，很好吃的。不擅长厨艺的我，不知道还可以炒海苔松。这也解开了我多年前的一个谜团，为什么在我们北龙岛劳动时，她收集很多鲜海苔晾起来带回家。高中时我们全班到北龙岛劳动了一周，任务是晒海带。种植的海带一根根都生长在一条粗绳子上，我们两个人一组，各拉绳子一头，走在崎岖的山路上，晾晒在地上。海带从海里拉上来时，有很多海苔纠缠在绳子上。女班长就收集了海苔，用海水荡去泥沙，下工后晾在房间里的绳子上。因为每天拖海带，每个人的裤子下半截都挂满了盐花，洗了不干。所以我们每天把裤子脱下来晾在绳子上，第二天继续穿。房间里各种下半截带着白花花盐碱的裤子和深绿色的湿漉漉的海苔构成了一种奇怪的景象。

我很爱吃海苔，但是不会走山路的我，晒海带时经常滑坐在地上，同学给我起的外号是"常倒"。我自顾不暇，哪有心思收集海苔。一天夜里，我和另外一个同学，也就是我们平时和女班长一起学习的三人组成员，半夜起来偷吃女班长晾的海苔。尝过之后，大失所望，完全没有挑担小贩卖的松松的香香的味道。湿海苔不好吃，必得太阳晒干才有香味。我俩百思不得其解，这么不好吃，她费心费力地收集起来要干吗？女班长比我们大两岁，生活能力比我们强。今天她说炒海苔松，我才恍然大悟。原生态的野生海苔带回家炒海苔松真是好办法。那时瑞安人都会炒黄鱼松，居然还有海苔松这种物美价廉的东西。这次我真后悔没有多买一些送她。

过去总是把大海的馈赠认为是理所当然。这次回来才慢慢了解，很多貌似不起眼的东西其实来之不易。且不说来瑞安挑担卖海苔的宁波小贩在瑞安如何度日，单纯了解采撷海苔的过程就令人泪目。立春前后的海苔质量最好，早春的海边寒气逼人，趁着潮水退去，苔农穿着高筒靴弯着腰，用手采集海涂上薄薄的海苔。若用耙子的话，附带的泥很多，很难洗干净。采集到的海苔要到深水区洗干净然后晾晒在绳子上。海苔采集，还让海上交通少了很多潜在的危害，可谓一举两得。

貌似山野菜的海苔，其实是海洋的产物，入口有大海的咸味，带着鱼的鲜味却没有腥味。它只不过是配角，却让食物主角滋味万千，提鲜又增色，可谓四两拨千斤。有人说：世间食物无非就是两种，一种是草木味，另外一种是荤腥味。而海苔恰恰两者兼而有之。海苔，是大海的馈赠，是地地道道的海之味。

芥菜饭香

离开家乡久了，对家乡有些习俗也渐渐淡忘了。老家朋友在微信上发了一张照片，这才提醒了我，二月二，是吃芥菜饭的日子。吃了芥菜饭，该是油菜花开的时候了。

当然，这是指老家瑞安。北方是没有这种习俗的。在北方，二月二，是龙抬头的日子，家家户户不是忙着吃点什么，而是去理发店排长队。春节前理的发，经过一个多月，该打理了。尤其是小孩子，再也不能对舅舅构成威胁了。北方俗语是：正月不剃头，剃头死舅舅。所以很多小孩会指着自己的头发，"要挟"自己的舅舅，给个大红包。因为计划生育政策，这些年，有舅舅的人越来越少，所以都很珍惜舅舅，不敢冒失，都等着二月二龙抬头才去理发。

二月二，瑞安的习俗是吃芥菜饭，食材有肉丁、香菇丁、香干丁等，其他的还有什么，我不记得了。虽然食材大同小异，但是各家做出的风味却不同，简单的食材也最考验主妇的烹调手艺。这一天，家家户户都会听到铲子碰铁锅的声音，不一会儿家家都会飘出芥菜饭的香味。儿时的芥菜饭只留在我的记忆中，渐渐地，我已经忘记了这个习俗，只记得正月不理发。

有一年春节后，我回到瑞安，妹妹说我头发长了去剪剪。我说过两天吧，正月不剪发。她还不知其然。到二月二我出门去剪发，却看到八角桥人声鼎沸，支起两个棚子，一群穿着红马甲的志愿者当街炉灶起火，炒菜做饭。旁边还有排队打饭的。凑近一看，这是炒芥菜饭，瑞安不是家家户户会做芥菜饭吗？当街起火这又是唱的哪一出？不过，多年没见过炒芥菜饭了，回到家乡父母均已过世，很多习俗我都已经渐渐忘却。于是，我有点小兴奋，围着志愿者问东问西，拿着手机这拍拍那拍拍，表现得完全是一个外乡人而不是本地人，一个志愿者拿了一个一次性的饭碗，要给我一碗芥菜饭。我急忙摇摇头说我是本地人。因为我一口北方味的普通话，还是被误会为外地人。志愿者告诉我，每逢节假日，都会有志愿者出来搞活动，为外地来的打工者免费发放，给外地打工者一份温暖。这次免费发放芥菜饭，不仅是玉海街道，其他几个街道也都有。

我在瑞安待了一段时间，发现富裕起来的瑞安人特别热衷于做慈善。好几个地方都有免费伏茶，也有人捐钱，有钱的出钱，有力的出力。在玉海广场和中医院门口，每天早晨环卫工都可以在慈善点领到免费的面包和牛奶。

这几年因为新冠肺炎疫情，瑞安各有关部门都出台了留工稳岗促生产的政策，既给了外地人温馨感，又有利于解决春节后复工招工难的问题，可谓双赢。仓廪实而知礼节，衣食足而知荣辱。富裕起来的瑞安人，在每一个节口都没有忘记为瑞安奉献力量。

芥菜饭香游子来，习俗和节日不仅仅属于老瑞安人，不仅仅是游子心头爱，也属于新瑞安人，属于瑞安的每一个建设者、奉献者。

回味番薯丝

周末的早晨，妹妹来电话说煮了一点番薯丝粥，给我送来点当早餐吧？什么好东西，值当从安阳新区送到老城区？

我是爱吃番薯的人，那也得是好的蜜薯，放在空气炸锅里烤出来，可以用"蜜里调油"这四个字来形容。或者是北方的冬日，走在大街上，见到用大铁桶烤红薯的大爷，就买一个烤红薯捧在手心，暖乎乎的，揭着红薯皮，把红薯往嘴里塞，烫得龇牙咧嘴。可是我好几个朋友，根本不吃红薯，说小时候吃得够够的，连提都不想提。

番薯好吃，番薯丝可是过去很多人的噩梦。番薯丝，虽然也是番薯晒干，可不同于番薯蒸熟切成片晒干的番薯干，后者是零食，番薯丝可是过去南方农村很多人家的主粮。因为番薯无法保存，所以农人都是把番薯刨成丝晒干，吃一年，以待来年新粮收成。

记得少年时期，城里用粮票买米，会搭配一点番薯丝或番薯丝粉。家里粮食不够吃，番薯丝决计不能浪费。所以家里煮米饭，会用一个碗扣住一点番薯丝。煮熟之后，把米饭和番薯丝用饭掌碾在一起。家里弟弟妹妹都不爱吃，所以基本是我这个老大和母亲吃。不过城里毕竟是搭配，所以吃番薯丝的日子还是少数。到了乡下我姑妈或叔叔家，却正好反过来。为了我这个从城里过来的亲戚，他们家是煮一大锅番薯丝，扣一碗米。煮熟了，就把那一碗米饭给我吃。由于一大锅番薯丝的水都渗到米饭里，米饭吃起来也是番薯丝的味道。

　　除了搭配番薯丝，还有搭配番薯丝粉，就是晒干的番薯丝磨成的粉。农村长期当主食，还不掺面粉，过去肚子里又没有油水，也是难以下咽。城里人掺点面粉做成窝窝头，偶尔吃一点还是不错的。初中时我们学习小组接了做忆苦饭的任务。我这个小组长也不知道什么叫忆苦饭，只能凭想象来做。听过红军吃野菜的故事，知道野菜是忆苦饭中少不了的，于是全组到郊区挖了一天的野菜。第二天拣掉老的野菜，留下嫩的。怕采到有毒的野菜，于是用水洗了又洗，却不知如果有毒，用水也是洗不掉的。番薯丝粉做的窝头已经不好吃，把野菜和红薯干粉混在一起应该更难吃。怕番薯丝粉有甜味，我们用橘子皮泡出的水来和红薯干粉，掺上野菜，做成窝窝头，蒸熟后送到学校，赶上忆苦会结束吃忆苦饭的时间。出乎意料的是，番薯丝窝窝头居然被一抢而光，有的同学竟然拿了好几个不撒手。全组两天的劳动成果不够分！我们目瞪口呆，这顿忆苦饭是彻底失败了。本希望同学手拿番薯丝窝窝头，难以下咽，接受教育，岂知变成了改善生活。我这个学习委员兼组长理所当然地受到了批评。

　　等我到北京读研甚至毕业工作时，虽然生活大有改善，但是粮票搭配还是继续着。我在北京，每个月是六斤米票，十几斤面票，加上几斤粗粮票。北方的粗粮不是南方的番薯丝，而是棒子面。我这个南方人问食堂师傅：怎么又是棒子面粥？师傅学着我的口音，拖长声：要是没有棒子面粥，就有人说怎么又没有棒子面粥。那时北京食堂的早餐，从来没有白米粥，就是白水煮鸡蛋、棒子面粥和馒头，鸡蛋还要票。那时单位食堂周日是吃两顿，上午十点一顿，下午四点一顿。北方的馒头就是货真价实的馒头，不是南方那种带馅的。我在读研时，吃不完的面票和粗粮票，会去找蹲守在人大西门的老太太换鸡蛋。

现在因为细粮吃多了，为了身体健康，所以番薯丝粥、棒子面粥都成了好东西。而我也随着几十年的北方生活，已经习惯吃棒子面粥和馒头。今天妹妹一碗番薯丝粥，唤醒了过去吃粗粮的记忆，也告诫我们要珍惜今天的好日子。

家乡的桥

　　这次回故乡，是从福建坐动车。当广播瑞安到了时，我这个游子的心海中荡起了涟漪。当年求学的路如此艰辛，如今家乡有了动车和飞机，地理距离越发短了，回家的心路却如此遥远。近乡情更怯！

　　记忆中的瑞安，不仅是鱼米之乡，还有东方威尼斯之美称。清清小河穿城而过，到仙降乡下亲戚家玩，表姐的公公亲自摇着船来接我，坐在小船里，手顺着船沿伸到潺潺流水中，欸乃一声山水绿。溪流中一块块大石头叫碇步，儿时不喜欢好好走路，喜欢从一块石头跳到另一块石头，跳跃着的是童趣。跟着表姐去捉鱼虾，一屁股坐在了溪中。青山绿水，啾啾鸟鸣，鱼游虾戏，仙降，本来就是仙人降临的地方。

　　河多，桥自然就多。随着小城的发展，填河成路，桥消失了，但留下了地名，还有一些河变成了路，桥却保留了下来，也变成了地名。

　　后河街八号是我家的大院子，即使因拆迁而消失，我也永远不会忘记。东边侧门出去是一条幽深的小巷，原来叫乞儿巷，后来根据发音改为康宁巷。窄得只容丁香姑娘一人撑伞的小巷，还留了一条排水沟。后院人家院子里有口水井，我可以去他家打水。我离开幼儿园去上学后，还时常被母亲打发到幼儿园后门洗带鱼、洗衣服。遇到幼儿园阿姨，会感叹岁月荏苒，她一手带大的小孩子都能独自来河边洗衣择菜了。瑞安的小马路小巷子实际上是弯弯小河的变迁，曲径通幽，即使后河街没了河变成了街，拐个弯也就看见幼儿园后门的那条河了。

我读书的瑞安一小有百年历史，在马家桥，从后河街走几分钟就到了。一小还有个分部，从马家桥往前走一点，就到了河西桥，桥旁边还有个绣花厂，冬天那些女工出来坐在桥边，边晒暖边绣花，小桥流水旁的绣花产品出口到五大洲四大洋。

创办于 1896 年、亦有百年历史的瑞安中学，曾坐落在河西桥畔，我在那里读的初中和高中。学生劳动在校园种了些菜和扁豆，浇水时打开学校北面矮围墙小门，直接从河里取水。顺着河西桥往东，走过第一桥就是河埠桥，然后就是中小学生春游首选目的地愚溪。河西桥的河水与愚溪流下来的清澈山水相通，源于山水，所以河西桥西边河水是瑞安自来水厂的水源，不允许洗东西，只有河西桥的东边才是百姓洗涤之处。

八角桥，客从八方来。母亲的单位五金交电公司的染料店在八角桥，那里曾是瑞安最繁华的地带。小时候，我与邻近的一位同学寒暑假都是在八角桥打临工包染料赚学费。不久前初中小学同学四十年后再相会，我与他津津乐道的就是八角桥的临时工生涯。除了附近的百货公司外，八角桥的西南侧是瑞安当时最大的邮电局，理发店坐落在八角桥的东南侧，对面的点心店叫八角饮楼，门帘虽看似不起眼，汤汤水水的点心却闻名遐迩，尤其是肉汤圆，很多人老远过来吃早餐。今年回去故地重游，感叹很多老人不在了，八角饮楼还在。老板娘却说：你下次来，它也不在了。原来拆迁在即。

我表面是循规蹈矩的好学生，历任班主任都没有发现我其实是个蔫坏的捣蛋鬼。我经常利用课间休息的几分钟带领同学们从马家桥的一小到八角桥的百货公司转一圈再回去上课。如果老老实实走大路，课间几分钟时间是不够的，于是我带领同学抄近路，从别人家的大院子里穿过去。这里有个奥妙，这户人家大院里有条木质廊桥，横跨河上，连接前后两个院子两条街道的廊桥，风雨无碍，推开窗户可以看见外面的流水。这个院子不对大众开放，当我雄赳赳气昂昂地进去，前院居民以为我找后院的人，从来不拦我。如果没有我带领，那些同学缩头缩脑，一进大门就被赶出来。从百货公司转一圈回校赶上课时，因为急急忙忙穿过廊桥，跑的时候能感觉到桥板在微微颤抖，经常被院子主人呵斥。回想起来，这座廊桥，应该是古建筑的精品，可惜没有能够保留下来，只留在了我们的记忆中。

慢慢地，看腻了百货公司千篇一律多少年不变的搪瓷脸盆、高脚痰盂、玻璃糖罐、大红喜字的开水瓶和上海产的三友被单，我又发起了到硐桥"看矮人"活动。现在知道很不礼貌，那时候不明事理，只知道寻开心。

彼时自来水尚未入户，隔一段路程设一个水龙头，每个水龙头安排一个人收费，一担水交一分钱。硐桥头看水龙头收水费的人有点残疾。儿时少见多怪，没事就和同学跑去看"矮人"。我们从硐桥这一头，憋着笑走过桥，看了看"矮人"然后返回来，离开"矮人"的视线，就放声大笑。有憋不住的，在桥上边笑边跑。其实那人一定知道学生们来来回回干什么，只是不与我们一般见识罢了。

现在瑞安的桥差不多拆没了，硐桥还在，上面还开了一家鸭子店，起名叫硐桥鸭。我儿时的伙伴现在还去硐桥，不过不是去看"矮人"，而是买硐桥鸭。瑞安旧城改造几乎毁了城内所有的桥，由于硐桥的名气，留下了丰湖河没填。保留了丰湖河，也成就了硐桥。

　　1979 年，我还在工厂上班，插班进了一个高考夜班复习。插班，自然要考试，当场命题作文，题目单字："桥"。我已经不记得自己写了什么，因为语文老师吴引一把我的作文当作范文在班级读，吴老师摇头晃脑声情并茂的样子，让我记住了自己作文的开头与结尾。

　　开头：有山就有水，有水就有桥。

　　结尾：逢山开路，遇水搭桥。

　　吴老师的夙愿就是来北京看看。他最得意的门生一个是陈进玉老师，另一个就是我。我来北京上学时，吴老师特地介绍我去拜访陈进玉老师。遗憾的是当时北京瑞安之间既没有飞机也没有火车，我们都是坐二十四个小时的轮船到上海换火车。在北京招待老师的愿望最终落空。如今飞云江上都已经有了好几座跨江大桥，我仍然怀念没了流水而变成了地名的小桥。

　　回不去的故乡，驱不散的乡愁，想说一声逝者如斯乎，却没了潺潺流水。家乡的桥呀，你搭在了游子的心中！

漫漫归途

春风又绿江南岸，杭州朋友呼唤我去西溪漫步，赴龙井饮茶。我购买了从瑞安到杭州的高铁票后，顺便也买了几天后从杭州到北京的高铁票。微信告诉孩子行程，孩子感叹高铁之快。是呀，从瑞安到杭州两个半小时，从杭州到北京四个半小时。这在过去，从瑞安到杭州要整整一天，更别提去北京了。过去的温州，不要说去远方了，仅仅是瓯江、飞云江、鳌江就是咫尺天涯。

林斤澜先生说，回北京也是回，回温州也是回。可是在温州交通不便的时期，这个回可是漫漫归途。有钱没钱回家过年，在过去的温州，阻挡我回家过年的不仅仅是钱，更难的是交通。谁曾想到，过去我负笈北上读书的那七年，大学四年研究生三年，无论多么想念父母，想念家乡的年夜饭，却整整七年未能回家过年，每年都只能等待暑假才能回家。不仅是我，我的前辈即我的舅舅，在考上北京矿冶大学后四年大学生涯，包括后来工作后也没有回家过年。他到老年时后悔不应该来北京上大学而应该考上海的大学。而我研究生毕业留京工作后也很少回家过年，因为探亲假那几天时间不够在路上来回折腾。这一切都源于过去温州的交通，犹如天堑。

1979 年，当我离开瑞安去安徽读大学时，温州既没有铁路也没有机场，我没见过火车更勿论飞机。从瑞安到温州短短的路途，或是坐四个小时的小火轮沿塘河到温州小南门，或是坐一个半到两个小时汽车到温州，这还是在不堵车的情况下。

　　我离开温州北上，有三条线路，我在不同的暑假都尝试过，更加坚定了不能回家过年的决定。一条线路是从温州坐海船到上海，然后从上海坐火车北上。第二条线路是坐汽车到金华，在金华坐45次火车北上。第三条线路是坐长途汽车到杭州，然后在杭州坐火车北上。坐长途车到金华或是杭州，都是一条非常崎岖的山路，到杭州要整整一天。而经过浙江北上的火车只有从福建发车的45次，经过金华或杭州时，不要说座位了，就连站的地方都没有，厕所里都挤满了人。每到一站，列车员就下车从窗口给人倒水。我尝试从杭州和金华各走了一次，以后再也不敢走了，最终选择从上海走。所以过去有句温州话："要出温州，死（水）路一条。"海船从温州到上海的时间也不确定，是随着潮汐的时间变化，所需时间24小时，基本上是每天晚一个小时。到了上海，再去买北上的火车票。上海的车次多，遇到哪趟就坐哪趟。过去上海到北京的直快绿皮车13次也是24小时。因此从出发到终点，即使衔接得再好也需要五天。这还是从家出发能提前买到温州去上海的船票的前提下。

　　即使我避开寒假，只在暑假回家，路上的时间也完全不可控。首先暑假学生买火车票很难。我在安徽读大学时，在考试复习间歇跑到火车站排队买票，因为是中途上车只能是站票，所以我出行都是随身带着折叠马扎。上了火车，嘴要勤、态度要好，挨个询问谁中途下车。运气好时可以找到南京下车的，运气不好时就只能站到上海。也有好心人，看我一直站着，就会起来换我坐一会儿。我也很自觉，稍微歇一下就把座位还给人家。读研时从北京出发好一些，是起点站，但是票不好买。暑假期间北京站为了更好地服务学生，曾经在人大校门口设了一个临时售票点。大家都半夜提前去排队，所以我干脆和几个同学带了草席在校门口的售票点坐了一整夜。我也尝试过从杭州回家，当时杭州到温州有长途夜车。等火车到了杭州，又因为火车晚点没赶上回温州的长途夜车。在火车上认识的几个温州商人，说去住旅馆，当时问了几个旅馆，都只有男性大通铺，却没有女性床铺。我只好在长途客车站的广场上坐了一夜，被蚊子袭击了一夜。另外一次搭从杭州回瑞安的货车，当时瓯江上还没有造桥，车到渡口，渡口已经停运，只好望着对岸咫尺天涯。我在货车副驾上坐了一夜。从此回家不再选择杭州，而是选择从上海回温州。

从上海回温州的问题是轮船票特别难买，一般是到金陵东路买预售三天后的船票。我下火车是半夜，女学生独自一人走夜路，一路打听找到金陵东路售票处，然后等天亮售票处开窗户买票。正因为来来回回都从上海转车转船，我对上海人印象很好。我一个女学生半夜问路，遇到的都是好人。到了金陵东路，我先在售票处排队，买到三天后的预售船票。马上赶去十六铺码头，十六铺码头售票处每天会放出几张第二天的票。到了十六铺码头，看着长长的队，即使每人限购一张，也肯定轮不到我。我就打量排队的人里面有没有像干部模样的人，比较好说话的样子。看准了人，我就拿着我的学生证求人，试试看能不能帮我带一张。规定是每个人限购一张，我就说"我是大学生（研究生），您试试帮我用学生证带一张，不行也没关系"。那时大学生不多，研究生更少，所以人家也愿意帮忙试试，结果好几次售票处都看在我的学生证的情面上多放一张票。实在买不到，我就在十六铺码头买一张高价票。等第二天的票到手，我再平价把三天后的票卖掉。很多人劝我加价卖，大家都笑话我不像温州人，我生怕被逮住坏了名声。哪怕我是高价买的票，我还是原价出售。这样满打满算，每次回到家要六天时间。至于上海海船

24小时中的晕船的痛苦，更是一言难尽。从温州出发，母亲总是给我买三等舱，性价比最好，有床位。从上海回去，买不到三等舱，买四等大通铺，五等舱给一领草席，自己找甲板躺着都有。

有一年暑假，我从上海坐轮船回温州，温州到瑞安不过一个小时车程，想坚持一下回瑞安吃妈妈做的美食，没有吃饭就下船了。不料温州到瑞安的汽车在路上堵了整整四个小时，饿得肚子咕咕叫。从此接受教训，一定吃饱再出发，而且养成了包里一定带食物的习惯。这还是在暑假期间，过年就不敢奢望回家了。

研究生毕业，工作后没有寒暑假，工作年限短，年休假时间少，回家过年的机会更少了。于是，我就极力争取年底有江浙沪闽出差的机会，算好时机争取回家过年。工作多年，这种机会一共有三次。一次是春节后有个会在上海，领导知道我的小心思，同意我自费回瑞安过完年去上海开会后回北京。还有一次去福州出差，对方单位知道我是瑞安人，就派了一辆车送我回瑞安。正好他们单位有个人父母要回温州，就搭我的车。他们一家三口坐后面，我坐副驾驶。那时福州到瑞安车程是一天，长途坐副驾驶位又累又危险。因为战备的原因，福建的公路相对较好。浙江到，汽车跳，一路上非常爱车的司机对他的皇冠车跑在崎岖的山路上心疼不已，一路都没有好脸色。到了瑞安，他就去给汽车做保养。最让人过意不去的是有一次去杭州出差，会议结束已经是阴历年二十八了。我原计划坐年二十九的长途客车回家，而且那天是我父亲的生日，早晨坐车傍晚到家，我家习惯是年二十九吃年夜饭顺带给我父亲过生日。但是浙江省厅不肯放人，坚持要我多留一天，有些工作上的事情要商量和沟通，他们就不用另外找时间去北京。厅长一再说年三十那天用他的车送我，盛情难却，我就留下来又工作了一天。年三十那天，厅里派了一辆小车送我一个人回瑞安。当时杭州到瑞安的车程要整整一天，到了瑞安已经是下午了。司机要赶回杭州，留他吃完饭回去也不肯，也没法留，只好让他开车回去了。当时没有手机，也不知道他一个人孤零零地开车什么时候回到杭州的。我心里一直忐忑不安，自己的年夜饭也是食而无味。也是从那以后，我就不再选择回家过年了。

工作时，有一次听说主管部长去浙江出差，还去了温州。因为他主管我负责的工作，也比较熟。听说他去了我家乡温州，我这个游子就兴奋地跑到部长办公室，问："听说您去我的家乡温州了？"部长说："去温州比我去趟欧洲还费劲。"大领导去温州都这么麻烦，更何况我们一般人，所以我工作后反而很少回家过年。

在温州工作的虞秋生老师，是瑞安马屿上郑人，20 世纪 80 年代在陕西当兵。为了改善上郑村的农户花菜的品种，他跟西安有关种子公司联系好之后，发电报给在瑞安医院工作的弟弟，请他专程去西安拿种子回乡送到农户手中，以确保万无一失。虞秋生曾在一篇文章中写当时的交通状况："那时的交通远非当今这么发达，瑞安到西安来回有 3500 多公里，瑞安坐汽车到上海需要 23 个小时，上海到西安普快火车需要 31 个小时，而上海站火车票之难买闻名全国，即到即走几乎不可能，第二天能走也是站票。弟弟马不停蹄，下了汽车直奔上海西站买了第二天的站票，一路站着到了西安。拿到种子后，为不误农时，他顾不得看一眼古城风景，即刻购票返乡。又是三天三夜日夜兼程，风尘仆仆，不敢打盹，忍饥挨饿，到上郑时人瘦了 2 公斤，脸都脱了相。乡亲们见弟弟如此舍命奔波，大受感动，感谢之声不绝于耳。"这一段也说明了当时温州交通之闭塞，行路难。

铁路和机场承载着温州人走出去的梦想。1990 年 7 月，温州机场建成，开通了上海、宁波和厦门航班，结束了"要出温州，死

（水）路一条"的局面。1998 年，京温铁路建成通车，结束了温州没有铁路的历史。现在京温飞机是两个半小时，从出发到家，大半天就够了，可以在北京吃午饭，回瑞安吃晚饭。北京到上海的复兴号也只需要五个小时。交通虽然方便了，但是我有了孩子，家庭和工作繁忙，也很少回瑞安过年。父母仙逝之后，基本就不回来了。直到今年机缘巧合，留在瑞安过年。

2023 年 9 月，我踏上了去上海的怀旧之旅。第一站自然是金陵东路一号。听说金陵东路一号早就变成了东方饭店，特别想在此处下榻，可惜在网上寻寻觅觅，东方饭店已经不再接待旅客。到了现场才发现正在装修。金陵东路颇具特色的老骑楼也都在改造之中，待以时日，会有崭新的金陵东路了。我特地又跑去十六铺码头，又一次像个乡巴佬。过去上海人笑人土，会形容像个刚从十六铺下来的。如今的我，站在美丽宽敞的十六铺，不再有通往温州的海轮，只有到陆家嘴的轮渡。在轮渡上，远眺俗称"三件套"的上海标志性建筑——上海中心大厦、环球金融中心和金茂大厦，往事涌上心头，仿佛历历在目。回程去了公平路码头，这里已经变成了游轮中心，沿江的游轮数不胜数。岸上已经开发成上海的北外滩，供人嬉戏或运动。上海的公交车，非上班高峰期已经不再拥堵，不再有上海人嫌弃外地人不懂得侧身站在人缝里。没有了售票员，同样用支付宝付款，只是上海大都会卡提醒我身处大上海。

空间是很多时间维度的叠加，京温曾经咫尺天涯，如今天堑变通途。交通的大发展，不仅有利于促进经济，也是造福于民。

初为人师

岁月尘封了记忆的盒子，若哪天不小心碰倒了盒子，所有以为早已忘怀了的东西，撒了出来，清清楚楚摆在眼前，消失的只是时间而已。犹如微波不兴的漪涟，不经意间在心河中荡漾开来，一圈又一圈，浅浅的波纹，仿佛刻在心里似的。我和小朱初为人师的那段岁月，至今仍留在我们的记忆中。

我的同窗好友小朱初中毕业就去礁石小学当代课老师，那年她虚岁十六。学校在小山坡上，她住在老乡家。老师们在学校厨房轮流用柴火做饭，每人拿出自己的米合在一起。饭熟后，用铲子划成均匀几份，各取一份。每周回城拿一次菜。为了写出漂亮的板书，小朱拼命练字。在那昏暗的教室里，小朱面对的是大大小小、年龄参差不齐的多年级的学生。复式班里的高年级学生辍学又复学，年龄比小朱还大。小朱先教二年级学生二十分钟算术，然后让他们做练习，再让背对黑板写字的五年级学生转过来学语文。办事认真的小朱，为了让乡村学生也能参加朗诵表演，不仅让我这个高中生去了几趟乡下辅导，还把班里最好的学生带到我城里的家几次。看见在人前哆哆嗦嗦的乡村孩子，我真是害怕他们在表演时能否开得了口。我建议小朱每天上课前，让朗诵的学生先在全班面前表演，练胆子，坚持到表演那天。效果不错，最后还得了奖，我这个业余见习老师也是满心欢喜。

两年后，我高中毕业，到飞云江南岸屿头的乡村学校当代课老师，那年我虚岁十八岁。从飞云渡坐轮渡过江，再走一个多小时才到学校。课间活动时，我常常忘了自己的教师身份，跑去与五年级学生一起跳绳，被校长叫了回来。校长经常偷偷站在教室外，从窗外监督我这个小大人上课。很快校长监督岗撤销了。放学后，我不让学生回家，让学习好的同学帮差的同学，一个盯一个。我让野性难驯的学生当副班长，替我管调皮学生。在那知识最不值钱的岁月里，我那些学生真给我争气。学期末，我的学生成绩不错，而且没有一个留级的。

全区学校会演，我们学校也出节目。文艺生活匮乏的年代，要找个排练的节目谈何容易。我从城里找到一本教跳舞蹈的小册子，我这个不会跳舞的人先一点一点看懂怎样走台步，"翻译"给学校唯一的音乐老师，她再教给学生。当校长为了排练，宣布周末不许回城时，我立刻从教师变成了孩子，当着很多人的面就哭了。其他老师都是当地知青，能在当地解决菜的问题。周末不能回家，我下周的菜就没有着落。可是眼泪最不值钱，没有人来安慰，因为我是老师。

为了让这些乡村孩子上台表演，真是难为了我们。舞蹈结尾，一个漂漂亮亮、脑后拖着一条大辫子的女学生，挥手向观众告别时，全场掌声响起。可就这挥挥手的简单动作，这个女学生竟然就学不会。一挥手，走路就一瘸一拐，我们便先教她正常走路，再教挥手的动作。要不是觉得那条大辫子在舞蹈结尾一定妙不可言，真不想保留这个动作。并非学生笨，那个年代，乡村那么闭塞，孩子们哪里见过什么世面。我们学校拿出的两个节目最终都获奖，乡村学校能在区会演得奖是莫大的荣誉。

　　学期结束我要回城时，不想告诉学生具体走的时间，也不想让学生知道我不会再来。放假了，平时归心似箭的我依依不舍，特地晚走一天。星期天的上午开始，班里的男学生轮流在校门口等着，尤其是那个野性难驯的副班长和那个调皮捣蛋留级到我班的学生几乎一整天都在校门口。下午当我拿着行李出来时，一大班孩子不知从哪里冒了出来，坚持送我。路上，还有一些在地里干活的学生也加入他们。几乎全班都到了。我们这大队人马走了一个半小时，眼看天要黑了，我在飞云江轮渡上，挥手叫孩子们回家。我大声叫孩子们路上小心车，叫副班长带同学沿着公路边走。在轮渡所有人的目光注视下，我泪流满面，那边也是哭声一片。那时，我觉得我是老师，我是大人。轮渡起航，他们的身影渐渐变小。从此，我没有再见到他们。但他们几十年前的模样，聪明的、笨拙的、乖巧的、调皮的，仍然留在我的记忆中，都是那么可爱。

　　以后的岁月，我直接和间接不知教过多少学生，但是我从十八虚岁初为人师时所建立的责任感，将伴随我的一生。

横街记忆

与儿时同学在吾悦广场聚餐，大家执意不坐直梯，要坐扶梯，看看吾悦广场全貌。从一层扶梯逐渐上升到五层聚餐之处，感慨不已，如今的瑞安已经是城市的模样，在一个大商场，吃喝玩乐包括影院可以一网打尽。吾悦广场一行，勾起了我对瑞安老城区一条街的回忆，那条街叫横街。

原来的瑞安城区，只有一条所谓的"大街"，即今天老城区的解放路。大街东西走向，东的尽头是东门车站，离开瑞安城区的地方，西的尽头是西山脚下。至此，大街拐弯，横出一条南北走向的街，故叫横街。横街不长，也就短短几百米，却是瑞安百姓的衣食和娱乐中心。

横街从西山脚下略微向北延伸，就是瑞安唯一的戏院，经常上演咿咿呀呀的越剧。现在剧院还在，成为危房。戏院的旁边就是百姓最重要的场所——三八粮店。过去买米要粮票，困难时期还搭配番薯丝。瑞安人买米叫粜米。从字面上理解，粜米是卖米的意思，籴米才是买米，但是瑞安人拿着布袋去三八粮店都是说去粜米，家家户户都去粮店买米面或搭配的番薯丝。从横街上西山，沿途摆着租小人书的摊，有一分钱一本的，也有两分钱一本的。上西山的坡道上坐满了看小人书的人。我的语文启蒙老师就是小人书，我的零花钱全部贡献给小人书了。再往上，就是瑞安唯一的电影院了。电影院前面有棵百年大榕树。西山电影院过去是瑞安唯一一个电影院，也是瑞安很多年轻人谈恋爱的去处。有没有谈过恋爱，是看两个人有没有去西山电影院看过电影。一个哑老伯每天挑着一块用粉笔写着影讯和放映时间的木板挂到横街。清明节少先队员从横街上山去西山烈士墓扫墓，老人们从横街上山到西山四贤亭下棋或者坐在大榕树下闲聊。

横街上有很多小店铺，卖的大都是生活用品小零碎。最重要的是横街的尽头有对百姓非常重要的场所——专业布店。街道在布店拐弯就到南门去了。虽然百货公司也卖布，但是无法与这个专业布店比。可以说当时的布，从灯芯绒到的确良到花棉布，应有尽有。一匹匹布竖在柜台里，排列得像士兵。想看哪一种布，售货员就抱哪一匹布下来，摊在柜台上。女孩子们对着花布叽叽喳喳，也就看看而已，决定权不在自己的手里。因为买布要布票，一家人的布票要精打细算、统筹运用。的确良的票也要到居民区抓阄的幸运者才有。大人们时不时到横街布店看看，遇到零头布能少收一点布票。收银员坐在高高的收银台上，头顶上一根根粗铁丝向各柜台辐射。顾客来买东西，柜台售货员开好单据，把顾客的钱和单据一起夹在铁丝的夹子上，"嗖"的一声滑到收银台。收银员把找的零钱和单据也同样夹在夹子上，滑到柜台交给顾客。横街还有一个旧衣店，家家户户都会把不穿的旧衣送去卖。仨瓜俩枣也能解一时之困，或者说废物利用。

横街还串起了两个菜市场，或者说两条街一个菜市场。横街东面，即布店对面是市心街和后河街，这两条路上就是当时的菜市场。瑞安县供销社在后河街，瑞安交通局在市心街即布店斜对面。

过去的横街一头是粮店，一头是布店，连起了百姓的衣食。中间还有菜市场、电影院、戏院，重要的物资决策部门供销社和交通运筹部门交通局。老横街就像一个"丛"字，横在那里，人来人往，熙熙攘攘。一条短短的横街，与瑞安百姓生活攸关，是一幅活生生的清明上河图。

几十年来瑞安有了很大的改变，但是横街还在，而且向南延伸了很多，变得更长了。虽然粮店布店菜场没有了，但是旧横街渐行渐远，留在了我们记忆中，新的横街在老城改造中焕发出新的青春。

永远的横街。

消失的竹巷

　　从北京回到瑞安，我站在邮电南路怅然若失。高大的市心街牌匾没了，轰隆隆的推土机正在推进，可是竹巷呢？已经消失殆尽，仿佛不曾存在过。

　　竹巷并非巷如其名那样有竹影婆娑，也不是如其名字那样是一条小巷，其宽度比过去"大街"窄不了多少。竹巷并不长，只有几百米长，南北走向。南面与后河街和市心街交界，南口就是柏树巷。柏树巷口有两个门台，坐西朝东的门台就是著名剧作家洪炳文故居花信楼。对面门台住的是张姓人家。洪炳文曾外孙女是我高考复习班的同学，她说那时总看见对门小哥儿俩看书。在瑞中邀请百名博士回家乡时，哥儿俩双双露面：他们是张文宇博士和张文宏博士。

　　竹巷与后河街交界处最是热闹，这里有个公共自来水龙头。那时自来水尚未入户，除了去河里洗衣服，去井边挑水之外，自来水是饮用水。水龙头前经常排大队，遇到大旱，等水的队几乎要排满整条竹巷。有人管着自来水龙头，一分钱一担水，交钱放水。我和妹妹拿着两个桶去，每次只能先抬走一桶，第二趟来抬第二桶。我对后边的人千嘱咐万叮咛，这是我的水，我等会儿来抬。老邻居们笑着说：快走吧，水桶逃不了。乡下堂哥来了，我母亲叫他给我家挑一担水，我拿一分钱追到竹巷。堂哥一边轻悠悠地挑着水，一边嘟囔：城里连水都要钱。

竹巷12号坐西朝东的李家门台是我同学家，她姨家是竹巷7号，表兄妹都跟我同班。她外婆非常慈祥、美丽又能干，干干净净、文文雅雅。家里的菜无论贵贱，总是四菜一汤，摆得漂漂亮亮。她外婆说，不能三盘端上来，哪怕抓一把虾皮凑盘也要四盘摆出来。门台里种满了花花草草，门台里树影婆娑。我同学初中毕业去飞云江农场学会了开拖拉机，是瑞安第一个女拖拉机手，据说瑞安县志里还有记载。后来，他们表兄妹都是光荣的人民教师。

从李家门台再往前一点，就是我的小学和初中同学住处，有趣的是，他家叔叔和侄子岁数相差无几，都与我同班。好奇的我总是问了又问：是亲叔叔吗？是亲侄子吗？你叫他叔叔吗？

竹巷12号的对面是机关托儿所，即现在的瑞安机关幼儿园。那时不叫老师，都叫阿姨，所长金阿姨很偏爱我，宁阿姨和蔼可亲，高高瘦瘦的陈阿姨很严肃。我和弟弟妹妹都在机关托儿所长大，两岁我就被送到托儿所，两个礼拜才能回一次家。儿时的我去托儿所时，据说哭声能震裂竹巷。我稍大一点，就能带着小我一岁的弟弟，躲过托儿所阿姨的监督，穿过竹巷偷偷回家。机关托儿所的正门在竹巷朝西，有个朝东的后门开出来就是河埠头的台阶。托儿所旁边有条窄窄的小巷，通到河边，与托儿所的台阶隔几米相望。我离开托儿所上学后，经常拿着衣服或者带鱼，穿过竹巷的小巷到河边洗。托儿所教唱歌的漂亮的李阿姨也在河边洗衣服，会感叹地说，都这么大了，会洗衣服了。有一次，我一个人去洗衣服，甩衣服时不小心人掉到了河里。不知道是不是因为我胖有浮力，挣扎了一会儿，一个人灰溜溜地爬上岸回家了。那条河就是现在的邮电南路，瑞安机关幼儿园大门就开在了过去的后门，路是填河而成的。

竹巷的北口叫"竹巷口"，出来就是"大街"，挨着八角桥。

"竹巷口"有个百货公司的仓库和宿舍。我每天从"竹巷口"回家，都经过百货公司宿舍，但是跟里面的姑娘们并无交集，不料几年后却与她们相会在涌泉巷。高中毕业后几经蹉跎，我进了外贸家属厂。外贸家属厂在涌泉巷租的农民房，不曾想百货公司家属厂也办在涌泉巷。邻居们议论说：百货公司家属厂里最难看的姑娘也比外贸家属厂最漂亮的姑娘好看！我上大学时，听见有人议论：都说浙江姑娘漂亮，为啥这几个浙江姑娘都不漂亮？我把我当年在外贸家属厂与百货公司家属厂姑娘的差距告诉他们，闻者无不大笑。我高中女班长非常美丽，她就是百货公司家属。不知道是不是竹巷养人，我家是从竹巷拐到后河街了，我没沾到竹巷美丽的风水。

　　如今竹巷不在了，往事还在。往事并不随着竹巷的消失而消失，我几个同学的身份证地址都还是竹巷。竹巷留在了人们的心中。回不去的旅途中，消失不是终点，遗忘才是。

排队担水　1扒平画

包青粉

青色，在中国人的心里是一种浪漫。画画常用的一种青是介于靛蓝和草绿中间的一种冷色调，"天青色等烟雨"，顶级汝窑瓷的天青色，须得烟雨天出窑。也有人认为标准的青色是靛青色。而我在听到"青出于蓝而胜于蓝"这句话的时候，理所当然地认为青色就是黑色，唯有黑才能盖过一切颜色。这是源于我的少年经历：包青粉。

现在很多人已经不知道何为青粉，为何包青粉，为谁包青粉。路过八角桥十字路口，还可以看到东北角一幢楼，上面残留着"瑞安县五金公司"七个大字。说明这幢楼过去是五金公司的营业场所。而往东走一点，南面的铺面房还可以看见残留的"瑞安市五交化公司"的字样。瑞安市五交化公司过去跟瑞安百货公司一样是瑞安几大公司之一，经营范围囊括五金、交电和化工。八角桥东北口的这幢楼，过去经营五交化公司的化工部分，大家都叫它染（颜）料店，一进去总能闻见各种各样化工原料的气味。而我就和一个同学，还有几个差不多大的学生在后面包青粉。我们都是五交化公司职工的孩子，我们趁着寒假来打工，筹措下学期开学的学费。过去是按照居住的地方上学，因此我们这些住在一个居民区的交电公司子弟，不约而同地汇聚在八角桥。

　　所谓青粉，就是黑色的染料粉。过去家家户户的衣服，都是大孩子穿了给小孩子穿，或者大人的衣服穿旧了改给孩子穿。布票不够，买本色的土布，或者把化肥袋子改成裤子给孩子穿，都要染色。能盖住一切颜色，包括化肥袋子上字的颜色，非黑色莫属。所以每年冬天，尤其是春节前，家家户户都要支起一口大锅，从染料店买一两包青粉自己在家染衣服。正式店员不够，加上包青粉属于轻巧的活，需要的只是耐心和细心，让员工的孩子来干很合适，正好孩子们也赚点学费。刚开始的工资是每天六毛，后来几年，我们都长大了，工资也涨到了八毛一天。这个工钱，我们看不见摸不到，是直接发到家长的手里，而家长总是以交学费的借口全盘没收。

　　包青粉，看似轻巧，其实是技术活。为了能做一个合格的包青粉者，我先在家里拿泥沙练习了很久。那时候，一包青粉卖五毛钱，我们先把 79 厘米乘 108 厘米的白纸裁成四方形小纸片，两张纸片重叠，铺满桌子。这时候真是大气都不敢出，生怕吹飞了小纸片。然后由一个大孩子或者成人家属称出一定分量的青粉，按照计算好的五毛钱一包的分量，像中药铺分中药一样，均匀地一堆堆倒在白纸片上。每包的分量要差不多，包好了不能漏粉。因为一包包堆在盒子里拿到前面去卖，店员都是随手丢给顾客的。而且还要包得干净漂亮，若手指头不小心沾到青粉，包好后白纸脏兮兮的，别说顾客不要，店员生气，我们自己也看不下去。所以我们几乎都是小心翼翼翘着兰花指。而我属于手笨的人，在家不知道用泥沙练习了多少次才过关。这也为以后工钱从六毛一天涨到八毛一天打下了申请的基础。

　　别看都是小孩，也很有心眼。每次青粉称出来分在一桌面的小白纸上，要包好久。我们都没有手表，快到中午的时候饥肠辘辘，只想到点就回家吃饭。前面店铺里有时钟，但是我们不敢去看，怕店员知道我们的小心思。对面是瑞安著名的八角桥理发店，店面有个大时钟。估摸着快到点了，我们派一个人偷偷从后门出去到理发店看时间。怕被店员看见，谁都不愿意，有时候不得不锤子剪刀布。有时候没计算好时间，还得跑两趟。看了时间回来，心里就有数了。若时间还早，我们就再包一桌面的青粉。若时间差不多了，又不能包完干坐着，手里的速度就慢了下来，有点磨洋工的味道。虽然都是家属，店员们对我们一点儿也不客气，都是看着我们长大的叔叔阿姨，想怎么说我们就怎么说我们，所以我们表面上都很乖。我和另外一个同班男生，我母亲他父亲都在东边交电公司上班，生怕染料店里的店员一不高兴就不让我们干了，所以表现得格外谨慎一些。

转眼我们都长大了，不知道哪些孩子接下了我们包青粉的活。1979 年我在上大学时，我母亲给我做的毛领新棉衣，面是弟弟的蓝色卡其翻新用青粉染过的，里子是土布染成了猪肝色，中间絮了新棉花，很厚、很暖和，看上去也是崭新的。在我考研的那个冬天，在安徽这个没有暖气的南北交界处，我全靠这件用青粉染过的厚棉衣度过了寒冬。

中国古诗词里，"青"确实有黑色的意思。唐韩琮诗云："金乌长飞玉兔走，青鬓常青古无有。"唐李白诗云："君不见高堂明镜悲白发，朝如青丝暮成雪。"而我青鬓离家，归来两鬓斑白，犹记包青粉。

拜年纸蓬包

　　朋友发了一张老照片，说起过去温州过年的习俗，拎着纸蓬包去拜年。现在别说小孩，就连年轻人也没有见过纸蓬包，更勿论提着去拜年了。那是穷得不能再穷的岁月里，又想体体面面地去亲戚家拜年想出来的鬼点子。所以有"纸蓬包，骗人（音能）方"一说。

　　纸蓬包是用很硬的粗草纸（纸蓬），折成一个菱形的纸包，里面放几颗黑枣、桂圆等干货，上面覆一张红纸，用细绳一扎，拎在手上漂漂亮亮，其实里面空空如也，走路摇晃着还能听到咣当咣当的声音。就这个里面仅仅一点点东西的"骗人方"，很多人家收到后还不舍得拆开，还要转手送给其他亲戚。中途会有小孩忍不住，把小手伸进去，偷一颗小枣出来吃。这样转手几次，纸蓬包的形状被破坏了，里面也真的全空了，年也过完了，纸蓬包才完成了它的拜年使命。

　　我们家从来不用纸蓬包拜年。母亲的亲戚都在城里，二姨家是温州市委干部，外公和小姨跟我们住一个院子。父亲乡下亲戚来拜年带的纸蓬包，母亲会就手拆开来，把纸蓬叠好。我到乡下拜年，母亲总是买一刀肉，用绳子穿着，让我拎着去。过年小孩子穿新衣，拎着一刀肉就得小心翼翼，别油了新衣服。城里孩子去乡下，走在

路上也总有人看着，很不自在，所以我是一百个不愿意拿着肉去乡
下拜年。母亲总劝我，说我去乡下，他们招待我很为难，我带着肉
去，他们在地里拔点菜切点肉一烧，菜就有了，剩下的肉他们还能
吃好几天。我去乡下，果然如母亲所言。他们都吃番薯丝，在满满
番薯丝的大锅里放一点点米，用一个碗扣住。吃饭时，把那一碗饭
舀出来给我吃，他们吃番薯丝。其实一大锅番薯丝，一小碗米饭早
浸透了番薯丝的味道。

　　母亲是节俭又爱体面的人，穷自己不能穷别人。我家年夜饭很
丰盛，但是吃完年夜饭，初一开始就要吃剩饭剩菜。其他好吃的，
都放在一个非常大的竹篮子里挂得很高，就等待乡下亲戚来拜年。
母亲总是对乡下几家亲戚千叮咛万嘱咐，交代一定要同一天来拜
年，同时来吃午饭。同一天来，母亲能够把过年准备的菜烧出一
大桌子，若分别来，食材就不够了。乡下亲戚回去，母亲总是用
叉子把挂在屋檐下晾着的一串串咸带鱼叉下来让他们带回去。这
种行为也使我非常不爽。那些咸带鱼，都是我冒着严寒，拎到小
河边一条条洗出来，然后用筷子穿过带鱼眼睛，十条一串，回家
又到屋檐下晾着，小手冻得通红。现在一串串送人，意味着又要
去洗带鱼。母亲总劝我，"你辛苦点，他们有了咸带鱼和他们自己
家种的菜，就能吃很久了。"端午节也类似，要是奶奶在我家，乡
下亲戚来会带些灰汤粽过来，母亲会请他们吃我家包的肉粽。我
站在旁边看着几个肉粽两三口没了，在我家也是每人按计划分配
的，不免会有怨气。当然，乡下亲戚来，母亲会指使他们去挑一
担自来水，我总是追出去给他们送一分钱。乡下亲戚会感叹，城
里连水也要花钱。

　　因为潜移默化，我自己成人后，在经济尚未完全宽裕的情况下，
也总是先让着别人。尤其是酒，有点好酒，自己是决计不舍得打开

的，一定要等客人上门。收到一些好东西，马上想，这个送谁合适。直到今天，财务自由了，想买什么就可以买什么了，才慢慢改掉好东西先紧着别人的习惯。现在我的乡下亲戚都已经过上了富裕的生活，他们的孩子也不知道纸蓬包为何物了。

纸蓬包远去了，但是留下的是温馨、是团圆。阖家团圆就是最好的年味。

新年穿新衣

元旦度假回来，见家门口新开了一家我喜欢的服装品牌分店，窗明几净，让人忍不住进去浏览。想到家里满满的衣柜，我的手只是漫不经心地在新衣服上划过。

"买一件吧，今天有促销活动，买一件送一件，您可以给自己和孩子都买一件过年穿，过年孩子总要穿新衣的吧。"过年穿新衣，售货员的声音唤醒了深藏在我内心的记忆。

很多年了，我几乎已经忘记过年穿新衣这个习俗了。现在经济条件好，平时逛街总是满载而归，衣柜里很多衣服的标牌都还未摘掉。孩子的衣服也是多得成为负担，很多衣服几乎都只穿过几次就送人，所以我这几年过年时都不给孩子买衣服了。

今天，突然回忆起我们童年过年穿新衣的情景。那时每家的经济都不宽裕，尤其是家里有半大孩子的人家，发给每人的十尺布票根本不够做一身衣服。但是即使这样，在过年时，家家户户的孩子身上都是焕然一新。再困难的时期，我母亲每年都会给我们四姐妹各做一套新衣服。

因为兼顾父亲的生日，所以我家的分岁酒都是安排在年二十九的晚上。那时我们可以换上新衣服，但是吃完分岁酒就必须把新衣服换下来，放在枕边等待初一才能穿。年三十那天我们也穿得干干净净、漂漂亮亮，但是对于初一才能穿的新衣服，我总是忍不住地用手一再地抚摩，把裤子放在枕头下睡出裤线。等到初一，三声开门炮响过，家家户户跑出来的全是崭新的人儿。平时那泥猴般的男孩个个手脚规矩了很多，应该是大人千叮咛万嘱咐不要弄脏新衣服，而女孩子们则像花朵似的一朵朵开出来。平常的街道，有了这些花朵的点缀，仿佛美丽了许多。

穿了新衣服的孩子，最喜欢走亲戚串门，好展示自己的美丽。记得我到温州二姨家拜年时，二姨叫我帮忙洗床单，而我生怕弄脏了身上的新棉袄，大冷天竟然脱掉新衣服去洗床单。在睡觉时，因为我们这些孩子睡在一楼，二姨他们睡在六层。怕我们不安全，二姨把我们几个孩子包括表妹表弟都锁在一楼。当清晨醒来，我们几个在窗户那里爬进爬出，一不小心，我的新灯芯绒裤子挂在钉子上撕了一个大口子。当时宁愿划破身上的肉也不愿划破新裤子。回家，母亲的一顿骂是免不了的，而且很多人看见我新裤子上的补丁都会问怎么回事，女孩子爬窗撕破裤子的事也就臭名昭著了。

等高中毕业自己能赚钱了，新年新衣服就得自己解决了。那时大家都是买布请裁缝做。一个裁缝铺子的师傅，都会有两三个徒弟。过年前的裁缝一直忙到年三十深夜，连饭也顾不上吃。裁缝师傅过年从来没有新衣服穿。我们一趟趟地去裁缝铺探头探脑，看见自己的布已经摆在案板上裁了，心里乐开了花。下午看见新衣服已经在徒弟的缝纫机上了，第二天看见已经挂起来了，可是还没有锁边钉扣，真是着急。那时的熨斗，是铁质的，用炭火的。看着铁熨斗在新衣服上滋滋地冒着热气划过来划过去，心里美滋滋的。终于，一件新衣成型了，回家迫不及待地试了又试，脱下来，叠好，等待新年的到来！

高中毕业工作了。每年都会自己掏钱做新衣。家门口有个裁缝，因为驼背，个子很矮。每次给我们量尺寸，都是站在一个放倒了的木箱子上。他量尺寸时会问每个顾客的职业。我高中毕业在乡下当代课老师，他说你要抬手在黑板上写字，所以腋下要宽松一点。而站着不需要抬手工作的人，腋下做得紧一些，双手下垂时衣服形态好看些。当时我们哪里知道这是享受了以后的高定。他家的案板上，布料堆积如山。每次做衣服，最起码要去三趟裁缝铺，每次都撒谎：我哪天要穿新衣服去吃"摆酒"，你可要给我赶出来。

不是说如今年味越来越淡了吗？那么，今年就让我们来买新衣服！

新年新衣服，带来的是浓浓的年味，挥之不去的亲情。

过年捣糖糕

　　新年的脚步越来越近了。北方腊月程序是："二十三糖瓜粘，二十四扫房子，二十五做豆腐，二十六炖猪肉，二十七宰年鸡，二十八把面发，二十九蒸馒头，三十晚上熬一宿，大年初一扭一扭，除夕的饺子年年有。"南方过年吃食更多，却无固定的程序。冬至吃了汤圆，大人们就开始忙碌了。掸新、晒酱油肉、酱油鸡和鳗鲞，是看天气，晴天就是战斗日。年底，家家都会"捣糖糕"，也就是做年糕，瑞安人叫年糕为水晶糕，做年糕的过程却是"捣糖糕"。其实那时红糖很珍贵，只有极少的人家会做一锅名副其实的糖糕，其他一律都是水晶糕。

　　蒸箸糕、炊糕是各家各户的事，只有"捣糖糕"是年底一次欢乐的集体活动。一般都是在晚上，在某个空旷的地带，电线接出来，大灯泡点起来，蒸粉的炉灶搭起来，做年糕的大门板搭起来，灯火通明，人声鼎沸。来的师傅不是给一家做，而是多少家排队，邻里互助，排后面的人顺便也成了前面几家的帮手，这个热闹往往要持续到深夜。孩子们熬不过，所以并不知道真正结束的时间。

　　"捣糖糕"的技术活就在于"捣"。常年不用的石头捣臼挪出来洗干净，蒸熟的粉热气腾腾倒进捣臼里，两个师傅站在捣臼边，要趁热"捣糖糕"。一个师傅双手往旁边桶里的冷水一插，双手把热粉翻个个，说时迟，那时快，另一个师傅高高举起木锤子砸在粉上。等他高举锤子的一刹那，那个师傅已经把手在凉水里浸过又把粉翻了个。没有停顿，两个人一下一下有节奏地配合得天衣无缝，略有闪失就不得了。我甚至想，他们是不是在心里唱着劳动号子。年糕团是滚烫并沾手的，随着锤子一下下敲击，年糕团越来越光滑，直至砸出韧劲。灯光下的年糕团表面发出莹莹的光，难怪瑞安人叫年糕为水晶糕。此时，师傅把年糕团倒在门板上，让旁人去做年糕，他们继续捣下一锅。这时年糕团还热乎乎的，一条条年糕在人们手下揉过，一条条椭圆形的年糕横着，隔空再竖起几条垒起来，中间留着间隙，防止软软的年糕粘连。第一锅年糕从捣臼里捞出来放在门板上，是孩子们最高兴的时刻，很多孩子都是有备而来，手里端着家里炒好的雪里蕻咸菜，少数孩子的碗里有点红糖。大人们给旁边围着的孩子扯点年糕团，孩子们用年糕团把雪里蕻包进去，热乎乎的，软软的，咬着吃，在冬日的晚上是最温暖、最温馨的一幕。

其实，只有做年糕的那个晚上是最幸福的。第二天，就要把做好的一条条年糕泡在大水缸里保存。儿时的冬天似乎特别冷，经常要把年糕捞出来换新水。水缸上面还有一层浮沫，年糕表面也会有一层白白的霉斑。从水缸里捞出来的年糕，要好好洗洗，用刀划掉表面的那层。年底家家做年糕，可能相对实惠，冬天即使家里没有肉，家家户户都会有猪油罐，挖一勺白花花的猪油，把盘菜和水晶糕一炒，确实是美味又省事省钱。

我在北京多年，一直买南方的水磨年糕，总觉得南橘北枳。回到瑞安，菜场上的年糕便宜却不好吃。起初我以为现在做年糕的大米不好。偶然在楼下小超市看到小小的椭圆形的传统手工年糕，看着可可爱爱，摸着似乎还带着温软，与机器生产冰冷的竖长条截然不同。买来上锅一蒸，蘸点马屿红糖，天哪，这才是有灵魂的年糕，完完全全是儿时年糕的味道。恍然大悟，原来大规模生产的年糕并非原料不好，而是缺乏了手工捣年糕的捣，大规模生产的年糕，没有韧劲，是没有灵魂的年糕。原来，用心做的食品，味道真的好一点。

大寒

天狗吞月亮

一场电闪雷鸣的暴雨，气温从 37 度断崖式下降到 22 度。酷暑的帷幕降下了，随之而来的将是中秋节。瑞安人不会文绉绉地说中秋节，而是直白地说八月十五。

八月十五，气候宜人，又是丰收的季节。过去在瑞安农村，有尝新一说。对农人来说，熬过了三四月青黄不接的日子，忙过了夏日抢收抢种，得以喘一口气，休养生息。满仓金灿灿的稻谷，洋溢着丰收的喜悦。过去我家的乡下亲戚，往往会拖几天办尝新的仪式，趁着八月十五进城看我奶奶，接她回乡下，也送些新米做的饼给我们城里人尝新。我记得每年三四月份青黄不接的时候，乡下亲戚就会把我奶奶送到我家，住到八月十五过后再接回去。后来才明白，过去只靠农业看天吃饭的农人，过了八月十五，仓廪足了，日子才好过些。

中国人对节日的执着，还体现在吃上。伴随着每一个节日都有美食。八月十五的美好，还体现在对富人穷人一视同仁上。过去在经济困难的时代，很多人家都捉襟见肘。而八月十五，简简单单的食材便可整出人人爱吃的美食。我印象中，瑞安八月十五有几样是必不可少的，炒粉干，炒芋头，再加一只老鸭。靠海的瑞安，八月十五前后，鱼虾并不昂贵，加上各种水果大量上市。置办八月十五节，价廉物美，丰俭由人，家庭主妇并不会"难为无米之炊"。

对于月饼，我记忆最深的是瑞安独有的空心月，非常大个，其实是空心的。摆出来很好看。不知道空心月的来历，是不是过去经济困难，为了好看，跟纸蓬包一样，做些又大又好看的空心月摆盘，然后慢慢沿袭下来成为传统。

儿时，在八月十五晚上，摆在"道坦"（院子）沐浴在清辉下的桌子上琳琅满目，但是孩子们的心并不在吃上面。手里拿着月饼，跑出"道坦"大门，在后河街上走来走去。发现我走月亮也走，月亮是跟着我走的。这个发现对于儿时的我而言不亚于哥伦布发现新大陆。等到稍稍年长一些，让月亮跟着我走的兴致减弱了，却又有了新发现，因为居然见到了多年难逢的"天狗吞月亮"。挂着一轮圆月的天空，突然一黑，月亮不见了，叫人不寒而栗。此时一阵阵锣声响起，有人大声喊：天狗吞月亮了！我们也跟着喊：天狗吞月亮了！原来敲锣是在赶天狗，我们的喊声是助威。过了一会儿，天狗果然被锣声和我们的喊声吓住了，张口吐出了月亮，而且是一点一点吐出来的。等我上学学了地理才知道那是月食。可是即使如此，我在远离家乡的北京，每逢月食之日，都会想起儿时家乡的天狗，耳边仿佛响起阵阵锣声，我好想大喊一声：天狗吞月亮了。

八月十五节，不像清明、端午、中元节的清冷，这是一个热热闹闹团圆的日子。除了阴历年，最受重视的阖家团圆的日子不外乎八月十五了。除非儿女在外地太远，稍稍近一点的孩子都会回家团聚。我父母不在了，我跟妹妹说今年八月十五我们出去玩吧。妹妹说：不出门了，儿子儿媳都回来。你也来我家过节吧，无非是粉干、芋头、老鸭老三样。在上海的发小也说她要在上海和家人一起过。我孩子读大学时，每逢中国的传统节日，我都会提醒她。她的同学说，你妈妈这么迷信。孩子说："这不是迷信，这是中华民族的优良传统，要世世代代传承下去，以后我有孩子，也会这样过节。"

八月十五，丰收的季节，宜人的气候，阖家团圆的日子，多么美好的节日。

端午节快乐

作为中国的传统节日，端午节本有很多习俗，只是渐渐地湮没于人们匆匆忙忙的脚步声中。今年端午节，我回到了老家瑞安。满街粽子飘香，停了好多年的赛龙舟，借亚运东风得以恢复，端午前夕社区练习划龙舟的锣鼓声声，让人感受到节日的欢快。

在我的童年，我的家乡瑞安，端午节的习俗都是令人快乐的。端午节，正是天气开始转热的时候，故家乡有句俗语叫"吃了重五粽，棉袄慢慢送"，也就是说厚衣服厚被子可以慢慢收起来了。童年的端午节，一大清早，就有农人挑着从山野采摘来的还带有露水的中草药来卖，老人会用那些中草药煮一大锅水，让孩子们洗头洗澡，说是清凉解毒。那些不肯洗的小孩子，被大人一把抓住，按在大浴盂里。要是再闹，带着水的巴掌打在小孩子的光屁股上，声音格外清脆，这下就老实了，乖乖地洗了，穿上衣服，挂上五彩线编的鸡蛋鸭蛋出去得瑟了。家家门上用红纸贴着辟邪用的剪着剑形的菖蒲和艾草。男女老少，会喝不会喝的，都要喝一口雄黄酒。

大铁锅里，咕噜噜煮着鸡蛋、咸鸭蛋和粽子。粽子的形状是四角匀称的锥体，米要压得很实，粽子才不会变形而且也好吃些。过去不用绳子，而是那种像芭蕉扇子的东西吊在那里，然后在那上面一包，解下来就是一把粽子，煮好了，就一把一把挂着晾起来。大多数人家里的粽子是用草木灰水煮的白粽子。拿开水淋在家里烧柴火形成的草木灰上面，滤出来的草木灰水煮的白粽子变成淡淡的黄色，闻起来带有微微的碱味，能多放些时间不容易坏。到最后几天，剥开略有些枯萎的碱水粽，切成四个角，炒着吃或者蘸白糖吃，都好似人间美味。条件好的家庭，才会包些肉粽子。那时，我很怕乡下来亲戚，他们会带十个白粽子来看我奶奶，然后我那个宁愿自己不吃甚至不给自己孩子吃也要给外人吃的母亲，一定会请乡下亲戚吃肉粽子。眼巴巴地看着一个肉粽子三两口就被吃掉，一把十个的肉粽子一会儿就没了的时候，我很是心疼。他们离开时，母亲会给他们带些咸带鱼走，那都是我到河里去洗干净，十条带鱼用筷子穿过带鱼眼睛晾起来的，是我辛苦劳动的成果。小时候，我不理解母亲慷慨待别人、吝啬对自己的行为。由于潜移默化，我成人后不知不觉地也养成了好东西先紧着别人的习惯。现在经济条件好了，才能对人对己都慷慨。

那时女孩子都会用五彩线做粽子，先用薄纸盒剪成长条，然后折成粽子样的菱形，最后用五彩线一层层缠起来，下面穿上珠子点缀。五彩线的配色非常考验女孩子的审美水平。而在端午节前几天，女孩子开始手编装鸡蛋和鸭蛋的彩袋。简单的就仅仅用彩线，复杂的，要把原用于扎头发的空心玻璃绳剪成一厘米长，然后用彩线穿过去，打结，继续穿空心玻璃绳，周而复始，才能完成用空心玻璃绳穿成的彩袋。男孩子们就简单多了，他们就是带着煮熟的鸡蛋鸭蛋到学校里去撞蛋，如果有撞了好几个人的蛋自己立于不败之地的，那就别提多得意了。

瑞安原是个多水多河道的地方，所谓水如棋局连街陌，山似屏帷绕画楼。温瑞塘河是划龙舟的最佳河道，因此赛龙舟是端午节的重头戏。在端午节前几天，就开始训练，打鼓是划龙舟的灵魂，所以在端午节的前夕，临时抱佛脚的鼓声经久不息，男女老少无不沉浸在欢乐的节日气氛中。

不知从何时起，居然不能对人说端午节快乐了，不知谁杜撰，然后以讹传讹。好好的节日，有吃有穿的日子，国家还放假，为什么不能快乐？为古代屈原投江？有多少人知道屈原的诗？"长太息以掩涕兮，哀民生之多艰。"屈原忧国忧民，不就是希望百姓快快乐乐地安居乐业吗？"朝饮木兰之坠露兮，夕餐秋菊之落英。""扈江离与辟芷兮，纫秋兰以为佩。""制芰荷以为衣兮，集芙蓉以为裳。"屈原老夫子很懂得吃也懂得审美。我们今天有了好日子，难道不该快快乐乐地告慰屈原老夫子吗？

今天的生活越来越好，所以，道一声：国泰民安，端午节快乐！

重逢仍少年

2022 年，瑞安市玉海中心小学举办了一百二十周年庆典。瑞安市玉海中心小学即我们原来的母校原瑞安城关一小，在它走过两个甲子的时光里，也迎来了我们这些学子入学一个甲子的庆典。

我们 1963 年入学的城关一小，其前身是西南隅蒙学堂，是在孙诒让先生的倡导下，由书法家池志澂和乡贤洪炳锵于 1902 年创办的。我们都记得老校址操场上的那棵百年重阳树，还有大树背后的白墙黑瓦的旧房舍，那是前辈校长许冶荪先生捐献的房舍。

小学，是孩子们梦开始的地方。瑞安有句俗话：开口奶别吃坏了，说明了儿童启蒙教育的重要性。也有人把小学教育比喻成人生教育的第一个馒头。我们有幸在城关一小度过了平静的六年。我们班同学曾经在小学毕业六年后，1975 年回到母校，在重阳树前留下合影，而后各奔东西。

待我们重逢时，已是两鬓斑白。2023 年金秋，是我们入学的六十周年，可是似乎一切回到了少年时代，忘掉矜持，不分彼此。始于初见，止于终老。

我们都已经离开工作岗位，那么让我们开启人生的第二春。

铁打的营盘流水的兵，流水不争先，靠的是绵绵不绝，也祝母校明天会更好，百年老树发新芽。

相约北麂岛

　　"嘟……"一声鸣笛响起，总重 463 吨、可乘坐 388 位旅客的北麂号豪华高速客船划开海浪，全速向目标北麂岛进发。一道道白浪在船舷泛起回忆的浪花，当年坐在普通机帆船上历时四个小时海浪颠簸去北龙岛劳动的高中生，如今归来已是两鬓斑白。海浪划开的已然是五十年的光阴。

　　曾以为遨游过祖国的西沙群岛，对小海岛会无动于衷。从北京回到家乡瑞安，久别重逢的高中班长提议我们的高中同学聚会地点安排在北麂岛时，我居然怦然心动。这并非一次简单的海岛行，而是一次相隔五十年时空的相约。我们高中班同学都有海岛情结，因为五十年前，我们曾经去北龙岛上劳动了两周，留下了深刻的记忆。为了纪念五十年前的海岛劳动，而不单纯是海岛旅行，因此，同学会没有选择条件更好、名气更大的南麂岛，而是选择了尚未完全开发、更原汁原味的北麂岛。当年我们是在距北麂不远的北龙岛上劳动。北龙岛目前的条件无法容纳四十个作为旅行者的我们，今天的我们不再是当年那个男生一间房，女生一间房，全部打地铺的高中生。

　　北麂列岛坐落在浙江东海沿海海面上，距瑞安市区三十七海里处，由十六个岛屿组成，其中北麂本岛为最大岛，面积 1.97 平方千米。北麂渔场是浙江传统渔场之一，过去也是东海前哨。两个半小时后，我们踏上了碧海蓝天的北麂岛。迈过流纹岩角砾状熔岩，来到海天一色的海上停机坪。同学们围绕着停机坪一圈，挥舞着手中的小国旗，情不自禁地唱起了《我和我的祖国》《大海呀故乡》《没有共产党就没有新中国》这些铭记在心中的歌。从心中流淌出的歌，久久回旋在北麂岛的上空。

往上攀缘，到了北麂列岛的主峰仙人山，映入眼帘的是雄伟壮观的北麂灯塔。这是温州海域唯一一座大型国际灯塔。有人居住的海岛上必然有一座妈祖阁，如果说妈祖是给渔民以精神寄托的话，那么入夜之后，灯高 137.28 米，射程远达 25 海里的灯塔放出的光芒，就是身处茫茫大海中的人实实在在的依靠。北麂灯塔的风光是美丽的，但是年复一年日复一日的守塔生活是枯燥的。北麂灯塔首开在全国招募志愿者的先河，经过申请批准，志愿者可以在灯塔生活工作十天，协助灯塔主任和正式员工工作。在我踏上北麂岛的那天，适逢朋友、原温州女摄影家协会会长正在灯塔做志愿者。我们团队通过申请，得以进入灯塔参观留影。志愿者向我们详细介绍了守塔的工作内容，看似简单却不容易，尤其是每天清晨关灯、夜晚开灯烦琐日常，组成了灯塔工作者的日日夜夜。

从灯塔所在的仙人山出来，我们走的是五彩路，宽阔美丽平坦的台阶。有一条滨海木栈道，可以眺望大海，看渔民在大黄鱼养殖圈进行另外一种意义上的耕作。海风习习，空气中弥漫着海风的咸味。让我想起了在北龙岛劳动的十四天。对于我们这些在城市长大的孩子而言，乍来到海岛，风吹日晒手抬肩挑海带，把海带晒到山岩上。一根绳子上无数条海带，两个女生各拉绳子一头，晾晒在山岩上。我们穿的塑料凉鞋很滑，渔民给我们送来了草鞋，可是成年人的草鞋又太大，我们只好把凉鞋套在草鞋里，我们称为"套鞋"。

只是苦了我这个不会走山路的人，平时在班里学习名列前茅的我，在劳动中几乎是"落后分子"。手里拉着海带，走不了几步就会滑倒在地上，因此得到了"常倒"的外号。如今渔民的生活有了天翻地覆的改变。

海洋曾经是渔民的"蓝色牧场"，随着商业经济的发展，北麂岛不再囿于自给自足的岛民经济，那种涨潮吃鲜、涨落点盐的生活已经成为历史。海洋捕捞条件大为改善，渔民的收入大大增加了。收获的海货有些直接在捕捞船上加工，有些直接运到瑞安市区交给定点宾馆、饭店或商贩，真正运回北麂岛的反而是极少数。由于 20 世纪过度捕捞，海洋渔业资源在减少，一方面要休养生息，每年 5 月 1 日到 9 月份是禁渔期，另一方面海水养殖大行其道。如何在不污染海洋环境的条件下可持续地发展海产养殖，是北麂岛面临的新问题。北麂岛因地制宜搞起了海上牧场大黄鱼养殖，其经验介绍甚至还上了央视。同时，海上养殖场也是每个登岛者乐此不疲的摄影题材。

北麂岛远离城市的喧嚣，可以说是瑞安的后花园，但是养在深闺人未知。尚未完全开发，换言之尚未完全商业化的北麂岛，更多地保留了原汁原味的渔村状态。我们的同学会人多，所以安排在规模最大的民宿，民宿主人是朴实的当地人，不会像网红小资那样去布置民宿，就那么简简单单地呈现给游客。我和他聊了聊，他说一年只有几个月的旅游时间，很多东西运到岛上人工费很贵，导致经营成本高。但是民宿老板是个能干的人，接收了日企没经营好而放弃的水产加工设备厂房，就在民宿隔壁搞起了生产加工。我们晚餐时，便让我们参观现捞上来的海盐（瑞安人叫丁香）加工，问我们要不要买点回去，自然是响应者众。我们的餐桌上还摆上了北麂岛闻名遐迩的养殖黄鱼。除了海盐，北麂岛还有一种价格比虾米还贵的虾皮，以节气芒种命名的虾皮——芒种虾皮。在芒种前后处于产卵期的毛虾，只有二十天捕捞期，肉厚有红膏。芒种虾皮以苍南马站、洞头三盘和瑞安北麂岛为最佳。

北麂岛的旅游资源十分丰富，北麂岛曾经举行多次海钓比赛，全国的钓者包括台湾钓者都慕名而来。北麂海滩很适合海钓，但是缺少娱乐设施，于是北麂岛不惜代价从别处运来了海沙，造了一个人工海滩，游客们就可以在海滩上与大海亲近，孩子们可以在人造海滩上嬉戏。北麂的民宿尚在开发阶段。北麂岛的老房子都是依山而建，为了抗击台风，墙面都是利用当地的石头垒砌，屋顶的瓦片上还加上了一块块石头，形成了北麂岛特有的典雅古朴风格的石厝。北麂岛立公村大力开发旅游资源，正热火朝天地修缮这些有特色的石厝，用以招徕游客住宿。当地人说，你们下次来就可以住石头屋了。第二天清晨，我独自上山寻找一个已经建成的石厝民宿。当我在有明显标志但又此地无路的地方徘徊时，一个声音从背后传来：你找哪里？我带你去。我说了民宿的名称，他说因为在修路，所以要绕过去。一路上，我跟他聊了现在住的民宿和山上这家网红民宿的优劣，感叹有些民宿千闻不如一见。然后，他聊起这次回来是修缮旧房子的，因为旧房子快要塌了，村里通知他。北麂岛很多人都已经移居到瑞安市区居住，恰巧我有个同学的弟弟最近也是村里通知他回来检查要塌的旧房子。这个路人说要不要去他家看看，正好我也想看看原汁原味的老房子。不看则已，一看居然发现了宝藏。他家老房子归几个兄弟所有，一共联排五间两层楼。他们是在修旧如旧，我估计修缮的成本大大高于新盖楼房。楼下水泥地保持了原貌，进行了改良。楼上二层实木地板，保留了原来的木头梁，只是把地板比过去抬高了一些。他把别人废弃的旧床、木板、柜子全部收罗来，能修的就修好，不能修的旧门板就充分利用起来。还有一张大床改造成两张大桌子，保留了旧床的雕刻风貌。院子里还有石磨，旧船的螺旋桨，打算作展示。我问是否打算作民宿，他否定了。修缮旧房只是作为偶尔回来的茶室、书房、活动室，村里也来打过招呼了，希望以后他离开时给村里留一把钥匙。以为是"青铜"，不料是"王者"，这个绝对不是一般人，装修的格局和理念完全超出了当地人的范围。果然他是当地人，但是在上海经商。后来我在山上步行栈道的标牌上也发现了很多在外发展已经大有作为的北麂人。

对于海岛来说，台风是最大的危险。21 世纪初国家投入了 1.5亿元人民币建成了北麂避风港。当时的北麂岛条件十分艰苦，商业设施少，到晚上就停电。而我的同学为了建设避风港，从 2008 年到2009 年，在这个被人形容为巴掌大的地方整整工作了两年。如今站在我们所住的民宿阳台上，眺望避风港里停泊的船只，他回首往事，更多的是自豪吧。人的一生能参与一件为国为民的大工程，就与那些曾经的守岛官兵一样，没有虚度人生。

在 20 世纪六七十年代，战备形势十分紧张。地处东海前哨的北麂岛，除了当地民兵，还驻扎着 6415 部队。如今北麂岛，还遗留着南北炮台。黑乎乎的南炮台里面坑道四通八达，纵横交错，里面设有指挥室、自备水源井、储存室和弹药库，未来会改造成红色教育基地之一。就在我们离岛后，就有两位 1968 年的老兵登上北麂岛，到他们洒下青春汗水的故地重游，回忆他们激情燃烧的岁月。

在北麂岛海利村有一个小岛屿，叫过水屿。一条仅容一人通过的小路，把过水屿与北麂本岛连接起来。这条小路只有在落潮时才显现，涨潮时就会被海水淹没，过水屿因此得名。在过水屿，以前有一些渔民克服种种困难生存下来，在 20 世纪战备形势紧张时还驻扎着民兵和部队。现在过水屿已经无人居住，夕阳下的断壁残垣在海风中仿佛在诉说着过水屿的沧桑和曾经的辉煌，令人肃然起敬。过水屿的西南面，有一个水文观察亭，向着海里延伸。水文观察亭本身就是一个良好的摄影参照物，天气晴朗，能见度高时，更是望海拍照的绝佳地点。过水屿这个地方有历史、有故事、有风景，若把北麂岛形容为项链，那么过水屿就是这条项链上精美的坠子。

我在北麂岛闲逛时，发现导航不太起作用，因为导航总是把人引到大路上，往往会舍近求远。弯弯曲曲的山路，并非导航所擅长的，于是我向路边的清洁工问路，却发现她们听不懂瑞安本地话。用普通话跟她们聊，才知道这里的清洁工大都是外地人，由一个公司负责统一招聘。没想到一个小岛上的清洁工居然也是聘请了外地人。岛上很少见到本地年轻人，他们大都已经把家搬到瑞安城区了，岛上留守的都是老年人，我用普通话问路，本地老年人听不懂。随着年轻人外出，北麂小学包括学前儿童在内只有七个学生、三个老师。学校的校舍和设备设施都很齐全，完全不同于我上大学前教书时那种简陋的乡村小学。所以，这些设施如何更好地利用起来，将是北麂岛领导者需要考虑的地方。

两天的北麂行很快就要结束了。北麂号又送来了新的一批游客，民宿主人忙着迎接新客人，而我们肩背手提大包小包，带着从民宿主人加工厂买的各种海产品踏上了回程的北麂号。在回程的海上，风平浪静，航速明显快于来时。我遥望着渐行渐远的北麂岛，有一种不舍也有一种企望。我知道，北麂岛的旅游资源还远没有被开发出来，北麂岛的潜力很大，北麂岛的领导们任重而道远。我们这一辈人的使命将由后一辈人接过去。所谓后浪推前浪，一浪更比一浪强！

明天会更好，祝福北麂岛！

碇步桥上思乡曲

一年一度的春节联欢晚会虽是盛宴大餐，却是众口难调，各节目褒贬不一。但是 2023 年春节晚会上一个节目却是众口皆碑，那是舞蹈家朱洁静领衔主演、浙江音乐学院 30 位学生共同参与演出的江南特色舞剧《碇步桥》。

清风微抚，淡蓝色的水幕背景下，身着淡绿色衣裙的南方姑娘的窈窕身姿，在"碇步桥"上闪转腾挪。好一幅江南水乡的景色，好一首思乡曲，勾起了我这个从浙江温州走出、在北京工作生活多年的游子的乡愁。

而后看到幕后花絮，节目的编导李佳雯说，其创意源于她一次去温州泰顺采风，第一次见到极具江南特色的碇步桥，极受震撼，觉得非常美好，找到了创作源泉。

在温州水乡，碇步并不罕见。江南水乡在水流并不十分深也不十分湍急的溪流中，一个个独立的石墩权当桥梁。在过去的温州农村，几乎是有山有溪流之处便有碇步。近几年由于兴修水利，增加水库蓄水，利用水流兴建发电站，碇步慢慢失去了原有的作用。在我的记忆中，碇步并没有消失，舞剧《碇步桥》勾起了我与碇步的两件趣事，想来仍然让人忍俊不禁。

我的姑妈住在瑞安仙降的山里。小学放暑假，我便跟姑妈去小住。那里高山峻岭，很适合不食人间烟火的仙人居住，百姓生活诸多不便。在那个似乎与世隔绝的山坳，我百无聊赖，表姐表妹带我去溪水里捞小虾。我站在碇步上，看一只只小虾从碇步石头的间隔中滑过，我伸手去捞，总是竹篮打水一场空。我一着急，身子往前一探，就从碇步上滑落，一屁股坐到溪流里。水并不深，但是足够打湿整条裤子和后背。我表姐把我拉起来，我湿漉漉地往回走，小表妹在后面笑得合不拢嘴。快到大门，一想不对，乡下人最爱看热闹管闲事，我这个样子岂不被笑掉大牙。表姐也怕被姑妈骂。于是我们绕到后面矮墙，表妹骨碌一下就翻进了矮墙。胖胖的我，怎么也爬不上矮墙。表姐在下面托着我，表妹在上面拉我，费了九牛二虎之力才把我弄进去。不过还是被姑妈发现了，从此禁止表姐表妹带我去走碇步。那个没几户人家的小村庄很快就有了我这个"城底人"走个碇步都会掉水里的传说。

第二次与碇步结缘，是初中到因进士村而闻名的马屿曹村劳动。我们分为四个小组，我们四个女生担任生活组长。老师先带我们四个人认识一下搭伙的四个农民的家，到中午带组里的同学来吃饭。我们四个女生中，有一个小女生比我们小两岁，她母亲是教师，所以上学早。她上初中时换牙还没有完成，露出前面空空的大门牙缝隙，瑞安话形容"厕所门被贼端走了"。一到中午，这个小女生不知何时已经带着她的小组去吃饭了。我们三个女生怎么也找不到搭伙的农民家。我们三个人在碇步走过去，看看不对，走回来，又觉得没错。就这样在碇步上走了好几个来回。肚子饿得咕咕叫的其他同学七嘴八舌都急了。突然有个同学说该不会走错碇步了吧。往远处看看，前面还有一个碇步。原来，我们三个是太早在碇步拐弯过溪了，应该在第二个碇步过溪才对。到了搭伙的农民家，小女生已经带着她的小组吃完饭静悄悄地撤退了。留下我们三个大女生在风中凌乱，被同学嘲笑。哎呀，我的碇步，想说爱你不容易！

　　看了春节联欢晚会上舞剧《碇步桥》之后，我的高中同学——原瑞安实验小学林校长去了一趟龙泉，寻觅碇步桥的踪迹，给我发来了碇步桥的照片。我也特地去了一趟仙降和曹村，寻找当年我们青春的足迹。寻寻觅觅，唯独不见当年的碇步桥。仙降已经成为闻名遐迩的胶鞋生产基地，曹村更是大变样，成为美丽乡村的典范。"碇步桥"留在了我们的心中，为我们奏响一首思乡曲，抚慰心中的乡愁。

煤油灯下笔墨情

上海著名医学专家张文宏说他是小镇青年，在北京工作的我亦是。我们都是来自同一个地方：千年古县瑞安，还是瑞安城关一小和瑞安中学校友。我年龄枉长一些，并非从瑞中走上高考考场，而是在工作五年后从工厂走向考场，从此远离家乡北上求学。

高中毕业辍学的那个年代，物资极端匮乏，生活动荡不安，瑞安城关停电是家常便饭，更勿论没有电的乡村，于是煤油灯便成为不可或缺的生活用品。煤油凭票限量供应，家家用煤油都是精打细算。当时酷爱读书又看不到任何上大学机会的我，常与煤油灯作伴。如今回首往事，不知煤油灯是否在冥冥中为我未来的博士学位加油呢？

陪伴我的煤油灯，在当时是一种比较好的煤油灯，上面有玻璃灯罩。夜晚点灯后，灯罩上会黑蒙蒙的，尤其是灯罩上半部分。我每天早上都会把灯罩擦得锃亮。擦灯罩是有技巧的，先往玻璃灯罩里哈一口气，然后再用旧报纸伸进去擦。哪儿来的旧报纸呢？我们一直住外公的大门台里，家里没有钱给外公订报纸，我每天到外公的老朋友林先生家拿头一天的报纸给外公看。每天晚上家里的煤油灯总是亮堂堂的，每天早晨我都要去给外公的煤油灯擦灯罩。对我，母亲或是要求把灯苗捻低一点，或是一再催促吹灭煤油灯早睡。

高中毕业后的夏天，我到飞云江南岸仙降区当征收粮食的季节工。考试打算盘并面试，我未能如愿去称秤而是被分派去登记并算账。粮食收购完成后，通过当老师的远房舅舅介绍到飞云江南岸屿头小学当代课老师，班主任兼语文和数学老师。后来到塘下供销社征收红糖，接着又到鲍田鲍五乡镇企业上班。在乡下兜兜转转几年，都与煤油灯相伴，就此与它结下了笔墨情。

煤油灯下抄书记

我在煤油灯下抄书的那段岁月，至今仍留在我的记忆中。

元旦期间，苏州昆剧团进京演《牡丹亭》。得知消息后我立刻跟孩子说：无论票价多少，你去买票我请客。几年前，我在北京南新仓的皇家粮仓看过昆曲《牡丹亭》演出，希望孩子多了解中国传统文化，我愿意出高价买票请孩子看昆曲《牡丹亭》。遗憾的是票已售罄。我对《牡丹亭》的唱词无比熟悉，即使时隔几十年，有人说起梅柳，我还能脱口而出：不在梅边在柳边。那是因为我曾经在煤油灯下手抄过整本《牡丹亭》和《西厢记》等剧本，记忆犹新。《牡丹亭》和《西厢记》当时都属于封建残余，根本买不到书。我借到原本如获至宝，只能晚上偷偷摸摸地在煤油灯下抄。第二天早晨起来匆匆擦一把脸去上班，浑然不知自己的两个鼻孔被煤油熏得乌黑。除了抄中国传统经典，还抄过雪莱和普希金的诗，印象最深的是雪莱的《致云雀》和普希金的《假如生活欺骗了你》。当时前程渺茫看不到出路，只能拿雪莱和普希金的诗来安慰自己。

只要借到书，我就木头人般"钉"在椅子上看书，直至太阳落山。晚上守着煤油灯如饥似渴，以便及时还书。还经常把书包了书皮去还，保持着良好的信誉，人们都乐于借给我书。母亲去开会或加班的晚上，便是我自由读书的时间。只要院子大门一响，如临大敌，马上吹灭煤油灯，把书压在身子下装睡。如果真是母亲回来，我这晚上只好躺在书上睡觉了。应该说我的语文知识受益于读了不少杂七杂八的书。

《现代汉语词典》出版时，我已经上班赚钱了，花的六元钱是工资的三分之一，在工厂引起轰动。我还毫不犹豫地倾己所有预定了即将出版的《词源》，并和家人一起排了一夜的队买了一套数理化丛书，工厂同事都笑话我是书痴。

等到我在北京读研时，书的挑选余地大了，钱就捉襟见肘了。曾经在校园地摊见到一本心仪已久的书。不过区区5元钱，难倒天之骄子。身无分文的我见到一位在那里团团转的男生，原来他想向我借钱买那本书。我希望他去借钱时多借5元，他还指望我能去多借5元。最终与这本心仪已久的书失之交臂，痛失所爱。毕业工作后，在原王府井外文书店，当我看见一个学生掂量着两本书，拿起又放下时，我仿佛看见了当年的我——囊中羞涩，只有一本书的钱，可又想买两本。我冒昧地提出为他付一本书的钱。出于自尊，他没有接受我的好意。在我心目里，有钱固然好，但贫穷并不丢人，钱袋充盈知识贫瘠，处处露怯才丢人。

儿时的阅读习惯延续至今。图书大厦的魅力远大于服装店，只要进书店，总是流连忘返。首都图书馆是我最爱去的地方。即使在"非典"肆虐时期，在新冠疫情期间，我仍然不间断地去图书馆。如今互联网为我们打开了另外一扇门，所以现在更多的是网购买书。如今可以在明亮温暖的节能灯或LED灯下看书写字，那么多人却把大把的时间给了手机。

煤油灯下夜读聊斋

　　我高中毕业到飞云江南岸屿头乡村小学当代课老师时，虚岁 18。从飞云江轮渡过去后，走一个小时的路才能到学校。每周一从家里带一周的菜，每天的饭是自己放在铝饭盒里和学生的饭一起蒸。学校里的公办教师寥寥无几，民办教师则是从当地插队的女知青提拔出来，大都是二十几岁，婚后育有一个孩子。而我是年龄最小的代课老师。

　　乡村的日子是无聊而寂寞的。白天好打发，我任二年级班主任，教语文和数学，放学后总是留学生补课。学校从外地调来一个教高年级语文的老教师，我这种没见过世面的大孩子几乎视他为我师。我过去语文成绩一直名列前茅，所以跟这个语文老教师聊天时未免也有些文质彬彬的，与众不同。他看老师中只有我是爱看书的，于是私底下把《聊斋志异》借给了我。尽管我以前看过很多中外民间故事书，看鬼故事可是第一次。当时的欣喜难以言表。乡村的夜晚，在煤油灯摇曳的火苗下，18 虚岁的我夜读聊斋，又怕又爱，生怕与善良的女鬼、美丽的狐仙不期而遇。

　　学校是当地的寺庙改建的，整个格局不变，一楼隔成一个个教室，二楼是老师们的宿舍。最要命的是古老的木楼梯，夜深人静的时候，如果有一个人上下楼，会咯吱咯吱地响。乡村没有夜生活，老师们都是日出而作日落而息，所以木楼梯很少在夜间响起。乡村经常停电，借到《聊斋志异》的当晚，又是停电。拿着书，我爱不释手，便点起了煤油灯夜读聊斋。

　　乡村的夜晚，万籁俱静。当那些女鬼或者狐狸精一个个出现时，我真是又爱又怕。那些女鬼或者狐狸精的来临总是伴随着风声，而且一个个还特别爱笑，掩口笑的，放声笑的。还有那些床笫之事，我还不十分明白。夜深人静，只有我的房间透出昏暗的煤油灯光，玻璃灯罩上半部已经被烟熏黑了。

突然，木楼梯咯吱咯吱地响了起来，传来了轻轻的脚步声。我的心怦怦地跳。如果是哪位老师出门回来，绝对不会是这种蹑手蹑脚的走法。我一再告诫自己，世界上没有鬼，要相信科学！可是我赶紧躺进被窝，紧紧裹着棉被。走廊也是木地板，一面朝寺庙天井，另一面就是教师的房间。咯吱咯吱的响声从楼梯到走廊，听着脚步声从我门前走过，我手脚冰凉，在被窝里瑟瑟发抖。听着走廊尽头吱呀一声开门的声音，我心里的石头才落了地。原来不是女鬼，而是年轻貌美的女教师。

在我们乡村学校，老师很少晚上出门。夜归的美丽女教师在插队期间曾经与当地一位男青年产生了情愫，不久男青年被选中入了空军，据说是培养飞行员的材料。可能以为自己从此要翱翔祖国的蓝天，对插队的女青年便有了鄙视之意，从此劳燕分飞，女知青很是伤心。天不遂人愿，不知什么原因，准飞行员没能摘掉"准"字，折翼而归，灰溜溜地回到家乡，仍是一个当地农村青年。只是曾有过入伍空军经历，大家会注意到他那魁梧的身材。而插队女知青已经成为民办教师，吃公家饭，明显比农村青年高一筹，造化弄人。千不该万不该，当年绝情而去如今又来撩女教师，而女教师是好了伤疤忘了疼。那个年代，男女之间稍有暧昧，还没等上床，唾沫星子就能把人给淹死，何况在乡下。于是上演了夜里偷偷摸摸出去约会的情景。不巧的是，我正好在煤油灯下夜读聊斋，被吓了个半死。

学校里其他老师都善解人意，看破不说破，但是背后都为女教师不值。大家都很担心，现在他们偷偷摸摸地约会，纸是包不住火的，如果哪天东窗事发，在乡下定会掀起滔天波澜。幸亏我没等到那一天就提前离开学校了，不然当时还多愁善感的我恐怕会替他们潜然泪下吧。

即使是鬼，聊斋故事比人世间还美好，人鬼情未了。

煤油灯下的音乐

音乐属于高雅的范畴，在生活中，音乐就像是盐，做菜缺了盐，便无滋无味。我在青少年时代所听过的音乐，除了小时候唱过少先队歌和《听妈妈讲过去的故事》，便是样板戏和语录歌。因此，当我为了生计而到塘下农村供销社当征收红糖的季节工时，生活就像是没有放盐的清水煮白菜。

起初我到鲍五乡镇企业做工，这是县外贸局和鲍五合办的企业，生产外贸出口的包装就是纸盒。其中的曲折难以言表。中间有一段时间停工，在那个手停口停的日子，糊口生计成了大问题。于是，母亲给我找了个临时的活，到塘下供销社做收购红糖的临时工。红糖收购与粮食收购一样，都是季节性的。只是收购红糖住在供销社，条件比收购粮食好，也不会被送粮食的农民骂。

有一点是共同的，乡村的夜晚，永远是寂寞的，没有电灯，与煤油灯作伴。煤油是凭票供应的，幸亏住在供销社，近水楼台，用煤油不受限制。我房间里的煤油灯，长明灯似的夜夜亮着，早起时鼻孔都是黑的。每天白天我端着煤油灯去加油，费油在供销社里出了名。在月夜，窗外的打谷场亮如白昼，一眼望去，打谷场旁边的茅房一览无遗。我不知道该如何打发漫长的乡村之夜。不知从谁的手里得到一本手抄的歌本，上面尽是苏联歌曲：山楂树、小路、三套车、喀秋莎等。当时家里有收音机已是很了不起了，可是收音机里只放样板戏，我从来没有听过这些苏联歌曲。这些另类的歌在我面前展示了生活的另一面。我如获至宝，夜夜在煤油灯下忙着抄歌谱。我的房间里，一盏煤油灯的火苗在风中摇曳。不知转了多少次手的歌本，简谱上的符号常常有错，也只能以讹传讹。我的房间也成了大家最爱来的地方，每天晚上人满为患，临时工和正式职工不分彼此，济济一堂。供销社一位会拉二胡的职工，常常拿着二胡来我的房间，我吹着刚学的口琴，连伴奏都还不会，大家唱着跑调的歌。乡村的夜晚，有了一点生气，生活似乎放了盐的菜，有了滋味。

一天，我突然在我的歌本上发现了两行字："艺术爱好者，不懂得什么是无聊！"由于我的字非常难看，所以这一漂亮的字体在我的歌本上鹤立鸡群似的格外显眼。没有人告诉我是谁写的，但是我能猜出出自谁的手笔。那一定是一位供销社正式职工的爱人。他常来看他爱人，听见我房间有歌声和笑声时便来，不说话，只是静静地看着、听着。他是老三届，应该听过这些熟悉的旋律。他那绅士风度与当时的乡村格格不入。他是我们这些人中最有见识的，可是他哪里知道，我一点也不懂艺术，更谈不上爱好，只懂得什么是无聊。我是靠当时煤油灯下的这点音乐，如果那可以算音乐的话，来度过一个个无聊的乡村夜晚。恢复高考后，我有机会上了大学，念了研究生，我仍然保存着那本手抄的歌本，直至家乡的老房子拆迁，家人清理了旧东西，这歌本再无觅处。

今天，当我在北京的国家大剧院音乐厅欣赏所谓高雅的音乐，聆听来自世界各地顶级音乐大师的演奏时，我心中时时响起煤油灯下的音乐旋律。

曾经不堪回首的日子，随着岁月的流逝，正如普希金所言成为美好的回忆。时代的进步，从普通电灯到日光灯，再到节能灯到LED等，更新换代层出不穷，煤油灯已经成为文物或者是家中的装饰品。过去的煤油灯为我点亮了心灯，与煤油灯结下的笔墨情会陪伴我终生。

新华书店人潮涌

　　作为一个小镇做题青年，在离开大学校园很多年后的今天，乡音未改鬓毛衰，回到了当初起步的故乡瑞安。有人给我看著名摄影家刘显佑先生所拍的一张黑白旧照片：瑞安新华书店前人潮。刹那间，我几乎呆住了，时光仿佛凝固了，又仿佛在缓缓倒流到 1978 年。我在那人群中寻找自己，我说不定就在那人群中。不，我一定在人群中。那是我们在连夜排队购买《数理化自学丛书》，从照片中年轻人的脸上，可以看到如饥似渴追求知识的需求，想通过高考改变命运的欲望。

　　恢复高考后，有一个说法叫新三届，说的是 1977、1978、1979 年的高考生。曾经有两套书，虐了这三届学生，让他们爱不得恨不得，恨它，却梦寐以求，朝思暮想，一旦得手就手不释卷。这两套书，一套是《数理化自学丛书》，另外一套是樊映川的《高等数学讲义》。这两套书，岂止虐了新三届，至今高考的江湖和大学校园里仍然还有这两套书的传说。

　　停止高考的那些年，没有数理化书，当时全国中学教材普遍是《工业基础知识》和《农业基础知识》。在瑞中时我们戏称物理书为"公鸡和母鸡"。教"公鸡"的物理老师是外地人，讲一口好听的普通话，不像别的老师用瑞安话叫我，他总是拖长音："林——娜"，总觉得他在叫苏联人的名字。一旦恢复高考，只知道"公鸡母鸡"的我们如何应试？

1977年，上海科技出版社从苏步青那儿得知要恢复高考，当机立断决定重版20世纪60年代出版发行的《数理化自学丛书》。1977年高考前一个月，只来得及重版了一册代数。1978年全部出齐了包括《代数》《物理》《化学》《平面几何》《立体几何》《平面解析几何》《三角》等共17册。全国新华书店都出现了抢购局面。印刷厂也是日夜赶印，仍然供不应求。为了买到这套丛书，新华书店门口出现了全家总动员、连夜排队抢购的壮观场面。我是学文科的，所以我只须购买数学，其他理科生是全家出动，彻夜轮流排好几个队。后来才知道，我朋友洪炳文曾孙女那一天也在。她说她一直排队到深夜。省作协鲍小红老师告诉我，当时她在平阳，她父母陪她去新华书店连夜分头排队，一个人只能拿一张票，她父亲拿到化学丛书票，她母亲拿到数学丛书票，轮到她排队到了，物理丛书票发完了，她当场哭了。尽管她后来上了复旦大学，但是说起往事，仍然记忆犹新。

《上海出版志》记录了这套《数理化自学丛书》的销量：共发行435万套，合计7395万册。实际上远不止这数，很多省份向上海借了版型自行印刷。

我们考上大学后，教材奇缺。我的数学书是学校自行编写的油印本。对知识如饥似渴的我，想方设法买到1964年版的樊映川主编的《高等数学讲义》上下册和习题集，是二手书。当时我并不知道这是工科教材，只知道废寝忘食看书做习题，上食堂排队也带着习题思考。有一次，做完习题抬头发现天已经黑了，食堂关门了。那时食堂关门就意味着这一夜要饿肚子。这套书非常适合自学，所以我自己啃完了这套书，并且把书中的难题偏题都做完了。几十年来

《高等数学讲义》再版数次，累计印刷千万余册。其编者樊映川先生早已离世，而其著作至今仍伴随着一代代大学生的学习和成长。就像词典一样，现在的高数书，还是在那本基础上修订的。学过的人，都不讲《高等数学讲义》，说起高数只说樊映川。"樊映川"已经成为一个代表符号。

其实影响那一代人的还有一套书：《许国璋英语》。除此之外，我自学的英语课本，是英语老师给我的 20 世纪 60 年代出版的另外两本旧课本，但是这两本旧英语书习题没有答案。我看书自学做习题后，英语老师给我额外改习题。这样，我从迈进大学门时不识 ABC，只知"公鸡""母鸡"的文科生，转换了频道，凭着良好的数学和英语成绩考上了名校经济管理专业研究生。

这张旧照片让我热泪盈眶，尽管事后通过求证，这张照片并非购买《数理化自学丛书》，而是早一年 1977 年毛选第五集发行。谁能想到，时隔一年后，新华书店门前再一次掀起购买书籍的高潮，而且有过之而无不及。正是因为这套丛书带来的影响，许多人的命运由此改变。所以看到刘显佑先生所摄的照片，我误认为就是排队买书的情景。新华书店门前人潮涌，那是对知识的渴望。如今新书汗牛充栋，计算机、网络更是带来很大的便利，但是人们追求知识的愿望永远不会改变。

《数理化自学丛书》《高等数学讲义》和《许国璋英语》这三套书，已经是一个时代的标志。回首往事，我们悲喜交加，为逝去的青春，为那个青黄不接的年代，为那个如饥似渴追求知识的年代。

蟛蜞进音乐厅

看见浙报《瓯江浪花》一篇温州蟛蜞一文，勾起了我这个温州人在北京与温州蟛蜞以及河蟹的往日趣事。

20世纪90年代，交通运输不发达，在北京很难吃到生鲜物品，除非到高档饭店，那是奇贵，非普通百姓所能享受的。对于我这个出生于温州这个鱼米之乡的饕餮之徒而言，馋家乡的鱼虾蟹久矣。

家乡人来京出差，自然会携带些时令的生鲜，最方便携带的自然是蟛蜞、河蟹，绳子扎好了，乖乖地不动，存活个两三天没问题。一次，有朋自温州来，给我办公室打电话说给带了蟛蜞，让我下班去他宾馆拿。那时没有手机，联系很不方便，突如其来的蟛蜞让我又喜又惊，喜的是可以大快朵颐，惊的是当天晚上约好和朋友去北京音乐厅听音乐会。在没有国家大剧院时，北京音乐厅是最高档的场所。我想鱼与熊掌兼得，下班后去宾馆拿了蟛蜞，拎着蟛蜞直奔音乐厅，把装蟛蜞的塑料袋放在脚下。

音乐会开始了，我和朋友无论如何也无法聚精会神。可能音乐厅里温度有点高，蟛蜞开始不安分起来，在我们的脚下窸窣地动。我看朋友一眼，她看我一眼，然后异口同声地说，别是绳子松了，蟛蜞可别爬出来。就这样台上演奏世界名曲，脚下蟛蜞窸窣作响。我们忐忑地看完了上半场，中场休息时，我又看朋友一眼，发现她也在看我，异口同声地说，回家吃蝤蛑吧。于是我俩趁休息时间离开音乐厅，提着蝤蛑回到我的陋室，立刻收拾蝤蛑。蒸熟的蝤蛑，红彤彤的盖，一掀开，满满的红膏，值了！拿出一个大可乐瓶，里面装的是温州带来的土酒蜜沉沉，原产地酒配原产地的蝤蛑，原汁原味，直至微醺，我俩才想起音乐会，说了一声音乐会不知道结束没有，相视而笑。

另外一件趣事是家乡人给带的河蟹，送到我办公室。一个大办公室十个人，那几只螃蟹不够我与同事分享，于是我看了一下河蟹，就放在办公桌下面。下班时我一声不吭拿起螃蟹，走之前我看了一下塑料袋，感觉有一根多余的绳子，别是逃了一只河蟹吧？我心生疑虑，围着办公桌找了一圈，既没看见河蟹，也没听见它吐泡泡的声音，就放心回家了。结果第二天上班一进办公室，就见处长“虎视眈眈”等着我，似笑非笑地说：吃独食了吧！天，他怎么知道？原来，昨天那只最大的螃蟹成功“越狱”，正好爬到处长办公桌上，处长一进门就看见了那只大河蟹。这螃蟹不是心怀余恨，告我黑状吗？我只好尴尬地笑了笑，过去把那只螃蟹逮回来，晚上大卸八块炒了年糕。螃蟹炒年糕，又一道温州美食。

温州的蝤蛑和河蟹，要说爱你不容易。

第一个三大件

个人的命运与国家的命运、时代的发展休戚相关。我的人生第一个三大件：手表、自行车和录音机，外加人生第一件丝绵袄，都发生在改革开放初期，我的人生转折时期。

第一块手表

当拨动时间的年轮，我们获得珍贵的记忆。手表，作为计时和告知时间的使用工具已经完成了其历史使命。现在人们对时间的掌控大都依赖于手机。只有两种情况的手表还依稀在世：一种是运动手表，另外一种是以奢侈品业态存在的手表。前者更多的是记录运动状态而不是时间，后者或者是以炫耀式消费的物品，或是作为一种保值升值的物品。无论前者还是后者，都已经失去了手表作为计时器的特质。而我的第一块手表，是在 1973 年，那时的手表是名副其实的用于记录时间并告知时间。

1969 年，一个发小小学毕业就辍学到她父亲的饮食店打工，凌晨要做面条。她家里人多房子小，而我有自己独立的房间，是大门台的西厢房，与父母正房互不干扰。所以我在读中学时她喜欢到我家睡觉，凌晨大门一开就出去上班。那时我们俩都没有手表，房间里也没有时钟。她每一天都睡不踏实，害怕去晚了，赶不上做面条。有一个冬天的凌晨，她去早了，面条店还没有开门，她一直冻着等到开门。后来她订婚时，她家里提出男方必须给她买一块手表当彩礼。可见当时手表在人的生活中是多么的重要。

　　1973年我高中毕业，刚跨出瑞中的大门，脱去学生的身份，就跨入了飞云江南岸屿头乡村小学的大门，当上了代课老师。那时手腕上还空空如也。上海牌手表是当时最上档次的手表，除了要120元巨款以外，更重要的是还要计划票。有钱没票，或者有票没钱都只能望表兴叹。不知道多少个时日，我常常去我母亲单位对面的百货公司，痴痴地看柜台里边的手表样品，从不敢奢望。母亲总归是最了解孩子的，她想方设法弄到了一张上海牌手表的计划票，家里不可能有这么多余钱给我买表。母亲让我在每个月代课工资的24元里省出10元，她去给我聚一个"会"。当时瑞安有一种习惯，叫作"聚会"，有点类似零存整取，实际上就是大家凑钱，每个月给急用钱的人。母亲找了12个人，每人每个月拿出10元钱，一共120元，这个月给我，下个月给别人。等于我先拿到120元，接下来我每个月付出10元给别人。

　　就这样在1973年的下半年，我就戴上了上海牌手表，但从此我就像套上了孙悟空戴的紧箍。我每个月要交给母亲10元伙食费，再加上会费，代课工资所剩无几。我每周末回家一次，带上下周的菜，米饭是和学生一起拿自己的饭盒蒸饭。每周四、周五，家里带的菜吃完了，我就跟学校其他老师一起去农民那儿买肉，回来放在饭盒里蒸。那时猪肉六毛四一斤，其他老师都买三毛钱的肉，唯有我独自一人买两毛钱的肉。大家都笑我小小年纪这么省，是全校最省的老师。我从没觉得不好意思，总是我行我素。慢慢地，大家也都习惯了，互相代买也不问我就会帮我带两毛钱的肉。后来我离开屿头小学，到城里小学代课，再到乡镇企业，一直坚持着每个月省出 10 元钱交会费，从来没有拖欠过一天。整整一年，我坚持下来了。在我的心里，这块戴在我手上一年的手表此时才完全属于我。此后这块上海牌手表跟随我辗转，我边工作边复习高考，戴着它从工厂走上高考考场，戴着它迈进大学的校门。

　　在我上大学的第二年，我戴上了人生中第一块进口表。那时，由于温州交通不便，大一的寒假我是在学校过的。暑假回家，母亲给了我两件珍贵的礼物：一个录音机、一块进口手表。

　　以后，无论买过多少块名贵的表，都不会忘记我的第一块上海表。时光的针，在我心中走着，嘀嘀嗒嗒的声音伴随着时光的流逝，越发清晰。

第一个录音机

　　我的第一个录音机虽然姗姗来迟，却起点很高。我是进大学后才正式开始学英语的。我们那个年代读书的人，尤其是小地方出来的人大都是哑巴英语。那时有个小收音机的人都不多，更何谈录音机。我也是很晚才知道，有个砖头一样的放磁带的录音机是学英语的最佳伴侣。但是连收音机都没有的我哪敢奢望录音机。对于我而言，最渴望的是有个砖头一样的录音机。因此，当我暑假回到瑞安，母亲给了我两件从来没见过的"大件"时，我欣喜得不敢相信。

　　这两个"大件"实在是太大了，一件是带有日历的进口手表。记得有一年同学订婚，为了有个进口手表做聘礼，还跟男方家好一顿洽商，而我轻易就有了进口表。另外一件实实在在是大件，那就是后来报纸上报道的照片那样，很多年轻人穿着喇叭裤手里提着四处招摇的四喇叭录音机。四喇叭录音机放在我简陋的房间里，真的是蓬荜生辉。我母亲节俭成性，怎么会如此大手笔？我第一次出远门，一年后才归来，而且一年中从未向她要过钱，连路费也是我从助学金中省出来的。母亲是想念我了，可是出手也不可能这么大方。

改革开放初期，海上放松了一些管理，很多渔船在海上交易。于是带来了一些舶来品。我方渔民给对方渔民一些粮食和生活日用品，对方给我方渔民一些小家电。完成交易后，这些小家电就在福建或者温州靠近福建的地方流通到老百姓手里。因为都是直接交易，价格非常便宜。我母亲也托人给我买了两件。当我戴着进口表到上海一个同学家时，我第一次看到了来自上海人的羡慕眼光。而四喇叭录音机，我珍惜无比，家里也给我做了一个橘红色带荷叶边的布袋做保护套。

带着四喇叭录音机回到学校，我发现太奢侈了以至于不适合学英语。尽管我藏藏掖掖，还是在学校里掀起了轩然大波。那时，校园里刚刚开始流行跳交际舞，我那独一无二的录音机便是最佳音响。于是，高年级男生络绎不绝地来请我去跳舞。其实他们哪里是想请我去跳舞，而是醉翁之意不在酒。跟我借录音机，我肯定不舍得，我得时刻看着我的宝贝。次数多了，系党总支书记和班主任对我很有看法，他们说这么好的学生怎么能去跳舞呢。在他们眼里，跳舞、穿牛仔裤以及谈恋爱都属于不良学生。于是在班主任找我谈过两次话之后，我不得已把录音机便宜卖了。可以说，卖了录音机，心都在流血。就这样，第一个奢侈品录音机离我而去。为了纪念我人生中第一个四喇叭录音机，至今我还珍藏着那个橘红色带荷叶边的录音机外罩。

第一辆自行车

"应该带一辆自行车进北京"，当我大学毕业前夕到北京参加研究生复试（面试），领略了北京之大和公交车之挤后萌发了这一念头。尽管那时我还不会骑自行车。

那时自行车还要计划票。好在母亲在交电公司，单位照顾给了一张计划票，也算近水楼台先得月，于是有了我人生中的第一辆自行车——上海永久牌自行车。大学毕业后读研前的暑假，我回到瑞安，让妹夫在瑞中操场上教我骑自行车。读书很灵的我，骑车却很笨，最终是学会了骑车却不会上下车，也不会一只手举起来示意转弯。

那时瑞安交通不便，若想带自行车去北京，只能坐长途汽车到金华，然后在金华坐火车再托运自行车。一个人去北京，为了省钱，随身带着大包小包的生活用品和衣服。坐长途车时，自行车是放在长途车的顶上。上午出发，下午才到金华。下车后，我把行李放在脚边，然后踮起脚伸手去接司机从车顶上递下来的自行车。就在那一刹那，有人拉起我脚边的行李就跑。我放下自行车追上去，也不敢跟人吵，把行李拿回来就算了。其实也没有值钱的东西，可是从家带一点东西，到学校就不用花钱买。一个人顾了这头顾不了那头，那时真是欲哭无泪。

到了北京，这辆二八大杠自行车真是神器，出门全靠它，去哪儿都骑车。我骑着它去北大清华看温州老乡，傍晚去圆明园。每到十字路口，我不会举手示意，就下车推过去。同学们出去玩，先扶住车让我上去，下车时跳下来，渐渐地学会了上下车。一个傍晚我骑车把硕导的资料送给外经贸大学教授，北京在修三环路，中途要绕路，而且坑坑洼洼。我摔倒在一个黑乎乎的地方，自行车链子掉了。那时北京三环附近很冷僻，周围前不着村后不着店。好在等待一会儿，有个好心人过来帮我搞好链子，我才安全回到学校。

研究生毕业找工作，已经是双向选择。由于研究生很稀少，所以大家可以按照自己的心愿去单位毛遂自荐。我首先骑车去的北大和清华，因为我是外地生源，北大清华说没有房子。我说有宿舍就行。北大老师说我幼稚："你现在说没关系，过段时间结婚就知道没房子的难处了。"我再骑车去外经贸大，教研室主任跟我导师要的我，面谈时系主任又想截胡。我干脆骑车去了某部委，跟他们干部局面谈了一下。然后骑车回学校。这一趟我已经骑车绕北京市区整整一圈。渴了喝老北京瓷瓶酸奶，饿了吃个面包，一点防晒措施也没有，脸和胳膊小腿晒得通红。

最终我带着我的宝贝自行车进了部委大院报到，开始了新工作。即使在部委工作，我仍然视自行车如珍宝。因为三顿都在单位食堂吃，下班也在办公室。晚上九点钟回集体宿舍时，我喜欢骑车到天安门广场绕一圈，透透气再回去。有时候去人民大会堂开会，单位可以派车，我还是喜欢自己骑车去。怕自行车被偷，就问天安门广场的警察，自行车应该存在哪里为好。警察说没见过骑自行车来人民大会堂参会的。

我的自行车平时放在集体宿舍车棚，北方风沙大，北方人的自行车不怎么擦，只有我这个南方人的自行车总是擦得锃亮。北京少雨，每次我一擦车，第二天就下雨，无一例外。只要我在院子里擦车，传达室的两个大爷就笑：明天该带伞了。两个大爷闲下来也喜欢帮我擦车，大家都说我和我的自行车享受到了贵宾待遇。北京的自行车大部分都很脏，与雨水无关，主要是怕被偷。那时北京流传一句话，没有被偷过自行车就不算北京人。太新的自行车容易被偷，于是北京人不再爱擦车，就如久入鲍鱼之肆不闻其臭，久不擦车，不觉其脏。有一次我骑车去地铁站接老家来人，他看着我的车说：真脏。在北京多年，没人注意车脏，只有老家人才会注意到细节。不过现在都是共享单车，也无所谓了。

我人生中第一辆自行车，是我负笈北上求学后留在北京工作生活的一个显著标记，以后我和它在北京的故事还有很多，那段时间它是我的生活工作伴侣。

第一件丝绵袄

除了手表、录音机和自行车三大件，我还有一个珍贵的物件，就是我的第一件丝绵袄。上大学前我已经工作了五年，衣服还是新三年旧三年，修修改改又三年。我上大学还带了一件棉衣，是母亲把弟弟的蓝色卡其衣服拆了翻新，买染料粉重新染过，絮上新棉花，里面夹里是粗布染成猪肝色。离开家之前，我自己拿工资请工友的姐姐给我做了一件中式丝绵袄。罩衫是蓝色底金银线菊花图案的织锦缎。我带着这件非常珍贵的中式丝绵袄上了大学。但是一直不舍得穿外面的罩衫，总是用旧衣服当罩衫。多年后丝绵袄不能穿了，蓝色织锦缎的罩衫还完整如新。我也略微发胖一点，正好把罩衫当外衣穿。我在外贸部门工作，每逢有重大外事活动，这件中式衣服便隆重出场。我去美国出差或旅游，也总是带着它。甚至换了单位，年终单位活动，我也是穿着它。后来慢慢流行起中式衣服，我算是用几十年前的衣服无意中引领了时尚潮流。

这些本来冷冰冰的物件，因为带着家乡的温暖，陪伴着我上学、工作和生活。

德象女校遐思

　　回到瑞安，每天早晨从邮电北路去游泳馆，路过一个破旧的四方小亭楼到忠义街。这个旧亭楼在新修缮的小沙巷口和邮电北路反而有些突兀，又有些鹤立鸡群。原来，它是德象女校旧址，县级文保单位。

　　看到墙上嵌着"德象女校"的石碑碑文，我有些诧异。我去读大学之前的瑞安，是个有些保守、传统甚至带有一些封建观念的小县城。不仅家里有很多老规矩，社会上对女子也是诸多约束。女子骑自行车过街会遭到非议，很少有人穿裙子。没有游泳馆，我在瑞中时只上过一次游泳课就不了了之。所以，得知德象女校创办于清光绪三十二年（1906）时，实在有些意外。那时的女子还有缠足的陋习，偏居一隅的瑞安居然是在浙东南开办女校的先驱，我的家乡真不可小觑。当瑞安老城改造修缮小沙巷时，不知所以的工人把德象女校作为建筑工地，堆满沙土，小推车进进出出。眼看旧墙墙角都被车碰撞，长期下去，小沙巷修缮完毕，德象女校遗址也将坍塌。我给12345打电话毫无效果。无奈通过学长反映到瑞安政协，才有效制止了这种破坏真古迹修造假古迹的行为。对我热爱家乡古迹的行为，政协领导通过学长转达了谢意。

　　瑞安很小，人与人似乎都有千丝万缕的关系。我在敬佩我同学的丈夫吴卓进以他和我同学共同名义捐赠一千万设立卓美慈善基金之余，却得知我同学是嫁给了创办德象女校的大慈善家吴之翰的嫡孙，原来慈善传统也是代代传。

1906年中国处于晚清时期，既是中国近代史的开端，也是近代中国半殖民地半封建社会的形成时期。西方资本主义入侵进一步深化，伴随着列强在华设厂和洋务运动的发展，中国出现了民族资本主义。在晚清那个年代，仅仅有慈善之心是不够的，须得有民主思想。

1906年，吴之翰在玉尺书院旧址即敢心桥创办了德象女校。同年将女学蒙塾、毅武、宣文女子学堂并入，形成德象女子高等小学堂。女学发达应以此为起点，为浙东南女学先驱。德象女校曾经的校舍是座坐北朝南的合院式建筑，由正屋、厢房、敢心亭组成。正屋为二层廊檐楼房，厢房为单檐二层楼房。校舍目前只遗留外观破旧的小亭楼，保持清中期建筑原貌。吴之翰自称八憨，故有憨桥、憨亭和憨楼。池志澂先生撰写楹联时，易名为"敢心桥""敢心亭""敢心楼"。我儿时，邮电北路还是河，我常常从敢心桥即这小亭楼穿过，不料那是过去的女校。

初始德象女校设有四个年级，每个年级各有一个班，开设国文、数学、地理、缝纫、体育、音乐、美术等课。为了女生可以参加体育活动，特地邀请瑞安中学唯一的体操老师杜志行来兼课。进德象女子高等小学堂高小班读书的女生，一般处于议婚年龄，按当时封建习俗很少露面，德象女校招收女生阻力重重。吴之翰亲赴适龄女生家中做说服工作。孙诒让也带头送女儿去德象女校读书，对开启女子入新学读书起了示范作用。晚年吴之翰又办半日制学校，半工半读，使贫民子女亦有机会读书识字。他甚至卖了仓前街的店面和桐溪的田地充当办学经费。

横向来看，当时的世界，1901 年首次颁发诺贝尔奖，同年发明无线电通信；1903 年首架飞机试飞成功；1905 年爱因斯坦发表《相对论》。更重要的是，1909 年确立了国际妇女节。这期间，吴之翰在偏居一隅的瑞安创办德象女校。据《瑞安市志》载，德象女子小学堂 1928 年并入瑞安县立中心小学，实行男女同校。德象女校办了 22年，毕业学生约一千人。德象女校的创建，为近代女子教育事业作出了巨大的贡献，对于启蒙和解放女性起到了积极的作用。

我在北京生活，曾经用过好几个保姆，都非常聪明能干，却都是文盲。一个六十岁来自江苏的保姆是文盲，那个岁数没读书不算罕见。后来两个三十多岁的保姆也都是文盲，实在令人不解。一个非常能干机灵，曾经跟着丈夫到浙江打过工。因为赚不到钱，不如做保姆。当时她家里来电话叫她回去，说婆婆病了要她回去伺候，她哭着让我给她留着岗位，她回去看看还是想回来。因为她女儿比我女儿小，我把孩子的衣服收拾出来给她带回去。没想到刚把她送上火车，她丈夫就来电话，让我另找人，不要给她留。因为真正的原因是她女儿掉河里溺水死了，她不会回北京了，要在当地再生孩子。我很后悔好心送她孩子衣服，不知道她回去如何面对。接下来再找的保姆五大三粗的，却也是文盲。过了不久，有人找上门来要她回去。祥林嫂的一幕重演，她是逃出来做保姆的。她丈夫有癫痫病，她是被换亲嫁的，因为被家暴逃出来做保姆。当时她出逃了，她嫂子立刻回娘家，因此她娘家和夫家都逼迫她回去。她让我给她丈夫在北京找个工作，她留在我家里当保姆。我担心她丈夫癫痫病发作，哪敢留她两口子，她也是哭着回去的。这两个三十多岁的女性都不识字，都被家暴，都没有更好的出路。我非常希望农村女孩子有书读，哪怕做保姆也能到好人家。因此我通过希望工程资助女孩子。资助的女孩子小学毕业时，我说她若愿意继续读书我可以继续捐助，遗憾的是不知道是什么原因不读了。后来我和几个同事找希望工程，想资助几个女孩子读初中。当时希望工程只资助小学生，这事也就不了了之。

回过头来看，当初创办德象女校的吴之翰和今天云南丽江华坪女子高中张桂梅校长都功德无量。愿德象女校的遗址留给后人，为女性尤其是农村女性读书起到启迪作用。

家乡烟火

醉瑞安 *Zui Rui An*

大婶面馆

　　瑞安解放路老街改造终于告一段落。从我家二楼窗户看出去，对面的大婶面馆又开张了。白墙砖瓦木棱门窗，新挂的红灯笼在风中摇曳，透出了喜庆。面馆里还是那个大婶，还只有炒面和炒粉，与之前并无两样。但是这么一个简单的面馆，可以说是现实中的深夜食堂。

　　电视剧中的深夜食堂，无论是中国电视还是日本电视，都有一个帅哥大厨，围着围裙，根据顾客的需求，有条不紊地做出花样百出的精致小菜。顾客也是各种各样的白领或者小众艺术家等，带着自己的故事，在深夜食堂排遣。我家对面这家面馆，这个现实中的深夜食堂与电视剧截然不同。大婶面馆，一间没有招牌的小门店，只有两张简易长方形桌子，一个冰箱，门口一个大炉子。每天傍晚六点多钟准时开门，深夜十二点以后打烊。其实真正打烊的时间我不得而知，因为我从没熬过十二点钟以后。厨师只有一个普通大婶，夏天穿着宽松的说不上裙子还是睡衣的休闲袍子。开门第一件事就是生炉子，然后把面条和米粉用开水焯过，在一个铁锅里分成一半是米粉一半是面条。准备好一些炒面炒粉的配料，就绪后就坐下来等顾客上门。

　　她与当地上年纪的女人不同，并不用大嗓门嚷嚷，也不跟左邻右舍搭讪，静静地坐在那儿，有顾客上门，立刻起身。这个应该是她自己的门面房吧，可以不用为租金着急。她白天是否另有工作呢，不然为啥白天不开门？这家没有任何标识和招牌的面摊，持之以恒，准时开门，这就是她的金字招牌吧？来的应该都是老顾客吧。即使在刮台风的深夜，我刚在猜测她会不会来，对面就已经传来生炉子的声音。

我倚在二楼窗户，饶有兴致地看着大婶操作。顾客不多，从无顾客盈门的迹象。偶尔有顾客上门，就能听见对面铁勺碰铁锅的声音，那是在炒面或炒粉。先放油，然后放肉丝，再放面或粉，起锅前应该按惯例放绿豆芽。

我刚回到老家瑞安时，家乡已经是个陌生的地方，父母已逝，有一种人生地不熟的感觉。政府已经把城市重心转移到安阳新区，解放路老街这边是一派衰落破旧的感觉。一到夜晚，更是像一条毫无生气的死街。居然有一个大婶，默默无闻地坚持着。无论什么天气，无论多晚，这个深夜食堂都开着灯，给深夜觅食的人一个温暖的慰藉。我刚回老家，在那些不习惯和感觉寂寞的夜里，望着对面这个坚持的大婶，对我也是一个慰藉。

深夜劳作的她应该是寂寞的吧，有一段时间，她的店面放着佛经音乐。因为是深夜，而且声音往上走，佛经音乐声严重影响了我的睡眠。我犹豫再三，有一天下去跟大婶说，夜里佛经音乐的声音能不能轻一点，她和颜悦色地答应了。没想到，当天晚上开始，就再也没有放音乐的声音。我很内疚，她深夜唯一的陪伴居然让我给打断了。我在心里默默地祈祷，佛祖保佑，让她的生意兴隆。

在瑞安时间长了，邻居告诉我，大婶是苦命人，中年丧夫，一个人把两个孩子拉扯大，都已经自立了。这家门面是她从小叔子手里租来的。瑞安老街开始改造后，虹桥北路很多饭馆都关门了。解放路这边开始修路并改造老房子的外立面时，我担心地注视着对面的大婶面馆，船小难敌顶头风呀。好在尽管生意冷落，面馆每天晚上照常开门。船小也好掉头，准备的食材应该随之减少了吧。

疫情控制住后，我从北京回来，欣喜地看见政府把瑞安好几条老街改造得古色古香，店铺都重新开门营业，老街焕发了青春。大婶的面馆生意应该好起来了吧。

我在对面大婶面馆铁勺碰铁锅的声音中，写下了这篇文字。愿现实给现实中的人提供衣食无忧的生活。

博士妈水果店

　　在外地，当有人知道我是温州人时，总会说，温州人很有钱。是的，温州人确实是先富起来的那部分人，但是温州人那种踏踏实实白手起家的过程，却并非人人皆知。在我的身边，就有一个朴实的瑞安女人，靠勤劳的双手支撑起一个家，还培养出一个名校博士。

　　现代人的生活离不开快递，回到瑞安生活，最没想到的是楼下水果店成为我的快递代收点，瑞安的快递员从不上楼，总是给发个信息：你的快递放在九号水果店。我下楼一看，水果店门口的快递堆积如山，很多人甚至把收货地址干脆写成了九号水果店。也就是从那时开始，我注意到了这个瘦瘦小小的女人。老板娘态度很好，对于每天来自四面八方的快递件不厌其烦，对各个快递公司的快递员来者不拒。这既占据地方又耗人精力。对面有个小卖部是每件收一元，所以大家的快递都扔在她家门口。我对她说过几次，要不每件快递收一元钱吧，她笑笑，照样免费。她很早去进货，拉回来的板车上的水果经常堆得比她本人高出许多。然后她一箱箱地卸货。这样一个小个子的女人身上到底蕴藏着多大的力量！

　　听一个邻居同学说，老板娘从文成嫁到瑞安，开了个小小水果店。过去居住条件差，小小的半间房甚至还堆满了水果，儿子就在另外半间写作业。丈夫身体不好，所以水果店全靠这个女人支撑着。她态度好，又乐于助人帮忙收快递，邻居们也愿意帮衬她，来她这里买水果。现在水果店品种齐全，只是受到网购的影响。很多快递件明显是一箱箱水果，她也毫无怨言，照样勤勤恳恳操劳着。

前年有一天，水果店史无前例地关了两天。我有些不放心，这个勤勉的女人该不会有什么事吧？第三天水果店一开门我就跑过去问。不问不知道，一问吓一跳，原来她的儿子是复旦医学院的博士，暑假带着女朋友回来探亲。隔壁邻居也都自豪得仿佛自个家的博士回来了一样，跟我夸起水果店老板娘的博士儿子，说他从小自觉，从不用人盯着，即使家里学习环境不如人意，学习仍然名列前茅。高中就被温一中直接录取，然后一路绿灯，本科被保送到上海复旦大学，硕士和博士也一直被保送。等我回到瑞安认识这个水果店老板娘的时候，她已经是复旦博士妈了。邻居们亲切地称这个免费为周围邻居收快递的水果店为博士妈的水果店。老板娘非常自豪地告诉我，孩子上学从来没有让他们花过多余的钱，没有上过什么辅导班。我夸她家孩子聪明又懂事，身体不好躺在躺椅上偶尔帮着看店的老板跟我说，孩子都是聪明的，只是聪明的地方不一样。有些孩子是聪明在玩，有些孩子是聪明在吃，有些孩子的聪明在学习，他孩子的聪明就在学习上。

这么一个简简单单的水果店，这么一个在网购大潮中艰难生存下来的水果店，责任和辛苦加以时间，这个瘦小的女人，不仅撑起了整个家，还培养出一个名校的博士。同时兼做好事，免费为四周邻居代收快递。认识博士妈水果店之后，我也减少了网购水果的次数，尽量多到楼下博士妈的水果店去购买。下楼买西瓜，顺便问了一下水果店的博士妈，去年孩子已经博士生毕业了，成为名副其实的博士。我问今年有没有回来，博士妈说太忙了还没有回来。是呀，疫情大敌当前，医学博士无暇顾及小家。我又问了问家里的情况，这个水果店铺面是租的，原来居住在西门的旧房子已经拆迁，还没有搬新房，暂时租了一个房子居住。听到这里，我看见老板娘那笑逐颜开的脸，打心里为他们家高兴。听到儿子博士生毕业，又有了新房，我连说恭喜恭喜！老天有眼，好人有好报。

　　在瑞安，在温州，像博士妈这样的例子不胜枚举。正是这些最底层最朴实勤劳的人奠定了我们社会发展的基础，我们什么时候也不能忘记他们的贡献。

大沙堤烟火气

　　大沙堤处于瑞安老城区老街中段，南北走向。纵观历史，大沙堤是先民为防海水入侵，在邵公屿夯沙筑堤两道，故有大沙堤小沙堤之说。随着瑞安这个千年古县慢慢地发展，大沙堤成为巷子的地名，地处瑞安最繁华的地段。大沙堤南口正是过去瑞安中国人民银行所在地，北口是忠义街。

　　过去瑞安老城区不大，因此大沙堤自然而然形成了瑞安城区非常著名的菜市场。老城区的人几乎都去过大沙堤买过菜，甚至有搬出大沙堤在老街开了门面铺面房的熟食店，还在门前写着原大沙堤多少号，以便招揽老顾客。

　　随着经济发展与瑞安安阳新区的崛起，老城区慢慢衰落了。大小超市如雨后春笋，大沙堤的烟火气仍然在，人们还是习惯去大沙堤买菜。但是老房子破旧不堪，沿街摆摊导致大沙堤沿街居民的生活环境每况愈下。瑞安市政府在老城改造上下了大功夫，先是修缮了忠义街，然后改造了宽街，最终轮到了大沙堤。政府出钱改造道路和修缮老房子的外立面，同时居民也出一部分钱，再由政府负责把房子都给修缮了。工程结束后，大沙堤展现给人们的面貌就是一条古色古香的老街，全部是白墙灰瓦木棱门窗的铺面房。大沙堤北口与古色古香的忠义街连接，大沙堤南口的中国人民银行旧址也得到了修缮，还开了一家非遗产品茯苓糕店。大沙堤改造完成，既改善了大沙堤居民的居住环境，又为外地人提供了旅游之地。

　　大沙堤改造完成以后，陆续有几家铺面房开始营业，先是开了几家服装店，似乎是温吞水。街巷是有记忆的，慢慢地有几家打开门面卖菜，水果店、早餐店、卖熟食的和卖鱼丸的店都开张了。我过去工厂的一个老同事，开了一家早餐店，卖瑞安人最爱吃的猪脏粉。当听说每碗只要七元钱，加个鸡蛋也不过九元时，我觉得便宜得不可思议。吃的人络绎不绝。顾客告诉我，这家自己做的米粉，不像有些市场用硫黄熏过。老同事说，因为是自己家的房子，所以早餐价格便宜。大沙堤还有组织地开了一家大菜场，改变了过去露天沿街摆摊的现象，集中到一个大室内。慢慢地，大沙堤陆续开了几家特色餐饮店。小城市的烟火气远远浓于大都市，小城生活就是这样热气腾腾。

　　每天早晨我从游泳馆回来，喜欢从宽敞的忠义街拐到古色古香的大沙堤。这几天每天遇到在大沙堤买菜的中学同学，我觉得有些诧异，他去望江菜市场买菜更近些。他说他在大沙堤买菜比较习惯。瑞安人买菜确实有习惯，即使搬到安阳新区住的人，还是喜欢到老城区买菜。有些人喜欢到望江菜市场，有些人喜欢到棚下菜市场。我在瑞安生活的日子，每天从游泳馆回来，就会顺道在大沙堤买点菜回家。大沙堤的烟火气又回来了，晚上更是灯火璀璨，有着美丽的夜景的它已经成为网红打卡点。

　　有人说，若有什么想不开的事，要么去菜市场逛逛看看人间烟火气，要么去医院勘破生死。国泰民安，天瑞地安，愿大沙堤的烟火气热气腾腾，百姓安居乐业。

小城小吃

　　如今在大城市，店租和人工成本越来越高，夫妻店很难生存，越来越多的是连锁店，外出就餐或者点外卖由骑手送餐，往往都是千篇一律的预制菜。只有家乡小城，才有浓郁的烟火味，吃到不同小店，不同风味的小吃。哪怕都叫猪脏粉，都叫糯米饭，放的配料都一样，不同的小店做出的风味也是不同的。

　　夏天我一般会回家乡瑞安，图的是游泳馆开两个月的早场，价廉物美。今年夏天江浙一带很热，我跟孩子说，瑞安游泳虽便宜，但是来回机票钱够在北京游泳。孩子说你可以回去吃好的。一语惊醒梦中人，于是我开启了饕餮之路。

　　王开岭在其书《每个故乡都在消逝》中写道：人间的味道有两种，一是草木味，一是荤腥味。瑞安是靠海的鱼米之乡，自然囊括了草木味和荤腥味。提到草木味，最令人难忘的是青草腐和九层糕。台湾风味和广东的烧仙草都缺乏瑞安青草腐里特有的青草香味。青草腐加上薄荷和马屿红糖，自然是解暑佳品。

　　靠海吃海，禁渔期结束，万舸齐发带回来的海鲜，不需要高超的技能，自己在家简单烹调即可。怕的是麻烦手作，温州著名的鱼丸、鱼饼、敲鱼，等等，既麻烦又考验技术的，自然让家务劳动社会化。前些年我刚回来，问老邻居，过去那家阿生鱼丸还在吗？我儿时的记忆中，温州人来瑞安也喜欢买他家鱼丸带回去的。邻居说，还在呢，你到南门海鲜市场去看，店主长得跟他爸一模一样。南门店铺写着阿生鱼丸，自己的门面房，现做现卖。去年南门海鲜市场统一划到棚下市场，他家后人没有继承这门手艺，老人不想在新市场租摊位，于是经营几辈人的阿生鱼丸关门大吉。虽然市场上很多做鱼丸鱼饼的后起之秀，但是没有一家鱼饼让我满意，因为加的肥肉太多，不如阿生家的鱼饼纯粹。

　　我家东边楼下的光荣烧饼，小门脸，夫妻店，承载着几代人的回忆，还是儿时的味道。每天早晨六点我去游泳馆路过烧饼店，老板已经点燃了炉子，在揉第一批面。他家的烧饼随做随卖，从不见堆着。刚出炉的烧饼外焦里嫩，咬一口，里面腌过的肥肉合着葱香在口腔里四溢，齿颊留香。我跟老板聊天，当年是三分钱一个，老板接了一句：还要半两粮票。这个半两粮票，可真是勾起了满满的回忆！我问老板为啥不申请非遗项目，老板说文化馆也有来劝说，可是儿子已经是教师，这门手艺后继无人，来学徒的年轻人待不住，只能做到自己做不动为止。非遗不非遗的，反正瑞安人都认他家。

　　我家西边楼下是瑞安最有名的"和香缘"粽子店，不到楼梯口就能闻到煮粽子飘来的香味。店主也是老邻居了，我从北京回去到他家买粽子，马上被店主认出来。他家一年到头只卖粽子，品种是甜的咸的俱全。平时顾客就络绎不绝，端午节期间更是开足马力。上海一个同学包括她家亲戚经常委托我下楼买粽子给上海寄去。我觉得上海也有很多品牌粽子，从瑞安寄粽子，快递费不值。可是同学说她们只认这家。好在现在顺丰快递快捷。当天中午寄，第二天上午就到了。到底还是家乡滋味留人心。

　　满载着许多老瑞安人回忆的还有八角饮楼，很多人是吃着八角饮楼的猪脏粉和鲜肉汤圆长大的。原址在老瑞安最繁华的八角桥，因为老城改造迁到了虹桥北路，店里忙碌的仍然还是大婶们，瑞安很多大型高档饭店也去八角饮楼买酱油鸡做冷盘。仓前街母子经营的糯米贴，每天上午半天就售罄。天气这么热，学前老陈家的梅菜饼和马蹄松客流还是络绎不绝。

李大同家的糕点花样慢慢恢复到原来那样多了。记得过去出远门，亲戚朋友都会买些李大同家的糕点当路菜。尤其是双炊糕，考上大学离家时亲朋好友送了不少，寓意好。

高长发在新修的大沙堤开了间古色古香的门店，各种糕点现做现卖。要是数量多就预订。新店开业时我就预订过多次给朋友们分享。看到蒸蛋糕很亲切，同学在家给我做过。高长发品牌原属我同学的父亲，他在上海做糕点起的名字。他后来回到瑞安，在家做蛋糕卖。我还记得去同学家看着她父亲做蛋糕，三分之一面粉三分之一白糖三分之一鸡蛋，一点也不掺水。同学家没人继承手艺，于是这个非遗商标由堂兄弟姐妹继承。如今这姐弟俩做得风生水起。同学说，只要他们经营得好，也算对得起这块老牌子。

尽管现在很多新店新口味崛起，这些老店仍然很受青年人的青睐，大众点评上经常看到年轻人的好评，或者一些像我一样的游子带着回忆故地重吃。

家乡杨梅

　　夏至，是枇杷下市杨梅上市的时节，古人云：夏至杨梅满山红。农人挑着一篓篓杨梅满街叫卖，柱形竹篓上层是新鲜翠绿的杨梅树叶，下面一个个红得发紫的杨梅探头探脑呼之欲出。也有用扁平长方形带盖子的塑料提篮装杨梅的，好让买杨梅的人一篮子一篮子地买了送人。

　　"一骑红尘妃子笑，无人知是荔枝来。"比荔枝更娇贵的是水果中的掌上明珠——杨梅，娇艳欲滴，碰不得摔不得，保存时间很短。没有冰箱时，唯有本地人方知杨梅的滋味。苏东坡曾经大赞荔枝："日啖荔枝三百颗，不辞长作岭南人。"这位在杭州留下东坡肉的美食家，尝过杨梅后便又改口："闽广荔枝、西凉葡萄，未若吴越杨梅"，故有"吴越杨梅冠天下"之誉。

　　浙江各地的杨梅各有特色，仙居的东魁杨梅和瑞安马屿的东魁杨梅个头大果肉厚，而温州茶山的杨梅小巧玲珑，滋味却更令人齿颊留香。南宋诗人方岳说："众口但便甜似蜜，宁知奇处是微酸。"可见是酸得恰到好处。杨梅要红得发紫才好吃，红而不紫或从树上掉下来，或是杨梅季过了还在枝头的，就不适宜当水果吃了。所以有用白糖腌制的杨梅蜜饯，一种是干蜜饯，让小孩当零食吃的，还有一种是带有糖浆的，瑞安叫杨梅脯，小时候还拿来下稀饭。

正因为杨梅的娇贵，我求学七年未能吃到杨梅，毕业留京工作春节才能回家探望父母，所以杨梅的味道只能留在记忆中。温州家家都泡杨梅酒，一来是保留杨梅的方法，二来是杨梅酒有消暑的作用。母亲每年会泡杨梅酒等我回家。在童年的记忆中，夏天出门，大人总会让孩子们吃两个酒杨梅，殊不知杨梅的酒劲比琥珀似的杨梅酒烈多了。我有充分的理由相信，我今天的酒量一定是孩童时期，时不时被大人端午逮着喝口雄黄酒，夏天出门前吃几个酒杨梅给培养出来的。母亲去世时我回瑞安奔丧，料理完后事，整理遗物，在母亲的床底下拖出一个大玻璃瓶，里面的杨梅酒晶莹如琥珀，泡过酒的杨梅褪去了紫色红艳如南红。我父亲说："难怪我找不到，你妈妈泡了两瓶杨梅酒，一瓶给我吃，一瓶说留着给你，所以藏得这么好。"睹物思人，当场我就潸然泪下。

杨梅上市的时间是端午和夏至前后，这也正是南方的梅雨季节，几乎是天无三日晴，无论是对摘杨梅还是摘下来的杨梅保存都是很大的问题，而且雨天摘下来的杨梅口感也不好，买的人也少。有一年端午前后回来，阴雨绵绵。看着雨中卖杨梅的农妇蹲在那里，杨梅才卖十元一斤。她说雇不起摘杨梅的人，雨要是再不停，杨梅都烂了，恨不得白白送给愿意去摘杨梅的人。话是这么说，我看她眼角隐隐的泪水，额头的汗水，头发上滴落的雨水，一时间不知道说什么。看着农妇竹篓里参差不齐的杨梅，匆匆而过的人是决计不会买的。好在今年似雨似晴的天气，道是无情也有情，农人应该好过点吧。晚饭后到外滩散步，看着还在卖杨梅的农妇，感慨万分。不说种杨梅，凌晨把这一颗颗杨梅从高高的树上摘下来，下午再送到城里卖，又要费多少人工。

这两年随着栽培技术的进步，很多梅农在技术员的指导下，搞起了大棚杨梅，不仅解决了杨梅在雨天容易掉果的问题，还能打一个时间差，抢先上市卖个好价。过去在北京很难吃到家乡的杨梅。去年，北京一朋友在朋友圈晒出了自己收到的杨梅，个个像鸡蛋一样装在泡沫箱里，顺丰快递到北京。如今，中国的杨梅还走出了国门，能卖到十元一颗，也是单个包装。当年一篓一篓卖的杨梅，现在都成了珍品。温州人在外地经商的多，华侨也很多，还有在外求学的莘莘学子，都可以吃到这口家乡的滋味了。

2022 年，原定北京的博导和几个同门要来温州调研，我们三个温州人特地邀请他们六月下旬来吃杨梅。然而人算不如天算，疫情让调研推迟到七月，那时杨梅已经下市。温州大学教授师妹说冰冻了一些杨梅留待七月。而温州家家都有的杨梅酒，也等贵宾来品尝。

2023 年的端午节，我恰好在瑞安。今年天气特别好，而且是杨梅的丰年。朋友从马屿给我带了好几篓东魁杨梅。现在顺丰快递也开通了杨梅快递专线，当然快递费是杨梅价格的好几倍。我给北京的女儿快递了杨梅，让她尝尝母亲家乡的杨梅是如何的美味。

我爱家乡的杨梅，但愿不再梅贱伤农。

水乡瓯柑

　　每逢佳节倍思亲。在干燥的北京，每当春节来临，随着淡淡的乡愁泛起的是家乡特有的一种水果味道。此时脑海里浮现的是儿时家家户户都有的大水缸，不是用来盛水的。一掀开木盖子，便是金黄色的瓯柑，嘴里仿佛有那么一丝苦味然后回甘，那就是温州特有的瓯柑的味道。

　　瓯柑是在时间里慢慢变甜的果实。瓯柑的特点之一是耐储存，初冬是瓯柑收获的季节，过去没有冷藏条件，把大缸放在阴凉的地方，里面的瓯柑能一直保存到第二年的三、四月。那时瓯柑的皮皱巴巴的，口感却比新下的好。春节吃多了油腻的东西，大人总是让孩子吃瓯柑，清凉解毒。瓯柑的口味是先苦后甜，温州籍的台湾作家琦君在《瓯柑》一文中说："人生原是甘苦参半的，这味儿又岂不隽永？"

　　有一年春天我从北京回来，到同学家玩，她揭开角落的报纸，儿时的大水缸赫然在目，里面居然还放着瓯柑。不会吧，这么多年过去了，还有储存瓯柑的习惯？同学说："你忘记了我外婆家在三垟，我舅舅是种瓯柑的？"从那年开始，每当我回到瑞安，同学都会从大水缸里给我拿瓯柑让我带回家。直到三垟湿地改造，旧民居拆迁，她舅舅家就不再种瓯柑了。

今年夏天，我们三个瑞中同学从温州万象城刚修好的道路入口进入三垟湿地，走到靖姑桥时，一个同学对另外一个同学说："到你外婆家了，看，这是你的外婆桥！"是呀，过去这一带就是这个同学的外婆家，是她母亲生活过的地方。同学说因为她母亲在这里长大，所以能坐小船。每次她母亲带她和姐姐来外婆家，舅舅就会摇着小船来接她们。但是她和姐姐会晕船，每次都是她母亲坐船，而她和姐姐在田埂上走一个多小时才到家。想象一下，两个小姑娘穿过瓯柑花开的树林的景象该有多美。耳边仿佛又响起那童谣："摇呀摇，摇到外婆桥，外婆叫我好宝宝。"我想应该是外婆掏出个瓯柑给宝宝吧。

我们三个人说着说着，便有些伤感，于是她打电话给舅舅，想再坐一次小船，再去看看还有没有遗留的老房子。舅舅的老房子，习主席曾经去参观过，当时说是可以保留，但是最后还是拆了，舅舅住进了安置的楼房，就不方便种瓯柑了。我们要离开三垟湿地时，才接到舅舅的电话，他喝点小酒睡了个大午觉。我们只好留着遗憾打道回府。

十一月中旬，三垟湿地开展宋韵文化周。我和温州大学一个教授又去了三垟湿地，教授说现在温州把瓯柑和杨梅作为地方特色乡愁果品打造。教授的同学是三垟湿地的工作人员，带领我们坐船，沿着河道参观了瓯柑的生长情况。此时正是瓯柑的收获季节，硕果累累。工作人员介绍说："虽然这几年瓯柑的产量逐年减少，但是三垟湿地目前还保留了 574 亩瓯柑生产基地。下次有机会来，你们亲自摘一下瓯柑，解解乡愁。"

家乡滋味知多少，且向故里水乡寻。应怜汤汤故乡水，不远万里送瓯柑。

山乡蔗语

　　秋收结束，金灿灿的稻谷归仓。进入初冬，便迎来甘蔗收获和红糖生产的季节。红糖生产是季节性的，甘蔗榨糖的话题在入冬后被频频提起。这些年在大生产条件下的人们有些怀旧，开始推崇所谓的古法，古法榨油、古法制糖等成了热门话题。瑞安并非食糖主产区，甘蔗种植分散且规模较小，成本相对较高。所以古法榨糖可以在小作坊小规模开展，作为地方特色乡愁产品聊以解忧，真正解决食糖的需求还是要靠广西、广东和云南主产区。

　　身为瑞安人，对甘蔗感情颇深。儿时过年，家家户户都会买几捆著名的陶山甘蔗。我住在大门台里，过年前我家必定会买几捆陶山甘蔗，竖着立在木楼梯下面的三角空间。现在很多人谈及甘蔗，往往混淆了两个不同品种的甘蔗。一种是当水果吃的，瑞安人说甘蔗，还有一种是榨糖的，那个叫糖蔗。甘蔗的皮是青绿色的，节少皮薄肉松汁多，这是水果甘蔗的特点。陶山甘蔗，这些特点格外明显。陶山甘蔗属热带甘蔗栽培原种，植株高大，蔗茎粗壮，根系发达，含糖量高，产量高。甘蔗种植特点是宿根性，即一年种植，三年收获。陶山甘蔗的栽培历史已有近千年，以后种植区域不断扩大，逐渐扩大到马屿、仙降、高楼、湖岭等地。我父亲在陶山供销社工作了几十年，放寒假了，我们都会喊一声：去陶山吃甘蔗喽！到了陶山，其实是去的陶山镇，并看不见多少甘蔗，甘蔗应该都运到城里去卖了。瑞安的街上，随处可见蔗农推车来卖的一捆捆带着泥的甘蔗。而街上摆摊的，都是洗得干干净净切成一段段的甘蔗，有五分钱一根，也有两分钱一根，丰俭由人。确定买五分钱还是两分钱的甘蔗并不难，取决于口袋里的钢镚，难的是定下买五分钱或两分钱的甘蔗之后，要从一堆斜靠着的甘蔗里挑哪一根。都说买的没有卖的精，散卖甘蔗的人把甘蔗切成不同的长度，粗一点的短一点，细一点的长一点，甘蔗尾甜但是节密又硬，甘蔗头松软但是不甜。甘蔗没有两头甜，与其说的是甘蔗还不如说是隐喻了人生。等我们挑好了，卖甘蔗的用长长的削皮器嗖嗖把皮一削，中间剜几道，甘蔗没断，但是可以一掰就断。可以掰断吃也可以像吹箫般地咬着吃。现在卖甘蔗的小贩会把削了皮的甘蔗切成一小段一小段，放在塑料袋里给客户，可以回家吃也可以在路上拿出一小段吃，吃相不会太难看。现在还有了简易的榨汁机，买完甘蔗，让小贩给当场榨汁，灌在杯子里完全是原汁原味清凉补。

　　由于水土的缘故吧，陶山产水果型甘蔗，而瑞安塘下和东山农场都种植榨糖的糖蔗。马屿红糖很有名，与其种植糖蔗也有很大的关系。我国是世界上用甘蔗制糖最早的国家之一，已有 2000 多年的历史，用甜菜制糖是近几十年才开始的。榨糖的糖蔗，很硬，很难用牙齿对付。在初中时我们要学工学农学军，学农是到东山农场糖蔗田里劳动。一部分同学砍糖蔗，一部分同学背糖蔗：把糖蔗田里已经砍倒的糖蔗背到车上，由农场工人运到榨糖厂。之所以用背字，就是放一捆糖蔗在肩膀上扛过去，所以我们都说是背糖蔗。按常理说，初中生稚嫩的肩膀扛不动整捆的糖蔗，但是在那个非常年代，一是谁也不敢表现出娇气，二是每个人都发自内心地想好好表现，所以干活都不惜力，争先恐后。好在年轻，再累歇一歇也都能缓过

　　来。农场得天独厚，每天补贴劳动的学生一斤红薯。补贴的红薯不方便拿回家，同时也想给家里省点粮票，所以很多同学都是铝饭盒蒸红薯当饭，还省下了菜钱。当然这个省下来的菜钱，花在晚上收工后到东山陡门头花五分钱买个油鸡卵吃（把红薯裹上面粉沾上芝麻在油里炸出来，叫油鸡卵）。睡觉是在农场仓库打地铺，自己带棉被，男生一个房间，女生一个房间。父亲受母亲之托，到东山农场给我送些菜。午饭时间，父亲到了我们宿舍，万万没想到我坐在地上叠起来的棉被上，跷着二郎腿，一边啃红薯，一边津津有味地看两个女生吵架。这个情景与我平时好学生的样子反差很大，给父亲留下了深刻的印象，以至于多年后父亲还不时提起。现在东山已经成为安阳新区的一部分，我从老城区坐公交车去妹妹家，沿途经过东山上埠和中埠，我故地重游，但是再也看不到甘蔗田，也找不到当年买油鸡卵吃的陡门头。

　　直到高中毕业，我才有机会亲眼看见榨糖，看到糖蔗榨出汁然后收汁熬出红糖。夏天我到飞云江南岸去做收购粮食的临时工，在冬季榨糖时，我又到塘下供销社当收购红糖的季节工。虽然收购粮食和收购红糖都是季节性临时工，但是感受大为不同。夏季，农民白天抢收抢种，晚上来交征购的粮食，多少有些勉强，所以没好声色。我是算账的，与司秤的两个人一组，都是小心翼翼。而收购红糖，是在秋收以后的初冬，给蔗农增加收入，是“甜蜜的事业”，所以大家都有说有笑。我们住在供销社里，除了晚上都是点煤油灯以外，其他条件都比征粮好多了。看榨红糖的过程也很愉快，记忆犹新的是我们边吃柚子边看榨糖，榨糖工人说：“来，把柚子皮扔进来。”我们把整个柚子皮扔到糖浆锅里，在糖浆中漂浮，工人用棍子搅了又搅，好一会儿才捞上来。柚子皮里外挂满了淡棕色的糖浆，我小心翼翼捧着放柚子皮的大盘子回宿舍。晚上，住在供销社的人无论正式工还是临时工都来我宿舍，拉二胡的、吹口琴的、唱着跑调歌的，大家围着煤油灯，对着切得大小不匀的糖浆柚·皮大快朵颐。短暂的收购红糖生涯给当时枯燥乏味和物资匮乏的生活增添了不少甜味。我至今对红糖情有独钟，每年回北京都会带一些瑞安马屿的红糖回去送人。看见一个电商问大家有什么家乡特产可以推荐，我建议他卖卖我们陶山的甘蔗。

过去红糖属于当地蔗农自产的粗加工产品，价格相对白糖便宜一些，所以家家户户过年做炊糕、箬糕等，用的都是红糖，偶尔会做一个白糖箬糕。物以稀为贵，白糖产品显得高档一些。现在国内糖类生产成本高，国外白糖价格便宜，每年有大量白糖进口。人们开始追求复古风，国内的红糖又热门起来。以瑞安马屿为代表的红糖又开始畅销，不仅瑞安人购买，连温州市区的人也常常来买，给当地农民带来较高的收入，马屿红糖也成为离开家乡的温州人的特色乡愁产品，何以解忧，唯有红糖。

糖是生活必需品，同时与粮食和石油一样是战略储备物资。糖料种植在我国农业经济中占有重要地位，其产量和产值仅次于粮食、油料、棉花，居第四位。糖是食品加工行业中不可替代的重要原料之一，没有糖便无法生产许多食物。我国食糖消费以工业消费为主，用于食品加工等行业的工业消费占比为64%，用于居民和餐饮行业直接食用的民用消费占比为36%。一般人比较容易忽略的是甘蔗除了可以榨糖，还可以生产乙醇，所以糖的价格和生产数量也取决于乙醇的需求量和价格。当然甘蔗渣还可以造纸。为了保证人民的基本生活需求，我国每年要储备糖。我国除了有中储粮公司储备粮食，过去还有一个中国糖业酒类集团公司储备糖，后来机构改革并入中粮集团，现在是中粮集团下属华商储备商品管理中心中储糖公司。我一个大学同学原来就是中储糖公司总经理。现在中储糖公司任务还是平抑糖价，保障供应，保障甘蔗和甜菜种植户的收入。

　　我国是食糖生产大国，也是消费大国。近年来食糖消费有所下降，一方面是逐年递增的食糖价格遏制了消费，另一方面的食糖价格上涨也刺激了食糖替代品如玉米糖浆等行业的发展。原本中国食糖生产、消费大致平衡，缺口不大。由于国际食糖价格偏低，进口原料到国内加工成成品糖后价格仍然低于国产糖价格，导致食糖进口量逐年上升，打破了国内产销平衡的基本态势。一方面要保证国内蔗农的利益，另一方面也要防止对国外依赖度过高。

　　温州并非食糖主产区，分散和小规模生产的蔗农可以自产自销水果型的甘蔗和生产红糖，能过上小富即安的日子。但是酒香也怕巷子深，得打破地域桎梏，让更多的外地人知道陶山甘蔗和马屿红糖，通过电商网购，让陶山甘蔗和马屿红糖走出温州。

谋生新行业

老家瑞安同学来京公干，我称赞她所穿的黑色牛仔裤不愧是名牌，颜色真好。她告诉我，那是穿了好几年的旧裤子，因为裤型好，所以送去染的色。现在的染衣店不同于过去，用好染料，染一条牛仔裤要 25 元钱，生意兴隆。真是没有想到沉寂多年的老行业竟然在 IT 迅猛发展的同时，东山再起。

我儿时，有一旧行当——染衣店，买不起新衣服的人把旧衣服送去染色，旧衣便成了新衣。如果把浅色染成蓝或黑色，便更简单了，买点染料，在家里支一口大锅，放水、染料，放一点盐，时不时用棍子搅搅锅里的衣服。等时间差不多了，拿出来用冷水洗洗、晾干，穷孩子的新衣便有了。把旧衣服拆了，里外翻一下，重缝，然后染过，便成了新衣服。小时候，我见过母亲在家里染衣服，我这老大穿过的衣服就这样变成了妹妹的新衣。后来我还在染料店当过包染料的临时工。几十年前，我的家乡瑞安几乎家家都有染衣服的经验。因为孩子要在春节时焕然一新，春节前染料卖得很快，所以，我和几个年龄相仿的孩子在寒假去母亲单位下属的染料店当临时工，包染料，赚学费。我上大学时带的棉衣就是我弟弟的蓝色卡其旧衣服翻新染过当面，里子是粗布染成猪肝色，中间絮了新棉花。改革开放后，老百姓生活越来越好，我的家乡瑞安更是首富之地，衣服根本不等旧便淘汰了，哪里还会去染。我想，染衣服这行业已成为历史了。

　　真没有想到，现在染衣服会成为富裕之乡的谋生新行业。这些开染料店的人脑洞大开，那些赶时尚的人居然也肯把旧衣服送去染新，而不是淘汰旧的买新的？难怪南方人会先富起来。老家同学说，现在洗染店也是连锁店，有些衣服要统一送到上海染，然后运回来熨烫，整理一新给顾客。洗染店也有品牌，洗染的价格也拉开了档次。我一个朋友在当地政府任要职，他私下对我说，政府照顾的重点是孤寡老人和残疾人的家庭，至于好手好脚的人，怎么好意思找政府。所以在那里，也有很多下岗工人，但却没有闲人。

　　过去曾看见电视报道，瑞安曾经在某市投资的一个企业，想给当地作贡献，从家乡买了人力三轮车运去，免费提供给该市下岗工人谋生。不料，那里的下岗工人却认为有失"面子"，无人问津。可是，在我的家乡瑞安，曾经想从事用人力三轮车谋生的行业可不是件容易的事。给人力三轮车上营业牌照是难上加难，所以基本上一辆三轮车是分两个人轮流骑。那几年三轮车牌照很贵。现在瑞安城里取消了三轮车，取而代之的便是网约车。

　　聪明、肯干、不怕吃苦，便会看到处处有谋生的新行业。谋生行业处处有，看你动不动脑，动不动手。

滴水见太阳

偶然的机会入住洞头区鹿西岛一个名叫木子里的民宿，吃饭喝茶聊天，断断续续听他家的发家史。所谓滴水见太阳，这并非一个渔民家的个例，而是反映了十年来渔民生活得以改善的故事，是渔村生活一个有代表性的缩影。

木子里一家每个人的职业生涯都与时代发展紧密相连。老板娘的父亲是洞头第一个从驾驭纯木质渔船改为驾驶机帆船的船老大，是洞头的劳模。结实的身躯，黝黑的皮肤，花白的头发，一个渔民前辈结结实实地站在我们面前。我们称赞他是劳模时，他谦虚地摆摆手，说仅仅是洞头劳模。我们说从旧式船老大改弦更张为机械船老大就很了不起，赶上了时代的发展。

民宿老板娘是船老大的女儿，十八岁开始的初恋就是现在民宿的李老板。当时她家人说，你若认真要跟他，就跟着他学医吧。李老板是学医的，先跟着当地的医生学了三年，然后又去学校学了三年，考到了正式的行医执照。老板娘也去学习并通过了药剂师考试。一个家庭，一个有行医执照，另外一个有药剂师证书，在鹿西岛这个小岛开了一个诊所，解决了岛民的看病问题。那么现在诊所呢？我们只看见民宿没看见诊所呀？当我发问时，老板娘掩嘴而笑，老板更是乐不可支地说："都被她提案提没了！"原来老板娘是人大代表，提案建议关闭私人诊所，加强卫生院的建设。老板说："每次你提案，都会影响自家生意，再提几个，咱家生意就关门了。"话是这么说，李老板笑嘻嘻的样子，表现出对老板娘很欣赏。现在李老板真正的身份是鹿西卫生院的李医生，就是在我们散步时看到的崭新的好几层楼的卫生院上班。

李医生要亲自去他自己的虾池捞虾给我们吃，他说他养的虾味道很好，完全不同于菜市场买的虾。要是有时间，最好跟着他去捞，自己捞的虾吃在嘴里味道大不一样。我们没有时间，只好让李老板代劳。我们问："你又上班，家里又开民宿，哪有时间养虾。"李老板说，雇了一个技术人员。年薪多少？李老板说，没有年薪，是按照销售金额给他提成，他大约每年能拿到 80 万。这么多？于是李老板讲起了他养虾的故事。前几年，他们没有请技术员，自己养虾，而且有些贪多，每年的虾苗放得太多，结果几年都亏本了。这两年请了宁波的技术人员来，减少了虾苗的投放率。这个技术员兢兢业业勤勤恳恳，每天守着虾池，注意水温水质，所以取得了好效益。他拿走高薪也是应该的，舍家撇业，一个人来鹿西岛工作。老板娘也非常关心他，有了技术员爱吃的螃蟹，一个电话他就来了。老板家与技术员和睦相处，结果就是双赢。

鹿西岛沿街一排全是民宿，家家都是寸地必争，盖的房子直抵街道，以便容量大一些。而木子里反其道而行之，把房子往里退了两米，空出一块地，种满了花花草草和各种多肉，使得这个民宿在这条街上别具一格，往里一点，几乎成为标志性的符号。加上老板姓李，取个谐音，就叫木子里。环境好了，加上老板老板娘经营有方热情招待，闻名遐迩，生意蒸蒸日上。

听了木子里家庭多种经营，让人深深感到改革开放的好政策，允许多种经营，办民宿，养虾，办民宿装修时政府还给予一定的补贴。十年来，政府开展海岛建设，洞头七桥连八岛，改善了交通，也有利于发展旅游业，民宿自然红红火火。个人的命运与国家的命运、国家的发展息息相关。难怪木子里一家，从老人到孩子，谈起现在的生活，个个笑得合不拢嘴。晚饭后，海边散步回来，木子里民宿里响起了歌声：我和我的祖国，一刻也不能分割。

海上花园

洞头，因海岛女民兵连而闻名遐迩，电影《海霞》插曲《渔家姑娘在海边》优美的旋律脍炙人口。但是真正触及洞头这个百岛之县时，我在北京工作，被称为温州姑娘。时任洞头县县长的瑞安老乡姜嘉峰来京办事，洞头的父母官姜县长对洞头赞不绝口，使我对这个上帝遗漏在海上的珍珠产生了浓厚的兴趣。不料，真正踏上这块热土，已经是二十多年后。此时洞头县俨然已经摇身一变，跻身于温州市的一个区，而且完成了宏大的半岛工程，实现了七桥连八岛。

习近平总书记关心浙江的发展，对洞头也是格外地关注，2003年5月和2006年6月，时任浙江省委书记的他两次到洞头考察，并作了有关指示。习近平总书记的有关指示和八八战略引领洞头高质量发展为海上花园。

2019年和2021年，循着习主席走过的路，我两次踏上洞头，原以为洞头本岛不过是个小海岛，不料两次都未能游览遍洞头本岛的主要风景点，更不要说那些小岛和离岛了。只能走马观花游览洞头这个海上花园。2021年，同门的几个博士教授在北京博导的带领下来温州做调研，挂职龙湾区的师弟和时任龙湾政协副主席林海珊，陪同我们来到了洞头。林海珊副主席是洞头人，先辈是革命烈士，一个弟弟是科学家，另一个是医生。她本人从洞头一路干上来的，对洞头如数家珍，让我们既有理论的准备，又能够脚踏实地地考察。

七桥连八岛

有百岛之称的洞头，原是偏远的渔村，洞头本岛尚且与温州隔海相望，更毋庸提及其他小岛。靠海吃海，看天吃饭，若淡水和蔬菜勉强还能克服的话，医疗条件问题却刻不容缓。霓屿岛的一个孕妇难产时遇到台风，无法送往县医院，导致了悲剧发生。基本生活难以维系，更别提可持续性发展经济了。已经酝酿多年的半岛工程于 1996 年底正式动工兴建，2002 年 5 月实现全线通车。不仅洞头本岛与温州相连，而且三盘大桥、洞头大桥、花岗大桥、状元大桥、深门大桥、窄门大桥和浅门大桥 7 座跨海桥梁连接洞头县五大岛（洞头岛、三盘岛、花岗岛、状元岛和霓屿岛）和三个小岛（中屿岛、毛龙山岛和浅门山岛）。七桥连八岛，或者说五岛连桥对于当地人民生活有着重要意义。洞头本岛面积从原来的 24 平方千米扩大到 52.4 平方千米，相连岛屿面积占了全县陆域总面积近 52%，全县 73% 人口直接受益，所以在启动四桥连五岛工程时，当地百姓积极捐资，涌现了许多动人的故事。

五岛连桥工程解决了洞头几个主要大岛的岛际交通困难，扩大海岛区域经济规模，增强区域经济功能，提高基础设施的共享性和有效性，促进海岛资源的综合开发，促进洞头状元岙深水港区开发，发挥海岛海洋资源优势，加快五岛沿线资源开发，特别是旅游和土地资源的开发。对于一个工业并不发达的海岛而言，道路的畅通，是发展旅游业的关键。鹿西岛乡林委员告诉我们，为鹿西岛输送淡水的工程马上就要上马。

过去从温州去洞头，要在码头坐船，现在直接开车。这一路海风习习，两边海浪轻拍，再现了电影《千与千寻》的情景。还没有进入洞头，就先陶醉于美丽的风景之中。三盘大桥连接洞头本岛与三盘岛，从洞头往温州走五桥相连工程的第一座大桥，两侧是网箱养殖区，海上牧场初现端倪。洞头大桥连接三盘岛和花岗岛。窄门大桥连接深门山岛和浅门山岛两个无人岛。深门大桥连接深门山岛和状元岛，深门是从海路通往温州的主航道。浅门大桥连接浅门山岛和霓屿岛。花岗大桥连接花岗岛和中屿岛。状元大桥连接状元岙岛和中屿岛状元岙深水港区，外贸远洋大宗集装箱在这里起起落落。因为状元桥的颜色，当地人称之为彩虹桥。

石厝变民宿

在洞头工作多年的林海珊对洞头的山山水水、一草一木充满了感情，亲眼看见洞头从小渔村发展到国家 4A 级风景区，成为海上花园，因此她带我们参观的并非耳熟能详的风景点，而是大大小小的石厝民宿区。

海岛老房子的特点是依山而建的石头厝，为了抗击台风，墙面都是利用当地的石头垒砌，屋顶的瓦片上还加上了一块块石头，形成了洞头岛特有的典雅古朴风格的石厝。洞头为了发展旅游业，当地政府对民宿给予一定的支持。2019 年我在洞头旅游时，遇到一个搞装修工程的，他说，政府对民宿装修会给予一定的补贴。这也是建大桥百姓捐款，搞民宿政府反哺。石厝民宿群不仅可供旅游者居住，而且成为很多旅游者打卡拍照片的网红点。很多石厝住宿的价格甚至超过了洞头最高级的宾馆。石厝只是保留了外表，内部已经完全按照现代化住宿标准加以修缮。

在洞头离岛的鹿西岛，发展民宿促进旅游业的决心可见一斑。坐船到了鹿西岛，踏上码头，马上就有车来接游客。几步之遥的一条街道，门面房几乎全部是民宿，相比石厝民宿，鹿西岛街面民宿价格适中。码头一排新的电动公交车，是政府出钱购置用以取代原有的私人中巴。崭新的鹿西卫生院巍然耸立，昭示着小岛的医疗条件的改善。

鱼翔鸟飞

在海洋资源日益枯竭的情况下，浙江从七月到九月是禁渔期。洞头开展的人工养殖黄鱼，实现了在蓝色牧场的耕作。洞头的水质非常理想，深海养鱼的效果很好，养殖黄鱼质量并不亚于野生黄鱼。在禁渔期，深海养殖黄鱼便成为餐桌上的美味佳肴。在洞头的离岛鹿西岛，在通往深海养鱼网点的路上，礁石密布，有着地质公园之称，沿途就是一个观光过程。养殖场还开展了海钓黄鱼活动。在两个工作人员的指导下，大家兴致勃勃，大部分人有所斩获。这是一种黄鱼的营销方式，钓到黄鱼称重付款，用泡沫箱打包，然后回到饭店加工。吃到自己亲手钓上来的黄鱼，大家都赞不绝口。我们的餐桌上还有民宿的老板养的虾。民宿老板介绍他自己的养虾过程，如何在头几年投入又失败，直至高薪雇用了一个外地的技术员，现在效益很好。老板娘的父亲是洞头劳动模范，当年是洞头第一批从木质船改为机帆船的船老大。老板娘是人大代表，很多提案都对发展岛屿经济有利。民宿老板家的创业故事，反映了改革开放后岛屿可持续发展经济，渔民发家致富的道路越走越宽广。

离鹿西岛不远的鸟岛，可谓鸟儿的天堂。适宜的气候条件和充足的海鲜食料以及人类的保护，给鸟类的栖息、生存和繁殖提供了良好的自然环境。鸟岛为无人居住岛，为了保护良好的生态环境，不允许外人踏上鸟岛。鸟岛长年有群鸟寄居翱翔，繁衍生殖。我们坐船远观，这个季节鸟岛正是大量的海鸥自由飞翔的天堂。这里鸟群的多样性得到了充分的体现。不同的季节不同的鸟群，还有白鹭、白鹳、海燕和赤嘴鹭鸶等。它们一般四月至九月间生活在这些岛屿上，每年繁殖二至四次，以端午节前后为高峰期，仅北岛上就有上万只鸥鸟飞翔。远眺鸟岛，地上密密麻麻的鸟儿，让我想起了我赴南极考察，远远望去岛上密密麻麻的全是企鹅。观鸟台是建在海中唯一允许游客上岸的地方。我们的船靠近时，看见一排排鸟儿停歇在观鸟台的栏杆上，像极了五线谱。在观景台上，鸟群在我们头顶上翱翔，景观极为壮观。同去的师弟拿出手机拍视频与远在北京的孩子同观。我们虽然在视频上也看过鸟岛，但是身临其境的感受非常震撼。鸟岛，鸟儿的天堂，愿你们永远幸福安宁地生活在这里。

风景这边独好

在洞头本岛，有很多著名的风景点。洞头本岛是麻雀虽小五脏俱全，不乏各种著名的景观。洞头的望海楼，是每个来洞头的人必去之处。登高望远，不仅俯瞰洞头全貌，更可以远眺这几年洞头修建的几条海堤的景观。2019 年，我上望海楼时，海堤还在建设中，如今已是两条蛟龙出海，维护着洞头岛。仙叠岩，海边栈道蜿蜒起伏，依山傍海，还有测试胆量的玻璃栈道。沿着栈道攀登，沿途还有著名的摩崖石刻，摩崖石刻上的观音罗汉，线条简单却活灵活现，或端庄或诙谐，下面海潮波涛汹涌，他们在庇佑着洞头的百岛，这些散落在大海中的珍珠。远眺半屏山沿岸断崖峭壁，犹如刀削斧劈，山成半爿，直立千仞。连绵数千米的海上天然岩雕长廊在全国堪称一绝，被誉为"神州海上第一屏"。还有惟妙惟肖的迎风屏、赤象屏、鼓浪屏、孔雀屏、渔翁扬帆、黄金印、虾将岩、乌龙腾海等四屏十八景。景区西部的大沙龙沙滩绵延宽阔，沙细色纯，非常适合暑假亲子游，和孩子们一起捡螺拾贝，冲浪玩耍，一洗工作学习疲惫。

洞头在建设七桥连八岛之余，还别出心裁，借助大自然的力量同时又人为地为年轻人设立了一个新景观，一炮而红，成为网红打卡点，来洞头的年轻人无不趋之若鹜。那就是彩虹桥下面的一道堤坝，人称温州小洱海。在那儿拍出来的照片可与大理洱海媲美，甚至很难分辨是国外还是国内的度假胜地。我们调研组里的一位海归博士，在巴黎和美国工作学习过多年，也被深深吸引，在咔嚓咔嚓声音中留下了不少倩影。

洞头是红色之岛，匆匆两天，目不暇接，只好留待下次再来参观洞头的女子民兵连所在地。看不尽的洞头景色，听不完的洞头故事。民宿老板娘、海钓黄鱼的两个工作人员、洞头出生的龙湾政协副主席林海珊等等，哪个不是新时代的渔家姑娘？二十年巨变，洞头已经从偏居一隅的渔村化身为海上花园，国家 4A 级风景区。

大海边，沙滩上，风吹榕树沙沙响。新时代，新任务，扬帆再起航。

飞云美途

"俯仰两青空，舟行明镜中。蓬莱定不远，正要一帆风。"这是陆游路过瑞安写下的《泛瑞安江风涛贴然》。这条江，现在叫飞云江，而瑞安有一条最美丽的路，就在这条江边。

这条路原本是没有的，并非走的人多了，便有了这条路，而是瑞安市政建设逐渐延长而形成的路，依江而建向东西方向延伸的观光步道。都说"行到水穷处，坐看云起时"，但在这条路上，飞云江水无穷，蓝天白云缥缈。无风时水波不兴江天浩渺，起风时浪拍船舷涛声阵阵。在这条步道上江边漫步，是瑞安人一早一晚的绝佳选择。

作为北京和瑞安双城生活的我，一直保持晚饭后散步的习惯。有人问北京和瑞安散步的区别，只能说各有特点。在北京晚饭后穿过体育公园到达南护城河，沿着南护城河往东北方向走，穿过左安门桥到达角楼，然后折回，这一段恰恰是五千米。春天南护城河步道，柳树依依，迎春花、桃花、杏花盛开。

从瑞安邮电南路到飞云江畔，然后向西一直走到小横山栏杆处折回，这一段也巧，恰恰是五千米。小横山以外那一段步道，已经修到五桥，只是与小横山这一段尚未合拢。每天傍晚散步我看着这一段施工，江水在"沸腾"，搅拌机在搅拌，机器在打桩。回了一趟北京，回来竟然看到小横山步道已经合拢。深不见底的江水变成了通道，铁栏杆已经拆除，散步的人可以继续往前走。原来喜欢坐在小横山木凳子上的大爷大妈也向前挪动，坐到了前面大树周围的石阶上聊天休憩。

过小横山后的新步道保留了原有的几棵小树，道路有了一些弯曲，也有了一些意境。略有些蜿蜒的步道、树木、大桥，目及之处，这种巧妙的设计匠心保留了天然的妙趣。早晨，山水如画，看日出，看云卷云舒，江天一色，天光云影共徘徊，颇有"晴空一鹤排云上，便引诗情到碧霄"的感觉。傍晚，飞云江暮色动人心魄，飞云江上云飞渡，有时候像大鹏展翅扑面而来，有时候像棉花朵朵，近得仿佛伸手便可抓一把下来。落日余晖中再现了古诗中的"一道残阳铺水中，半江瑟瑟半江红"的景象。雨后，彩虹跨过江面，延伸到居民高楼上面，然后藏起来半条，似乎在跟人们捉迷藏。远处的小横山云雾缭绕，飞云江对面飞云和仙降层峦叠翠，时隐时现，不知道山里面有没有神仙。远处那个叫仙降的地方，并非仙人降临的地方，是我父亲这位老革命降生和儿时玩耍的地方。他从仙降走向抗日战场，参加过解放战争，经历过淮海战役和渡江战役，两次荣立二等功；而后，跨过鸭绿江，走向抗美援朝中的朝鲜战场，战时致残成为革命伤残军人。如今，瑞安西山抗美援朝纪念馆中仍有他在朝鲜战场负伤的记录。前辈们的浴血奋战为我们奠定了幸福生活的基石。

曾以为瑞安不如北京宽阔，当我回到瑞安，才知道自己过于主观，今日之瑞安，不同于过去的瑞安。在飞云江畔散步，景观大气磅礴，视野远远大于在北京护城河边。可见是北京尺有所短，瑞安寸有所长。

极目眺望，西山高大的国旗馆上大国旗仿佛在迎风飘扬，庇护着瑞安人民的幸福生活。淡蓝色拱形五桥晚上灯光璀璨，仿佛一条巨龙腾空而起。步道沿途灯光带红黄绿蓝四色交替变换，沿途很多花草，有木槿花和千里香，还有高大的丝葵，又像扇子又像儿时家人包粽子的丝葵。

　　尽管飞云江上已经有了五座桥，飞云轮渡依然还在，像披着蓑衣的老人，勤勤恳恳为行人撑船。船票还是从我儿时一直用到现在的一头尖的竹签，就像是养了多年的玉，有了包浆。

　　往东走，外滩是最热闹的所在，是儿童的天堂，可以钓小鱼，画画，给石膏像涂色。周末，音乐喷泉拔地而起，欢歌笑语一片。外滩往东铜牛雕塑处，便是天瑞地安的说明。有个小朋友，见到儿童雕塑，情不自禁地上去亲了亲，天真无邪，让人忍俊不禁。这条步道还在往东延伸，很快将与东边的彩虹桥相衔接。

　　这条路就像一条线，把回忆的一颗颗珍珠串了起来，又把一个个新建设的小区和景点连接起来，形成一条美丽的项链，在时空中熠熠生辉。

抬壅客

在瑞安，马桶已经退出历史舞台，有一个老职业也消失了，要是跟年轻人说"抬壅客"，年轻人是丈二和尚摸不着头脑了。"抬壅客"，其实就是掏粪工。

离开家乡久了，对家乡的发展历程不甚了解，不知道从什么时候开始瑞安有了抽水马桶，淘汰了"尿盆"（马桶）。1979年高考，有一部分同学考入温师院（现在的温州大学），一部分落榜的同学考入了银行。毕业工作时，银行新宿舍有了抽水马桶，而旁边的教师宿舍还用马桶，于是同学戏谑，考上的不如考不上的。我和表妹在外读大学，二姨担心我们会远嫁，把北方贬得一无是处。我"应嘴"道：北方也有好处，一个是有抽水马桶，一个是有煤气罐。我二姨生气地说：你俩一个嫁给抽水马桶，一个嫁给煤气罐好了。可见当时的抽水马桶在我心目中的地位。

在有抽水马桶之前，家家户户用的马桶在瑞安叫"尿盆"。因此有一个与千家万户有联系的职业，有一个可以自由出门入户的人，这个人瑞安话叫"抬壅客"，这个"壅"是瑞安话"粪"的意思。北京有个全国劳动模范时传祥，是掏粪工，他们主要是掏公共厕所，而瑞安的"抬壅客"也是掏粪工，是到每家每户把马桶里的屎尿倒到他们的粪车里运走。

　　为了不影响市容，"抬瓮客"每天凌晨拉车出来，到他们负责的地段。当时家庭的"尿盆"都很大，还有"尿盆柜"，讲究的柜子旁边还有三层抽屉放草纸。"尿盆"就放在柜子里，既盖住了臭气，也比较雅观。凌晨，家家户户都还在酣睡，很多人家都是把门虚掩着，"抬瓮客"熟门熟户，轻轻进来，用随身带着系在腰一侧的手电筒照亮，端出"尿盆"靠在另一边腰旁，侧身端着出大门，倒进他们拉的粪车里。凌晨万籁寂静，一人一车，只有粪车在石板路上的辚辚声。就这样这家进那家出，到了天亮，"抬瓮客"的工作基本完成了。那时家家户户起床听见的都是刷马桶的声音。

　　在南方冬日，凌晨的被窝是最暖和的。夏日夜晚不好入睡，凌晨却也要起床。一年三百六十五天，"抬瓮客"没有睡过一个完整的觉。一个城市一个个家庭的卫生靠着这些平日见不到面的人，一个个家庭对他们毫无防备之心。

　　我有个表姐夫就是"抬瓮客"，不知道他为什么要从事这项工作。他的父亲和我姑父都是相熟的建筑工人，便结成了亲家。我的大表姐也从山里嫁到了瑞安城里。耳濡目染，表姐夫也有一门泥水工手艺。他是"抬瓮客"，白天时间是自由的。我妈妈作为舅妈时不时就叫他来给我家修旧房子。尤其是台风过后，大门台里不是厨房漏雨就是厢房漏雨。我爸是甩手掌柜，一心在工作上，家里的事一概不管。我母亲成为一个动不动就麻烦表姐夫的人。任谁也受不了这么啰唆的舅妈呀。表姐夫总是随叫随到，给我家的房子修修补补。那时我们虽然小，但是懂好歹，所以从来都是一口一个"姐夫"地叫。亏得表姐夫是"抬瓮客"，才有时间帮我家。

　　多年以后，我从北京回来，去看望的第一个亲戚就是"抬瓮客"表姐夫。表姐和表姐夫很感动，说这么多年我还记得他们。当然，在我家最困难的时期，是他们帮助了我母亲，也是帮助了我们。表姐夫老了，身体也不是很好。但是幸运的是，他们这些"抬甕客"单位的正式名称是"清卫"（清洁卫生），属于事业单位，所以他们的退休工资是按事业编制发的。辛苦了一辈子没有睡过安稳觉的人，现在可以高枕无忧安享晚年了。

金漆铜丝箍

　　到院子里晒衣服，对门邻居看见我手里的东西说："咦，你还有老古董?"我低头看看手里的"挈梁"笑了："我就是喜欢老古董，回瑞安后特地跟同学要的。"邻居说了声："金漆铜丝箍，这可是好东西。"

　　在几十年前的瑞安，再穷的人家在姑娘出嫁前也得备齐了十几件金漆铜丝箍的木器。有水桶、米桶、鹅兜（汤挈）、挈梁、凹兜、浴盂等。这些东西若不是随着时代的发展被塑料用品和不锈钢器皿代替的话，是可以用一辈子的东西。我小时候就是在大浴盂里洗澡，用的汤挈、凹兜应该都是我母亲的东西。如长时间不用，木头干了，会漏水，铜丝箍会脱落。用木头饭掌（饭勺）慢慢地把铜丝箍敲回去，用水泡一泡，大浴盂就完好如初。

　　现在瑞安人家里基本没有这些东西了。我回到瑞安，因为有怀旧情结，到处寻觅旧物件。同学说她家大房子要卖掉买新房，正好还有些老古董（她的嫁妆）准备扔了，于是我如获至宝拿了回来，在我的家里开始用老古董，越用越体会到这些老古董所蕴藏的前人的智慧和工匠精神。

　　同学拿来的东西中，唯独缺一样我最喜欢的东西：鹅兜（汤挈），这是一件美学与实用学最完美结合的木器，体现了前人的智慧。这件设计很漂亮的木器，为什么叫鹅兜？它的提手是一个鹅头，半圆的两翼像是张开的鹅翅膀。为什么叫汤挈？挈是提的意思，瑞安话里很多是倒装，汤挈是晚上洗脚的时候，挈汤（热水）用的，提着热水出来洗脚，鹅头那个地方可以放擦脚毛巾，瑞安话叫脚布。其实汤挈作为姑娘陪嫁，带过去最大的用处是洗尿布，水倒在里面，洗的时候可以把一块块尿布拧干放在鹅的两翼，不用另外找器皿。我小时候经常用汤挈洗衣服，所以知道汤挈有多好用多方便。此外，洗脚的时候可以把脚放在没有鹅翼的另外一半厚唇上，完全没有现在用盆洗脚会打翻盆的后顾之忧。米桶很大，口径将近四十厘米，内深有三十五厘米。应该是做母亲的希望女儿嫁过去以后家中总有米吧。过去父母发了工资，母亲总是先把一个月的米买好，放在米桶里，剩下来的钱再作打算。

那时还没有出现人体工程学理论，但是这些木器已经契合了人、器皿和环境的关系，尤其是人与器皿的关系。挈梁的提手，弯曲的幅度和大小，正好是手掌伸进去提着最舒服最不吃力的角度。盖上两个半圆的盖，这个挈梁还可以盛东西。凹兜可以用来从水缸里舀水，所以那个把略略有点弯曲，把的对面还有一个突出的小口，倒水的时候不会洒到外面去。米桶也有盖，两个半圆合在一起严丝合缝。盖上面是平的，还可以在上面放东西。所有不起眼的地方，实际上都是经过不知道多少代多少人设计改进过的。除了大浴盂现在用处不大外，其他的真是越用越顺手、越钦佩前人的智慧。当然米桶太大只能另作他用。

我本以为这些圆木器具上漆很容易，有一个同学的丈夫过去就是瑞安挺有名的油漆师傅，我家里的新家具，妹妹的圆木嫁妆都是请他油漆。因为我在北京，没有亲眼看见是如何上漆的。问了一下，步骤很复杂，耗时不短。第一个步骤是砂活，将原木色（白色）器具用砂纸砂干净。第二个步骤是上底色，这个步骤很重要，决定了最后的颜色。把豆腐用很细的纱丝过滤后加上颜料上底色，要上两次底色，自然晾干。第三个步骤是修疤，因为天然木头有疤痕，原料是郎皮加金漆，要修复得看不出来，还要加固铜丝箍，以免以后用的过程中因为干燥铜丝箍会脱落。然后上两次金漆。原料用桐油煎成白油，再加净生漆。第一次上完金漆，要晾一周，这个过程中遇到哪天太阳好，拿出去晒一天。一周后再上一次金漆。然后再晾干就大功告成了。并不是每个人都能学做上漆师傅的。我记得还有人对漆过敏。家里漆新家具时都不能在家待着。而油漆师傅整天在这种环境中谋生，给家家户户新娘带上能用一辈子的圆木器具。

　　我想把这些金漆铜丝箍"老古董"捐出去，让后人也知道这些淘汰的老物件其实是宝贝。

惊鸿一瞥

看到《瑞安日报》创刊三十年的回忆文章，想起我在瑞中校园曾惊鸿一瞥的倩影，虽然多年不见了，她依然是我心中的女神。

一次从花园大酒店回来，路过忠义街老城记忆，坐下来喝茶，适逢多年不见的瑞中施巨欢老师，又想起瑞中岁月，于是说起了我的心中女神。施老师问："她知道吗？"她并不知道，我与她多年未见了。

我曾经跟很多人提及她，很多人的反应都是：对呀，她总是穿旗袍。旗袍？不，我是说她穿连衣裙。在那个特殊年代，几乎所有的女性都是穿长裤和不合体的黑白灰衣服。正值青春年华穿着连衣裙的她是瑞中校园里一道亮丽的风景线。在爱美的岁数，我却总是黑白灰长裤。看见穿着连衣裙的她在瑞中校园，确实是惊鸿一瞥，忍不住回望。

她是杭州人，说着一口悦耳的普通话。在当时瑞安人都不会说普通话的时候，说着普通话穿着连衣裙的她，在我们这群少女的心里激起一圈又一圈的涟漪。由于中学时留下的印象，即使多年不见，我心中的她依然是年轻的形象。我总说她很漂亮，有人说，她是不错，不过你说得有些夸张吧？

很多人对她的印象总是说她穿旗袍，说明她又一次走在了时尚的前头。尽管她穿旗袍的那几年，我在北京。有一次我回瑞安，去妹妹家时，在楼梯上遇到了穿旗袍的她。她胖了一些，体态丰腴，穿着很朴素的布格子旗袍，气质优雅。她穿的旗袍，是很随意舒服的那种，不是社会上流行的紧身做作的高档货。站在楼梯上跟她闲聊了几句，说到旗袍，她说都是好多年前"旗袍玉"做的，那时很便宜，现在这个价格就做不起了。是的，那年我正好要参加北京单位一个旗袍秀，在瑞安也跑了几家想做旗袍，几千元的紧身旗袍也只能表演时昙花一现。而她的旗袍就是平常衣服。从年轻时的连衣裙到中年的旗袍，尽管她引领瑞安女性的时尚潮流，但是就她而言，衣服永远是为人服务的。

很难把她归于美女之列。之所以是我的心中女神，重要的不是她的外貌，而是她特立独行的个性。现在人很难想象，五十年前的瑞安还是一个很闭塞的小县城，观念封建而传统，对女性有着更多的约束。女生在街上骑自行车会被人非议。瑞中只给女生上了一次游泳课，就不了了之。那时的我，因为个子相对高大，对自己外貌非常自卑。校排球队招我，我却因为要穿运动短裤而拒绝。觉得自己胖从来不敢穿裙子，当然那时也没有人穿裙子，而她就穿着裙子在瑞中的校园里"招摇"。我不知道她有没有收到一些别样的眼光。但是她坦然的样子，完全就是我行我素。而后她又率先在瑞安穿起了旗袍，以至我提到她，几乎每个人都是异口同声地说到她穿旗袍。

其实她是非常有才华的语文老师，在瑞安就出了三本书。而后她又调到温州大学教心理学。也可能她有强大的心理学基础作为坚强后盾，才能使她保持住她的个性吧。

如今，我也已经是心理非常强大的女性，个性鲜明。这会不会无形中曾受到她的影响呢？现在的社会对女性宽容多了，但是毕竟还是有很多人喜欢对他人指手画脚、品头论足。我希望所有的女性，尤其是年轻的女性，保持自己的个性，不要辜负现在这个好时代。

她，就是曾经的瑞中女教师章毓光。

玉海榕树赋

在南方，榕树并不少见。在南方农村，村口都会有一条小河、一座石桥、一棵榕树。我是在瑞安城里长大的，榕树是瑞安的市树，瑞安城里即现在的玉海街道有三棵大榕树，陪伴我们长大，也陪伴瑞安城拓展。有两棵老榕树是我最熟悉的，一棵在西山老电影院前，另一棵在老湖滨公园玉海楼的东侧。都说十年树木，这两棵大榕树，百年以上了。从我儿时记事起，它们就已经矗立在那儿，老干虬枝，绿荫如盖。

西山电影院过去是瑞安唯一一个电影院，也是瑞安很多年轻人谈恋爱的去处。大榕树每天看着一个哑老伯挑着一块用粉笔写的影讯和放映时间的板到山脚下挂。大榕树看着清明节少先队员去烈士墓扫墓，大榕树看着老人们到四贤亭下棋。西山电影院衰落了，但是又新增了抗美援朝纪念馆，大榕树还见证了国旗馆的崛起。新建的西山步道是瑞安人早起锻炼之所爱。年轻人顺着步道快走，中年人舞剑打太极拳跳广场舞。在西山可以俯瞰飞云江，新五桥熠熠生辉，新渡口焕发了青春。山上小路通往改造中的西门，新的居民区正在建设中。西山大榕树见证了瑞安人民生活起了翻天覆地的改变。

另外一棵大榕树在湖滨公园，已经有 170 多年的历史，树干之大，几个人都无法环抱它的枝干。湖滨公园是原瑞安老城唯一的公园，旁边就是瑞安大操场，是过去举办体育比赛或者全县召开重要大会的场所。大榕树见证了瑞安的灯光球场变成了玉海广场，而湖滨公园进一步扩展成老年友好广场。大榕树见证了老福利院归还予利济堂——瑞安最早的医学院，藏书楼玉海楼成为观光景点。从大榕树往西，就是改造后带有传统韵味的古色古香的忠义街和大沙堤，港瑞城是瑞安城区吃喝玩乐聚集点，这一切都被大榕树尽收眼帘。如今它的身旁又多了一座慈善茶亭，免费供茯茶。在它的树冠下，瑞安人驻足停留，老人们在这里乘凉谈天说地，游子在这里留下深深的思念。它的枝叶在风中摇曳，仿佛在诉说着一个个故事，那些曾经的欢笑和泪水，都化作了它纹理中的一部分。

　　研究生毕业即将参加工作的那个假期，我回到家乡，首先奔跑去看湖滨公园的大榕树，它的枝枝蔓蔓向着小河延伸，却止不住岁月的脚步。现在回到家乡，发现大榕树的四周已经成为老人们聚会的场所。如果说西山是中青年的活动场所，而湖滨公园则是老年人的乐园。大榕树依然矗立着，听着老人们谈天说地，风过处树枝摇曳，婆娑起舞。铁打的榕树流水的人群，岁月流淌，过往沧桑。

　　瑞安城里还有一棵大榕树，那就是后祥的大榕树。随着瑞安的发展，城区范围扩大了，原来属于近郊区的后祥也成为城区的部分。我每天去瑞安游泳馆游泳，都会经过这棵大榕树。大榕树的前面立了一块碑，介绍后祥发展的过程。围绕大榕树的不仅有一圈椅子，还在树荫下摆了几张桌椅，供人们休憩。这里有一个慈善点，每天免费提供茯茶。游泳回来路过大榕树，我会在这里喝杯茯茶解解暑。

　　山不在高有树则青，水不在深有树则秀。瑞安城里这三棵大榕树，见证了西山的山、湖滨的水和瑞安的发展，见证了瑞安人民的幸福生活。在结束本文的时候，适逢瑞安越剧团晋京演出新编越剧

《琵琶记》之际。在晋京演出之前，在瑞安市府会议中心预演两场，可以说是厉兵秣马。我在看演出的路上，蓦地发现市政府新址广场上有三棵大榕树。记得离开家乡之际，市政府还在玉海仓前街逼仄的院子里。如今，新大楼已经在安阳新区过去叫岭下的一片田地的地方崛起。这三棵新的大榕树意味着玉海的拓展，瑞安的发展，人民的生活将更加幸福。

我们终将老去，瑞安城日新月异，而老榕树却历久弥新。

赏荷起乡心

　　酷暑，回到家乡瑞安，每天清晨去游泳，见游泳馆旁边木栈道旁的荷花开了。长长的小河道，密密麻麻的荷花亭亭玉立，高出水面很多，在风中摇曳，更显得婀娜多姿。

　　回想起我孩子还是小学二年级学生时，从寄宿学校回家，带来一篇她写的作文，题目《美丽的荷花》。是无巧不成书，还是心有灵犀，我恰恰也在那周写了一篇随笔叫《莲叶》。当我们母女交换看时，我不禁为孩子眼里观察到的简朴的美丽而感叹。美丽的荷花，在历经沧桑、痛失母爱的我的眼里，却是另一番景象。

　　后来，母女同题文章发在《中国语文报》上。

美丽的荷花——女儿的作文 (小学二年级)

　　炎热的夏天，在平静的湖水上，长着一片一片又大又美的荷花。它亭亭玉立，吸引了很多人的目光。

　　荷花的叶子有高有矮，高的荷叶像一把把大雨伞，矮的荷叶像一个个玉盘。微风悄悄地吹来，在荷叶上的水珠滚来滚去。有的荷花的花瓣全都开了，有的荷花的花瓣只开了一两片，有的还只是小小的花苞。花苞那样的可爱，就像小桃子一样。有的时候，蜻蜓在荷花边飞来飞去，好像在玩耍，正如古诗所描写的"小荷才露尖尖角，早有蜻蜓立上头"。小鱼也玩得很开心，"鱼戏莲叶东，鱼戏莲叶西，鱼戏莲叶南，鱼戏莲叶北"。下雨后，雨点落在花瓣尖上，小蜻蜓往花瓣上撞时，雨点就像滑楼梯一样，滚到了黄色的花心里了。花心喝了点水，好像笑了笑。

等花谢了，花瓣落了以后，里面露出了莲蓬，莲蓬和洗澡的喷头很相像。莲蓬的上面有一个个小孔，小孔里面有莲子，莲子还可以做出美味的莲子粥呢！我真喜欢那美丽的荷花，因为它是一种只在夏天开的花，出淤泥而不染这句话用来形容荷花是最合适不过的了。

莲叶——母亲的文章

酷暑，在北京看到家乡瑞安融媒体中心一篇图文并茂文章：瑞安何处看荷花。

在众多花中，荷花是我所爱。我之爱莲，与其说是爱其美丽、爱其风韵，不如说是受历代文人墨客对荷花气质的描写所影响。古有《爱莲者说》，今有"出污泥而不染"。《红楼梦》里，身为丫头却心高气傲的晴雯也是化作主司芙蓉的花神。仙风道骨这四个字，用来形容荷花是再贴切不过了。

最近在早市上，小贩们不知从哪里摘得许多荷花来卖。在小贩手里抱着的荷花，全没有了在荷塘里的风韵。在连天的荷塘中，一朵朵荷花亭亭玉立，在风中轻轻摇曳，婀娜多姿。而市场上的荷花，光秃秃的，没有了连天碧绿的荷叶衬托，那花的粉红，显得特别浓，透着俗气，拿回家也不开，花瓣逐渐发黑，枯萎、脱掉。原来，荷花的美，须在莲池中，须有滚着水珠的莲叶衬托，有了"接天莲叶无穷碧"，才会有"映日荷花别样红"。

在荷塘中，放眼望去，更多的是莲叶。在莲叶的衬托下，万绿丛中，粉红的荷花才显出亭亭玉立。清晨的莲叶上，晶莹剔透的水珠滚来滚去，仿佛绿丝绒上托着洁白的珍珠。酷暑褪去，即使只留下残缺的莲叶，也给人留下无限的遐思。在苏州园林，至今还留有"留得残荷听雨声"的诗句。

在我童年的记忆中，莲叶给我留下的印象更多的是它的使用价值。家乡瑞安是南方小城，早餐时，母亲常叫我去菜市场买豆腐。我拿了五分钱，不用拿什么器皿，空手就去了。南方的豆腐嫩嫩的，白白的，水汪汪的，上面有些格子。要买几格豆腐，卖豆腐的小贩不用秤，用竹片横竖一划，随手拿起一片新鲜荷叶，豆腐往荷叶上一放，我便小心翼翼地用手掌托着回家。白白的豆腐在碧绿的荷叶上，既让人垂涎欲滴，又让人不忍破坏它的美。有时，母亲让我去买新鲜海蜇头，小贩也是把海蜇头放在新鲜的荷叶上给我。略带透明的海蜇头，放在碧绿的荷叶里，仿佛璞玉上托着未经雕凿的玛瑙。新鲜荷叶在不经意中给贫乏的物质生活作了一点美的点缀。

每到夏天，中药店里便开始卖晒干的荷叶。有些人家煮荷叶水给孩子洗澡，光屁股上沾着荷叶沫的小孩，在木盆里咯咯地笑着，拿手泼了当妈的一身水，不懂事的还抓了荷叶末往嘴里塞，当妈的连笑带骂，沾了水的手，啪的一声，打在小孩的光屁股上。因为有水的缘故，声音特别响，其实是不痛的。夏日的南方，潮湿闷热，吃不下饭，有些人家煮了荷叶粥，在带着荷叶清香的粥里放些冰糖，又好吃又解暑。家乡讲究喝凉茶去火。荷叶切成一条条，放水里煮出来就是绝好的凉茶，据说荷叶水有清凉解毒解暑的功效。

每年夏天，我母亲每天都用荷叶和金银花煮凉茶晾着。煮好的凉茶放在一个坛子里，上面放个碗当盖子。放学后同学都喜欢到我家，一进门台先奔厨房的凉茶，你一碗我一碗地抢着喝。一会儿坛子便见了底，从外面归来的暑气也消了，便可摆桌子安心做作业。

负笈来京求学后，我留京工作多年。北京的北海公园，也种了很多荷花，就是不知道北海公园里的荷叶，归于何处，拿去何用。据说在北京的莲花池种了无数的荷花，以使与地名名副其实，我还无缘得见一望无际的绿色。不知何处能让我摘得几张莲叶，充作一解思乡之苦的凉茶。母亲已乘鹤西去，不知西天可有莲池。我在这里纵有荷叶，纵有白玉般的豆腐，纵能寻觅到海蜇头，也难觅母亲亲手为我煮的凉茶。

母爱，是连天的莲叶。没有莲叶，纵然我们从家乡的小城走出，生活在繁华的大城市，仍然是离了莲叶的没有生气的荷花。

长留一道绿

　　有一种绿，萦绕在我心头好几年了，那一抹绿仿佛就在眼前，挥之不去。

　　我第一次到文成的时候，便惊诧于文成的绿了。

　　与文成结缘，始于 2018 年的夏天，与同学自驾去文成。我们围绕着铜铃山、月老山和百丈漈转，映入眼帘满目皆绿。山上的树木，池塘的荇菜，百丈漈的瀑布，深深浅浅，绿得各有千秋，各美其美。而后每年夏天都去文成，再次领略到武阳和南田荷塘之绿，尤其是那条蜿蜒于南田百亩荷塘中的木长廊，犹如流连不肯腾飞的长龙。文成的夏天，有着怎样的故事呀。

倾倒绿色调色盘

　　驱车沿着飞云江西行，快到文成县县城时，公路左边那一泓碧水，浩瀚缥缈。这个被温州人亲切地称为大水缸的碧波由珊溪水库工程和赵家渡引水工程组成，2001 年底完工后，每年可向温州市提供 13.4 亿立方米清水，可供温瑞平原及飞云江以南沿海地区的平阳、龙港镇等地区，供水区内受益人口 500 万人。水库建成后即使干旱时期，温州也没有出现过等"死"（水）现象。

手拿铜铃山国家森林公园收费票，恍如有穿越的感觉，票面仍然标注着国营叶胜农场。追根溯源，铜铃山和月老山等，都是过去的林场，现在退耕还林，建成了风景区。铜铃山观光车票才五元，步行游览一圈后坐游览车返回，凉爽又解乏。

铜铃山里蕴藏着一潭潭绿水，就像在作画的仙人，长衣袖不小心打翻了硕大的绿色调色盘，浓得化不开的颜料，洒落在山间。山坳里就藏着一趟绿汪汪的仙女潭美人泉。百丈漈的水，奔腾而下，如练似锦，一赶夏日烦躁。一个叫山一角的地方，有一个云顶山庄，每天清晨走木栈道上山顶，看云雾缭绕。待云雾散去，满目皆绿。

月老山经营者与农场签订了五十年的合同，开发了月老山旅游资源。这里有一片悠绿的水域，名为爱情海，硕大的红双喜字迎来无数年轻的情侣对着爱情海打卡比心。而老年夫妻在爱情湖边庆祝他们的爱情亲情长青。去年七夕，上百个年轻人聚集于此，搭帐篷露营，花红柳绿，成双结对的倒影在爱情海里荡漾。

一个傍晚，我们的车经过一片水域，宛如闯进了绿色秘境。映入眼帘的是铺满了绿色水生植物的湖面，静谧而幽深。第二天上午，车驶过同一个地方、同一片水域，却呈现出完全不同的景象，恍入仙境。绿油油的水生植物上面，摇曳着金色的花朵，在阳光的照耀下熠熠生辉。这还是昨天的同一片水域吗？这是荇菜，上午开花所以湖面是金黄色，傍晚花闭合，所以湖面是碧绿的。对面是茂密的高过人的茭白，有个人在收割，他头上戴着一顶红色帽子，是万绿丛中一点红，旁边的水域却是一片金色的花朵。

荇菜，最原始最浪漫的一种植物。中国古代第一部诗歌总集《诗经》中的第一首诗《国风·周南·关雎》中就有："参差荇菜，左右流之""参差荇菜，左右采之""参差荇菜，左右芼之"。当然，伴随着参差荇菜的自然是窈窕淑女。铜铃山里有一潭泉水名为美人泉，因其形状酷似美人而闻名。美人面对绿莹莹的绿宝石仿佛戴上了祖母绿的皇冠，微风拂过水面，美人微微颔首。

绿色养老基地

自从 2018 年开启了文成之旅，而后每年的夏天，每当酷热难耐，我都会启程去文成一周。年少时因为我晕车，在瑞安去往温州的车里，车里的大人们看着我难受的样子，经常连连感叹：这么好的路你都晕车，要是去文成泰顺你可怎么办？那时的文成泰顺山路崎岖，须得好几个小时，对于我而言，犹如天堑。我暗暗思忖，决不去文成泰顺。

瑞安有句老话：没到八十八，别笑人眼瞎。当初发誓不去文成泰顺的我，现在却开启了每年夏天赴文成之路。文成地貌以山地、丘陵为主，素有"八山一水一分田"之称，是典型的江南风光，拥有众多的自然景观和人文景观。文成过去是相对贫困山区，山路崎岖，现在的发展让人刮目相看，村村通公路，还有公交车。高速路一通，文成县就抓住了发展旅游业的契机，政府优惠政策加补贴，帮助修缮房屋，农家乐比比皆是，包吃包住，价廉物美。农家乐的兴旺，让城市居民和山区农民都受惠。文成的山野菜尤其是南瓜远近闻名，还有著名的土猪肉，游客吃不了就兜着走，离开时大买特买，富了当地农人，乐了外地游客，高速路成了共富路。从瑞安到文成县城高速只需要四五十分钟，穿过一个又一个隧道可见重重山，沿途都是农民的新房，呈现出社会主义新农村欣欣向荣的景象。

月老山住宿免门票。2018 年我和同学来月老山时，房间没安空调，我也没开电风扇，早晚有些凉。我和同学开车到百丈漈镇转了一下，六个菜每个半份，两碗饭，一共才 27 元。饭后想回石门台，在百丈漈镇转来转去就是绕不出这个镇。天黑了，开着导航，出去回来又出去又回来，好像鬼打墙。终于成功回到住处，而且是从一条没走过的小路回来的，真是鬼使神差。

这几年，除了农家乐，高档的民宿飞速发展，价格也是农家乐的几倍，是偶尔来打卡的年轻人所爱，但是真正来避暑的人，还是喜欢选择价廉物美的农家乐。城里酷热难耐时，很多退休老人夏天来月老山包吃住一个月。休假的人一般住个三五天。很多退休老人组团去文成农家乐住上一个月。一家老小或三五知己出来度假则选择民宿。农家乐也好高档民宿也好，夏天去文成，必须早订，否则处处客满。我的一个朋友年年组团来月老山休假半个月，包吃包住，既避暑又省去家人每天买菜做饭之劳烦。去年酷暑，月老山依旧是维持在 28 度左右，不用空调。稀奇的是森林茂密却没有蚊子。月老山是距离瑞安比较远的景点，去月老山度假，开车走国道，上山还有一段山路。有了高速，节省了不少时间。文成的交通还在继续改善，有一条景宁到文成的高速正在修建，瑞安到文成的一条隧道也在开掘。月老山的民宿是季节性经营，老板娘说交通再好一些，经营的时间再长一些，就能多投一些资金改造一下住处。

2018 年我和同学开车兜兜转转，在一个叫石庄村的古村落，无意中发现了刚刚开业的民宿石门台。那时石门台知名度不大，进了院子别有洞天，可以说综合了北京四合院和福建古楼的特点，非常美。留宿一夜，第二天早晨我们要走了，也没人管。于是我对着收银台的二维码扫描支付。去年可能是疫情加上石庄村又开了几家高档民宿，石门台民宿已经停业了。但是其他高档民宿犹如雨后春笋。石庄村越来越美了，石头墙上高高地标注着："一个有故事的地方"，透着满满的自豪和骄傲。这里的荷花品种颇为新奇有趣，个个像个大拳头，圆滚滚的。

　　这几年，文成陆续开发了很多高档民宿，武阳也不例外。2018年去的时候，有条小路拐进去的几家民宿初具雏形，2022年夏天去已经开业，而且小有名气，人均五百的民宿宾客满座，甚至已经预订到11月份了。但是那种包吃包住人均120~150元的农家乐，仍然充满生机。蓦地，我又见到了前年与我同住一个农家乐的老人家。他老伴已经去世，儿子是企业家，每年夏天儿子开车送他来文成住一个月。老人家总是身着白衬衣，干净利索，饭后一个人自己拿象棋对弈。这次在武阳一家农家乐门口见到他，身穿白色老头衫，外套白色短袖衣，敞开扣子，优雅地摇着芭蕉扇，与几个老人家聊天。虽然素昧平生，但是看到老人家安然无恙，有一种欣慰的感觉。文成确实是养老避暑的好去处。老人说，夏季来文成避暑，包吃包住，避免了一日三餐操劳。两个人的退休金也足够一个月的费用。前年我们几个小学同学组团在一家叫高山的农家乐住了一周，见到四个家庭的老人组团在南田避暑一个月。2022年在南田另外一家农家乐住了一周，又见到十个退休老姐妹组团来南田避暑。老人们谈吐不凡，衣着讲究，并不似一般老人的随意。一问，个个都八旬以上的耄耋老人，却精神矍铄。有一个老人是工商银行退休的，说起岗位上的人和事，头脑清晰如数家珍。对于我们这些将要步入老年而心有戚戚的人，是一个很大的鼓励。

绿色旅游资源

　　文成以刘基为旅游引子，打造了刘基故里、书院、刘基庙一条龙参观线路，并辅之以田园风光。刘基字伯温（1311—1375），文成人。元末明初政治家、文学家，明朝开国元勋。南田是刘基故里，武阳是七星武阳，隐居刘基。1375年，刘伯温病逝于南田故里。139

年以后，朝廷追封他为太师，谥号"文成"。七星武阳是刘基的故里，四季气候宜人，冬暖夏凉。村子背靠五指仙峰，形似五指微曲，掌心就是武阳村。田垟中镶嵌着七个小土墩，如天上七星有序排列，故名"七星落垟"。村尾水口山形如金龟上山，左边弓箭山，右边宝剑山，形成了"左弓右箭，七星落垟，金龟把水口"的人间佳境。武阳以名人故里和绿水青山的资源优势，将名人文化、非物质文化遗产体验和乡村旅游业有机结合起来。

在刘基故里，印象最深的不是刘基作为明朝开国元勋的事迹，而是刘基墓的设计。据说，重病中的刘基知道自己时日不多时，把家人为他设计的豪华墓地图纸撕了。他说：古人造字有讲究，墓，上有草下有土，若上面光是豪华石头，还叫什么墓。此外，风水讲究，墓造得高一点，子孙做官的多，人丁不兴旺，造得低一点，后代做官的少，但是人丁兴旺。刘基选择了墓低的方案，果然他的后代做官的少，但是人丁兴旺。

夏日的武阳和南田，阵雨过后，云卷云舒，莲叶田田，闲适三分意。这几年，我陆续住过武阳和南田的农家乐。2018年第一次去武阳，住的农家乐叫福地人家，面向一池荷花。清晨早起，我一人逛寂静荷塘，看鱼呷荷叶，蜻蜓飞舞，蜜蜂嗡嗡，听取蛙声一片。木栈道上还有一条小蛇，嘴里叼一条小鱼。旁边的木棱子上，站着一只小鸟，应了那句早起的鸟儿有虫吃。傍晚，同学拿出车里的古琴，面对荷塘奏起，怡然自得。

2018年在武阳闲逛时，无意中路过一个破落的房子，见旧柱子上挂着一副新的木质对联：一池荷花三面岭，满村古风四季诗。我觉得很有趣且风雅，只是觉得数字上少个二，开玩笑说改为一池荷花三面岭，二村古风四季诗，横批为五福临门。时隔四年后的2022年酷暑，我们初中同学组团来文成玩，因天气炎热就随机坐在一个小摊位歇歇脚，并买完了小摊上的青草腐和玉米，大快朵颐消消暑。看着老板娘手忙脚乱地给我们舀青草腐，我们开始了自助模式，自己加薄荷，加红糖。看着老板娘笑得合不拢嘴的样子，我问了一声，这么热卖完不用出摊了吧？老板娘说还出来。我问：你住哪儿？老板娘说住对面。我抬头一看，愣住了。这不是四年前我改对联的破旧房子吗？现在鸟枪换炮，破旧的房子进行了改造，加上了木棂格子的门窗，显得古色古香。是政府出钱改造的，若开民宿，政府还给予补贴。房子对面的这一排摊位也是政府安排的。这样山沟里的农民就近把自己的农副产品摆出来卖，有干粉皮、干豆角、南瓜等。有个卖茄子的，说起家里丈夫身体不好，茄子价格又是这样便宜，我们自驾有三辆车，大家就分着买完了茄子。

　　相对于南田，武阳更疏朗些，江南可采莲，莲叶何田田。夏日荷叶为村庄披上鲜嫩翠绿的霓裳。一池荷花次第开放，微风掠过，荷叶蹁跹，花影朦胧，幽香浮动，为夏日增添了无限诗意。在宋代诗僧释行海眼中是：圆绿风翻翡翠云，娇红露淡石榴裙。买了新鲜莲子剥开放在嘴里，有一股清香，又有一丝苦味。卖莲子的人说，莲子芯清凉解毒，别去掉。新鲜莲子的芯还不算特别苦，似乎跟人一样，没有经过岁月的积淀，也就没有蕴藏太多的苦味。

　　我更爱南田，源于那几百亩水域中一眼望不到头的木长廊。南田镇的灵山秀水中，埋藏着一代名臣刘伯温的人生轨迹。南田有两条长廊，一条已经修复的长廊是在刘基当年为抗灾而出资筹资发动村民建造的水渠上，建造的长达 2100 余米的"郁离子长廊"。这条长廊的起点在一座青苔密布的古石桥，叫盘谷底寿萱桥，终于刘基庙后门。这条长廊修复后成为传统文化宣传橱窗，镶嵌了很多历史文化故事和传说。前门是恢宏的现代化建筑，小小的后门是真正的山门。我喜欢从后门进来，进门就是古树和碑壁，后门出来是廊桥和荷塘，古桥、古树、古风、古韵犹存。

　　最爱的是另外一条在原稻田里绵延数里的长廊。从高高的石牌坊下到木长廊，历史沧桑扑面而来。蓝天白云，稻田青青。从木窗户棂子望出去，就是一幅幅天然画框。雨中，长廊外的树木稻田仿佛披上了轻柔的薄纱。这条长廊在荷塘和田野中间，还没有修复，令人看着非常心疼。中间有几段断掉的用水泥地面连接，还有一段已是田埂。有一段连接走路的木板是廊桥的残躯，以后修复都找不到原旧物。爱不够的长廊，我离开时，默默祈祷长廊年年岁岁无恙。

　　2022 年又来南田，我迫不及待来看我心心念念的长廊。为了保护残缺的长廊，已经封闭，不能再得以亲近。长廊四周的荷花已经取代了往日的稻田，稻田纤细的绿换成了荷叶大面积的绿，盛开的荷花仿佛是万绿丛中点点红。破旧的长廊被荷塘围绕着，蜿蜒曲折。为了能够让游人一观长廊，在荷塘中间留了一条小道，两边是绿油油的荷叶，人在绿中行。如今站在荷塘前，放眼望去，在碧绿的荷叶上，粉嫩的荷花开得正艳，清新的空气、耳边的虫鸣、眼前的荷花与周围的农田、村落、长廊，交相呼应构成了一幅优美而宁静的乡村画卷美景。要是当地政府能尽快重视和抢救长廊，筹资修缮这条宝贵的长廊，对发展当地的旅游业大有裨益。

　　绿水青山就是金山银山。这几年，文成唤醒了沉睡多年的灵山秀水，利用绿色旅游资源可持续发展。仁者乐山，智者乐水，文成，山水相依，山水皆绿。

　　文成的绿构成了夏天的故事，这一道绿也留在了我的心里。

博物馆的力量

当我北上求学时，沿着瑞安唯一一条所谓的"大街"走到东门坐汽车到温州，然后从温州坐海船到上海再换火车的时候，我未曾料到待我回归故里时乡音未曾改，瑞安已初具城市的雏形，而且还有了一座宏大且藏品丰富的博物馆。

我有幸工作生活在北京。北京不仅有高大上的国博和首博，而且有很多各具特色的博物馆。国博经常有世界级的宝物临时展出，令人一饱眼福。我的孩子不出国门就能领略非洲特色展品。在观博尚未形成时尚时，我已然就是观博义务宣传员。那年瑞安同学组团来北京旅游，我当仁不让带他们去国博。国博的预约票必须个人手机注册，各约各的票。他们当时都不会手机操作，我便要来他们的身份资料，一个个注册，一个个预约票。看着家乡人在宏伟高大的国博流连忘返的样子，所有的忙碌和疲惫一扫而光。重庆大学一个教授团队创作的作品被国博收藏，为了进国博拍照发给他们，我在长安街排队安检和进博安检时，冻得呵手跺脚却乐此不疲。

首博也是我最爱，其北京地方特色更浓郁，也更适合休闲。首博还是年轻人约会的好去处。上午参观，中午到地下二层吃个自助餐，下午继续逛，悠悠闲闲。首博有一个影视厅，摆着八仙桌和长条木凳子，屏幕上不间断地放展品介绍，边休息边长知识。所以，首博也成为我节假日挈友将雏的好去处。

我曾经的夙愿是在有生之年参观大英博物馆，那是在给读小学的孩子辅导英语时产生的愿望。我有机会独游英伦时，首要目标就是直奔大英博物馆。然而直面大英博物馆，让我震撼的并非丰富的世界级藏品，而是在中国馆，我泪流满面。曾经多次听说各国列强抢夺中国珍贵的文物，国内还有一种论调，说"文革"毁了很多文物，不如保存在国外。可是当我站在大英博物馆的中国壁画前，那种心痛、那种屈辱感无以言状。中国彩色壁画被分割成不规则的九块，明显是从墙上凿下来偷运出去的。这九块壁画就毫无保护地放在人来人往的走廊上，没有玻璃罩，彩色在褪去。伦敦是博物馆宝藏，我在伦敦徘徊了一周，流连在各种各样的博物馆之间。离开伦敦之前，我又去大英博物馆与中国壁画告别。国家必须强大，现在中国敦煌壁画、重庆大足石刻等都保护得很好。不会再有惨剧发生，国强则博物馆强。

博物馆是一座城市的文化符号，要了解一座城市，最便捷的途径，便是走进当地的博物馆。每到一个地方，我都会挤时间去当地博物馆了解这座城市的历史渊源。从热气腾腾的海口到白雪皑皑的海拉尔，从温婉的扬州和镇江再到火辣辣的成都，当地博物馆都曾留下我的足迹。徜徉在博物馆里，一个个珍贵的文物，向我述说这个城市的古来今往。在我参观了扬州博物馆之后，扬州一个个景点，仿佛散落的珍珠，被博物馆的线给串了起来，形成了一串美丽的珍珠项链。我赶在关门之前到达镇江博物馆，因为要手机预约，博物馆管理员看我迫切的样子，帮我现场预约。在镇江景点还遇到不少爱好博物馆的同道之人。在海拉尔的冬天，深一脚浅一脚地踩着齐膝的雪去博物馆，虽然吃了闭门羹，到过博物馆门口也算了结一桩心事。途中无意间经过一个具有地方色彩的小博物馆，正在设展和在培训讲解员。我再三请求，一个人上了二楼打开灯，琳琅满目的蒙古族风情展现在我眼前。在温州博物馆，看到白象塔在 1965 年因破损没有被修复而是被拆了，在拆除时从一层到五层发现了大批的文物，说明该塔不仅仅是历史文物，还是一座宝塔。站在拆除工人与白象塔的照片前，看着工人们笑逐颜开的面孔，我心疼不已。平素不爱求人的我，总是在观博不顺时，从社恐刹那间化身为社牛，展开社交攻势，估计没几个博物馆管理员抵挡得住一个外地来的热爱博物馆的人，于是为我开启博物馆之门。而我的愿望则是有朝一日能成为某个博物馆的义务讲解员。

家乡历史知多少，且往博物馆里寻。如今瑞安这样一个县级市都有了建筑面积达 10390 平方米、展厅面积 3000 平方米的博物馆，有藏品 8287 件/套，有珍贵文物 770 件/套。瑞安博物馆的镇馆之宝是"北宋莲瓣纹瓜棱形铭文铜权"，1972 年出土于瑞安仙降新江垟坑村，北宋熙宁十年造，其上錾刻 168 个铭文，是迄今发现铜权中铭文最多的一枚，62.5 千克，重量居全国第二。它的发现为我国研究北宋权衡制度提供了珍贵的实物资料。

瑞安博物馆藏品除原有文物所保管之外，还有很多是当地群众捐献的。县级博物馆虽然不如国博首博那样高大上，却很有地方特色。瑞安靠海，博物馆有很多鱼类标本，展品栩栩如生。博物馆展示了千年古县瑞安的来龙去脉，浙南石棚墓群是中国南方唯一的石棚分布区，其发现不仅扩展了我国石棚墓的分布地域，且因其保存完整，在探讨我国东南沿海特别是东瓯地区商周时代的社会性质、经济形态、文化面貌等方面具有较高研究价值。旧古城的模型展示了瑞安原是个"水如棋局连街陌，山似屏帏绕画楼"的地方，我还能找到我家拆迁前院子的所在地后河街。瑞安原女校的模型，表明瑞安这样一个小县城在清朝就开女性教育的先河。过去瑞安女儿出嫁的木制品，唤起我儿时的回忆。在介绍经济部分，印象最深的是瑞安民族资本家创立的擒雕牌炼乳，反映了中国人民与英国外来资本抗争的铮铮铁骨。家乡的博物馆也是我向外地朋友炫耀的地方，当我的博导和博士师弟以及温州大学教授来瑞安时，博物馆是必去之地。

　　国家大博物馆有镇馆之宝，地方小博物馆以其特色取胜。博物馆之旅既让我看到了我们国家的历史源远流长，也让我看到了曾经国之不强的屈辱。知识就是力量，博物馆不仅让我长知识陶冶情操，也让我懂得了国家的力量就是博物馆的坚强后盾，这也是博物馆的力量。

双塔重叠之韵

　　两张拍温州的照片火遍了网络，也震撼了很多当地温州人。这张照片呈现了温州巽山塔与世贸大厦的完美重叠所传达的韵味，尤其是夜景那张，有光的地方，神一样的存在。原来，美是一直存在的，缺乏的是发现美的眼睛。

　　我和同学也循着原拍摄者角度去实地看双塔，目睹双塔合一的壮观景象，也在同角度拍下了这一美景。

　　巽山塔是温州市区四大古塔之一，位于鹿城区东南隅的山前街的巽山上。在尚无摩天大楼时的老温州，在塘河船上看见傲立在笔尖峰的巽山塔时，温州人会说温州到了，就像瑞安人在塘河的船上看见隆山塔时说瑞安到了。清郭钟岳在《瓯江竹枝词》中描述巽山塔胜景："巽吉山头塔影尖，疏林斜挂月纤纤。时闻清唳云中鹤，曾驻飞仙白玉蟾。"据明代王诤撰写的《巽吉山建塔记》记载及遗存下来的塔砖上的铭文反映，该塔始建于宋朝，后几经修建。巽山塔历经百多年风雨沧桑后于 1974 年倒塌。所幸温州摄影前辈邵度先生曾于 1944 年拍下巽山古塔。21 世纪初，温州为恢复历史古迹，在原塔基上重建巽山塔，2004 年 10 月竣工。新塔塔身高 35.35 米，为七层仿楼阁明式砖塔，六檐飞翘古色古香。在如今摩天大楼高耸的新温州，此塔便不起眼了。

　　世贸大厦位于温州市鹿城区解放南路，于 2001 年开建，2008 年封顶，其 333 米的高度曾是浙江第一高楼，是新温州地标性建筑。世贸大厦与巽山塔相隔有一段距离，建成之后，两塔似乎风马牛不相及。但是在温州茶院小区的某个角度看过去，两座建筑物外观重叠，双塔合一，呈现出美轮美奂的景色。尤其是夜色中，清冷的巽山塔与高耸云霄、金光灿灿、熠熠生辉的世贸大厦合体时的协调，呈现出传统风格与现代化的完美契合，不得不说是建筑界的奇迹。不知道两个建筑的设计师是有意而为之还是天作之合，不得而知。其实温州还有一个美景，1995 年建造的位于信河街的新国光大厦也是温州地标性建筑之一，其对面就是松台山，标志性的大拱门恰巧嵌入了松台山上 2005 年重建的净光塔。入夜，净光塔的灯影与新国光大厦的灯影交相辉映，又是一幅重叠不冲突的情影。

　　在世人眼里，最有争议也最令人倾倒的建筑物设计，当属卢浮宫玻璃金字塔。贝聿铭为卢浮宫设计新的扩建方案时，在法国引起了轩然大波。对贝聿铭要在古典主义经典作品卢浮宫的院子里建造一个玻璃金字塔的设想，法国人认为既毁了卢浮宫又毁了金字塔，持反对意见的巴黎人高达 90%。正如贝聿铭所言，在卢浮宫扩建的十三年中，争议时间占了两年。1984 年初，当贝聿铭把金字塔方案"钻石"提交到历史古迹最高委员会时，得到的反馈是：这巨大的破玩意只是一颗假钻石。所幸最终还是采用了贝聿铭的设计方案。如今，这颗具有现代风格的钻石在历史悠久的古典建筑之前，熠熠生辉，现代与传统相得益彰。

　　无独有偶，西班牙塞万提斯纪念塔也是一个绝好的设计。在寸土寸金高楼林立的马德里，要建造一个纪念塞万提斯的纪念碑，如何避免四周的高楼是个棘手的问题。最终的成果是这座由厚实石块所垒起的高大纪念碑，与后面现代化建筑非但不冲突，相反后面的建筑物很好地烘托了纪念碑。前面黑色的青铜塑像堂吉诃德和他的仆人桑丘，呼之欲出，打破了纪念碑的沉闷。而纪念碑前一湾水池，让人联想起中国那句古诗：问渠那得清如许。

说到一湾水池，不得不提及北京国家大剧院。在天安门广场、在故宫的对面建造一个大巨蛋，又是何等的胆魄。而那一湾水池，温柔地化解了钢筋水泥的冰冷。在国家大剧院灯光的照射下，呈现出梦境般的倒影，是多少摄影者追求的影像。"问渠那得清如许，为有源头活水来。"艺术源于生活，又高于生活，中国国家大剧院的外观很好地诠释了这句古诗。

在美国旅行中途，朋友建议我去芝加哥时，我不以为然。芝加哥拥有很多高楼大厦，被誉为"摩天大楼的故乡"，我不是来看摩天大楼的。到了芝加哥之后，完全出乎我的意料，此大城市非彼大城市。同样是大城市，同样有着摩天大楼，芝加哥却有着美丽的天际线。走在密歇根大街上，开始有些恍惚，似乎走在北京的长安街上。定过神来，发现密歇根大街和长安街各美其美。密歇根大街一边是高楼大厦，另一边濒临美丽的密歇根湖，白帆点点，海鸥飞舞。

我国很多建筑不洋不土，不伦不类，高大而丑陋。很多美丽的园林、古建筑淹没在高楼大厦中，无法呈现出原来的韵味。其实只要设计师们多多考虑周围的环境，把古韵味与现代化结合起来，就一定能够让传统与现代完美地契合。温州巽山塔与世贸大厦、净光塔与新国光大厦的完美重叠，就是一个很好的例子。

龙湾山水满春色

水如棋局连街陌，山似屏帷绕画楼，山不在高，有水则灵。水乡温州，美景源于水，水是山的灵魂，文化底蕴深厚的温州还是山水诗的发源地，而龙湾则是山清水秀、人杰地灵。

青山旧路在

1979 年离开家乡负笈求学，而后留在北京工作生活的我，对温州的记忆，还停留在小南门码头、五马街、广场路和中山公园这些我儿时住过或去过的地方，实际上家乡已经有了巨大变化。去年春天，北京的博士师弟到温州龙湾区挂职，组织了一次调研，带我们参观了龙湾，我才有幸领略到龙湾山水的春色。很多时候人们舍近求远，其实美景就在身边。由于疫情，不能远足，那就好好领略家乡的美景吧。温州山美水美春色美，而具有深厚历史底蕴又蓬勃发展的龙湾，更具有其特色美，令人耳目一新。

龙湾区位于温州市东部，东朝东海，北濒瓯江，与永嘉县和乐清市隔江相望，南接瑞安市。从瑞安去温州，温瑞大道畅通无阻，这在我离开瑞安去上大学之时是无法想象的。当时瓯江和飞云江尚无大桥，汽车要靠轮渡摆渡过去。夜晚停渡，汽车排队，隔江相望咫尺天涯。过去从瑞安到温州，要在瑞安东门坐四个小时轮船，经塘河溯流而上到达温州小南门码头。若坐汽车，沿途经过山根、塘下、白象、丽岙，到了白象就算到了温州地界，而真正进入温州市区还要一段时间。改革开放后，温州人敢为人先，经济建设飞速发展，温州新貌日新月异。高速的开通，使得温瑞几乎连为一体。瓯江和飞云江已经天堑变通途，百岛之县洞头化身为半岛。

去年春天，为了更好体会龙湾巨变，我一改以往住三垟湿地旁度假村的习惯，另辟蹊径住到龙湾区的滨海大酒店。从北京派驻龙湾工作的博士师弟对龙湾倾注了很深的感情，讲起龙湾的发展如数家珍。于是，人民大学博导、厦门大学博导、温州大学教授和温州党校教师等人在龙湾调研之余，顺便饱览了龙湾山水春色。

自从上大学就离开家乡的我，对龙湾还不如前来挂职工作的师弟熟悉。于是，一个外地人，给我们当起了龙湾向导，带着我们探寻龙湾山水春色。

瑶溪山中相

大海纳百川，瓯江入东海，瑶溪是注入瓯江的小溪之一。位于瓯江下游的瑶溪，因明代首辅张璁赞其"溪石皆玉色"而得名。清张子容在"永嘉场十七景诗"的瑶溪曲涧中提及："瑶溪，旧名姚溪。相国罗峰公改为瑶溪，以溪石皆玉色也。"张璁在"瑶溪穷源记"把瑶溪一带的风景形容为"疑此为真桃源而非人世矣"。

瑶溪景区层峦叠翠、云雾缭绕，淙淙溪水怡人心扉。瑶溪人文历史悠久，文物古迹颇多，是历史文化名胜荟萃之地。明清时期名士云集，明代首辅张璁和吏部主事李阶、明弘治榜眼礼部尚书王瓒、广东按察副使王叔果及其弟王叔杲等人，都曾在此读书讲学，留下不少佳话。张璁曾在此居住长达36年，留下许多文物古迹和动人传说，因此瑶溪尤以张璁文化闻名。而王叔果和王叔杲兄弟俩则造就了文昌堡。

自从瑶溪景区取消门票之后，瑶溪景区内的钟秀园便成为温州市民休闲放松的地方。上午我们到达钟秀园，已经有很多年轻人三三两两搭了帐篷，尽情释放青春快乐。还有小两口带着孩子，在草地上肆意地游玩，把网购的已配好佐料的各种肉串，在无油烟的一次性烧烤炉上烧烤，一家三口享受着天伦之乐，其乐融融。若非看见贞义书院的大牌子和罗峰书院的说明，几乎让人忘记了这里曾是"山中相"张璁研学和创办书院的地方。

我对张璁的了解，源于儿时老一辈人口口相传的故事里的张阁老。到了瑶溪，才知道赫赫有名的张璁居然还有一个大器晚成的励志故事。我是恢复高考后从工厂走向考场的工人考生，觉得自己生不逢时，该读书的年龄没书读，耽误了最好的年华。在罗峰书院解说中看到张阁老的另外一面简直是目瞪口呆，他居然"七试不第"！

"七试不第"，这得有多强大的心理承受能力。纵然如此，张璁并没有因此失去斗志，明正德十三年（1518），张璁在离其家十五里的瑶溪购置土地，开垦菜园五亩，建造瓦房三间，取名罗峰书院，开始居山修业、游历山水、授徒讲学和著书立言的耕读生活。因为书院建在大罗山脚下，张璁在建书院之际，写了告大罗山文："罗山之英，瑶溪之灵，璁顽钝无成，苦无肄业之地，托址溪山，建兹书院。以翌日落成，将率学徒讲学其间。窃念白鹿、武夷之胜，斯道攸赖，固地灵而人杰也。今兹地灵矣，其人杰则固有所待者。苟或自异其学，自畔于道，宁不有负于兹山之灵也哉！神其启翼，俾璁不迷。"此文不仅阐述了开办书院的宗旨，而且文人的可爱之处，跃然纸上。大罗山脚下办书院，人融山水心旷神怡，清风明月伴读书，山风花语解玄机。不知道是罗峰养育了张璁，还是张璁造就了罗峰圣地，或者二者皆有之吧。

此时张璁，并未知自己堪称大器晚成之楷模。他身居山野，耕读之余，不忘天下。张璁在《板障潭》吟道："绝壁抱深清，波流长弥弥。足以纳千涧，一决乾坤洗"，其志向可见一斑。罗峰书院建成后，张璁在《罗峰书院成》诗云："卧龙潭下书院成，白鹿洞主惭齐名。松菊已变荒芜径，溪壑更添吾伊声。苍生有望山中相，白首愿观天下平。青衿登进乐相与，日听沧浪歌水情。"这又是何等气魄！我们去参观时，龙湾文旅的同志指着书院门外的山说：你们看，这像不像大象？传说"苍生有望山中相，白首愿观天下平"原文是山中象，后来因为张璁位居高位才改成山中相。

贞义书院是温州历史上唯一奉旨敕建的民间书院。明武宗正德十五年（1520）二月，张璁应礼部试。次年张璁中二甲进士，观政礼部，从此入仕途。这年他已经四十七岁，可谓大器晚成。嘉靖七年（1528）明世宗敕建"敬一亭""抱忠堂"并赐名"贞义书院"。张子容形容："临溪为敕建贞义书院。溪之左右或层楼飞阁，或大榭高亭，或重堂绣户，翼翅星列棋布，虽昔年兵火焚燎，而林堂带映，山水之胜，未有改也。"

现在贞义书院的隔壁是非遗体验馆，引进了一些非遗项目和老字号，有文化产品又有食品，既能参观又能大快朵颐，同时还有体验非遗项目的文化驿站。节假日很多家长带小朋友来体验，亲自动手，看着自己用活字印刷呈现在宣纸上的成果，带回家作纪念，或者亲手做扎染体验的成果作为礼品送亲朋好友。我仿佛看到了小朋友们骄傲的笑脸和非遗传承的未来。我参观过瑞安木活字印刷纪念馆，这次又欣喜地看到了为体验者准备的木活字印刷项目。温州大学女教授亲自动手，在复原古代花笺纸上用木活字印刷古诗，当场配了镜框，带回家为书房增添一抹古色古香。

从古代的永嘉到今天的温州，历朝历代都是把学习奉为圭臬。即使在商品经济大潮中，温州人也没有迷失读书的方向。从历史上看，温州就是一个宏观的书香门第，文化传统浸淫其中，源远流长，哪怕在山野田园，都有书院。难怪龙湾是中国书法之乡，我们在龙湾书画院欣赏书法和绘画作品后，这种体会就更深了。中国传统文化之美，在龙湾得到了继承和发扬，韵味悠长。

堡小乾坤大

在踏入永昌堡之前，我妄自猜测永昌堡大约类似于福建土楼，封闭自成体系，而其中的大家族出了一些文人墨客。等踏入永昌堡大门，才知道南辕北辙。永昌堡城堡里有武有文，可封闭可开放，有农耕文化有小桥流水，还保留了大量的明清建筑以供后人居住及研究。永昌堡是一座有着深厚文化底蕴的历史名城，可谓宝藏之地！

永昌堡坐落在龙湾区内，东临东海之滨，西倚大罗山麓。明代温州沿海频受倭寇侵犯，永嘉二王王叔果和王叔杲兄弟于 1558 年（明嘉靖三十七年），耗巨资带领族人修建永昌堡以抗倭。城堡雄伟壮观，南北长 778 米，东西宽 445 米，城高 8 米，基宽 3.9 米，周长2688 米，设有 4 座城门和 4 座水门。城中有 908 个城堞，敌台 12 座。东南西北城门砌青砖，设防有闸和门二重，城门上设谯楼。内外壁用块石斜垒，中夯杂土。永昌堡建成后，具有极强的防御功能，为抗击倭寇的入侵和保护当地民众的安全发挥了重要的作用。

永昌堡外四周有护城河环绕，堡内两条南北走向的河流，两岸以方块花岗石斜筑，以利水陆交通、灌溉、浣洗。上河宽 13 米，有南水门、会秀、洪头、左昌、世裔、北水门七桥。下河宽 8 米，有南水门、东门、东昌、北水门四桥，桥型各异，独具风采。最古老的是三里便农桥，最有诗意的是北水门桥。永昌堡的特色是堡内自给自足农耕文化。堡内原有 100 多亩水田，一旦发生战争，堡内可以生产自救，不怕久困，可见建堡者深谋远虑思虑周全。

从 1982 年开始，龙湾区投入大量人力物力修复永昌堡南北城门两旁城垛及城楼，现在已经是国家重点文物保护单位。如今我们徜徉在河畔，不闻铁骑刀枪声，唯见一派江南风情，小桥流水舟楫畅行，河两岸民居栉比，商铺井然。经过修缮的民居均是浙南风格的一排排店铺，挂着灯笼和幌子，以作招揽顾客之用。因为疫情，现在略显冷清，不似往日熙熙攘攘的热闹。

历经四百多年的风雨沧桑的永昌堡内，仍然保留着大量的明清建筑。现存有都堂第、状元府第、圣旨门巷、世大夫祠、布政司祠、青石门台、花园古井、宗祠、洞桥底 40 号、御史巷 12 号、状元里 6 号和旧时当铺等多处古民居和祠堂。建于 1570 年（明代隆庆年间）的御史巷 1 号都堂第，呈典型的明清东南沿海水乡人家布局，是当时督察院佥都御史王诤的故居。2001 年都堂第被列为亚洲城市项目得以修复，其檐廊和窗棂等都按"修旧如旧"的原则，恢复原有格局，保留了明代风韵。

永昌堡武能抗倭，文能传承，学风浓厚，人才辈出。除了督察院佥都御史王诤外，明清两代列进士者 13 名，武状元 1 名，传胪 1 名，举人副榜 4 名，举人 30 名，是明清时温州的文化中心之一。永昌堡文化传承历百年而不衰，近现代也出了不少文化名人。

1994 年永昌堡被命名为爱国主义教育基地和国防教育基地，2001 年 6 月被国务院列入国家级重点文物保护单位。为了进行爱国主义教育和廉政家风传承，龙湾区文旅局在建于 1542 年（明嘉靖二十一年）、占地 13 亩的王氏祠堂开办图书馆，并设立风情民俗室、乡贤纪念室、抗倭筑堡展览厅、二战革命史展览等，专门设计了三条清风专线，方便党员干部和群众以及游客参观游览，进行爱国主义和廉政家风教育，寓教于乐。

一日匆匆，走马观花，并不能完全领略永昌堡内的大乾坤，还有待来日再来，来细细体味明风明韵。

赏莲东篱下

东篱下，是一个以打造生态休闲为宗旨的农庄，位于龙湾区永中街道东篱路 1 号。山庄背靠温州著名的大罗山山脉，农庄就地取材取名为东篱下，就应了个巧字。风光旖旎的大罗山，山梁上有一条大气磅礴龙脊，距今有一亿年的历史，展现了鬼斧神工的自然之美。现在的永中原来叫永强，永强，永远强大，多好的名字。

当我们到达东篱下时，看见一个围着围裙穿着雨鞋的年轻姑娘用水管冲洗地面。这个干活的姑娘居然是这里的老板！她解下围裙，带着我们参观，说这里都是她自己设计的，整个农庄的设计概念是环保和生态，那些石头都是她从旧城改造的地方一块块挑选后运来的。对于这个一草一木都灌注了心血的地方，年轻的姑娘犹如母亲骄傲地对客人炫耀着她的幼儿。温州女人聪明能干，闻名遐迩。

"采菊东篱下，悠然见南山"的寓意在这里得到了淋漓尽致的体现。蓝天白云，莺飞草长，池塘里的睡莲盛开。在这个龙湾的后花园，掸掉城市水泥森林留下的心灵灰尘，找一个地方坐下，用山泉泡一壶清茶，或者到香草咖啡厅喝一杯农庄用自己种植的香草制作的咖啡，悠然自在。

这里有中餐厅，也有西餐厅，而草地则是年轻人的世界。在草地上搭起了帐篷，烤肉架上开始滋滋作响，年轻人载歌载舞，儿童们在草地上打滚。有个单位的年轻人在做团建活动，欢歌笑语阵阵掌声此起彼落。宽敞的室外可以举办室外婚礼，如遇天气变化还有室内大厅可以作为备选方案。这里还可以作为电影外景地。晚餐后我随手把几张照片发到朋友圈，立刻有几个温州的朋友问在哪里，雀跃欢呼都说要来实地体验。

夕阳西下时是东篱下最美的时刻。当霞光透过大罗山上的云层，投下瀑布光，火球般的太阳落入大山中，余晖晕染了起伏的山脉。暮色降临，背靠大罗山的东篱下草坪上，小帐篷如雨后蘑菇那样一朵朵冒了出来，帐篷旁点缀的小灯珠一闪一闪，仿佛星星坠入了人间。春天，东篱下是露营的好季节，也是因为疫情不能远足就地游的好去处。赏莲东篱下，欣然见罗峰。在这个美丽的地方，掸落城市的尘埃和压力，做一日桃花源仙人。抬头见山，低头赏莲，夜晚看星，悠然龙湾。

龙湾美景远不止此，吉光片羽，已是琳琅满目。龙湾山水春色虽撩人，相信夏季的绚烂和秋色的丰满，以及没有寒冬的温州龙湾的冬天，也一定别有一番风味吧。

温州，温暖之州。龙湾，龙腾之日，拭目以待。

耕读文化进士村

　　四月下旬，人大、厦大、广财和温大四所大学几位教授联合调研组结束工作的最后一天，作为东道主之一的我，提议到曹村走一走，逛逛中华第一进士村，看看社会主义新农村，教授们欣然前往。

　　我是瑞安人，为家乡而骄傲，很希望大学教授们看到家乡新貌。然而苦于离家已久，对曹村的印象还只是停留在中学去曹村劳动的那一刻。于是，我请曹村镇学校副校长谷义成作陪，带远道而来的教授们看看曹村新面貌。

　　正值暮春，莺飞草长。我们两辆车从温州出发，不到一个小时，就已经抵达曹村柚约民宿。我到达时，坐第一辆车先期抵达的教授们已经围坐着茶座开始品茶。柚约民宿孤零零地矗立在田野中，绿油油的草地上，牛羊们悠闲地漫步食草。对面山脉笼罩在云雾中，云雾像条白纱飘浮在山顶，好一个世外桃源。

　　谷校长一边给我们泡茶，一边介绍曹村的情况。我过去只知道曹村出过很多进士，却不知道仅仅两百多年就出了82名进士。幸亏有谷校长这个文化人带路，我们瞻仰了中华第一进士村的牌坊，看了详细的介绍，肃然起敬。在曹村耕读广场，我们却被龘字的读音难住了。"门外无人问落花，绿阴冉冉遍天涯。林莺啼到无声处，青草池塘独听蛙"，虽然对入选千家诗的《春暮》并不陌生，但是不知道作者曹豳是曹村进士之一。

谷校长告诉我们，不要小看小小的曹村，除了历史上进士频出，耕读之风一直延续，这些年，从曹村中学考上重点高中瑞中的学生为数不少，考上985、211大学的也是济济一堂。为了提高乡村教育的质量，谷校长一路苦读，从曹村小学到马屿中学再到任岩松中学，然后考上师范学院，毕业后回到了家乡曹村。他说大学一个班级39人，只有他一个人还留在农村教学。我们跟随谷校长一路参观，沿途都有人跟他打招呼，感受到谷校长在村里非常受尊重。

如今的曹村，不再是谷校长多年苦读的农村，与我过去在曹村劳动时也大相径庭，整个环境有了天翻地覆的改变，呈现出社会主义新农村的景象。我们参观了东岙文化礼堂，听了讲解员的介绍，随同我们一起去的阿里巴巴运营负责人立刻有了把他们活动安排到这里的想法，有关人士加了微信。这是一件双赢的事，通过阿里巴巴的活动，就能更好地扩散曹村的影响。

天井垟风景区，现在是一个网红打卡处所。我们这几个调研组成员，只有我知道曾经的天井垟是一个旱涝灾区，那时民间流行一句谚语："养囡勿嫁曾家垟（天井垟的一个村），漫水白洋洋；晴天没水吃，暴雨爬栋梁。"这种雨来水满、雨过即干的田地，民间称之为"蓑衣田"。如今我们只能在过去黑白老照片中看到大兴水利改天换地的情形，旱涝灾区终于改造成"万吨粮仓"。春有油菜花，夏有荷花。我们在名为荷塘夜色的民宿前，面对荷塘流连忘返。若不是时间紧迫，还可以在滑翔基地一试胆量。至于曹村闻名遐迩的无骨花灯，只能有待来年正月十五才能一睹其芳容了。好在，圣井山的杜鹃还剩下最后的一抹红迎接远道而来的客人。回程时，我们特地还参观了南岙革命老区纪念馆。

　　曹村除了农业，更重要的是带动了旅游。我们在进士索面馆，让外地客人尝尝当地特色索面汤。在索面馆，客人们络绎不绝，离开时也都买了进士索面，旅游带动农副产品销售。旅游观光、民宿、滑翔、农副产品一条产业链，走向共富路。

　　文化搭台，旅游唱戏，学风赓续，共富乡村。

小剧场里看大戏

　　回到瑞安，在忠义街小剧场看第三场越剧了。小剧场，年轻演员，戏可不小，今天上演《珍珠塔》。这是一场传统戏，我小时候听过的故事，印象很深的是方卿状元及第后乔装打扮成唱道情的来试探势利眼的姑母。儿时唱道情这段记忆很深。传统戏对年轻演员反而压力很大，前有珠玉，则是后面的试金石，何况都是年轻演员。这几个年轻的姑娘挑起了大梁。

　　主角应该是从穷书生到状元的方卿，但是我的视角每每都被饰演姑母的演员夺了去。因为小剧场，观众离舞台很近，演员的一颦一笑都看得清清楚楚。这姑母台词功夫、口齿了得，那么多的台词，那么快的节奏，一气呵成，吐字清清楚楚，还得配上脸部表情，嬉笑怒骂，大有《碧玉簪》里著名老旦周宝奎之风。姑丈应付舞台突发事故能力很强，音乐突然断了一节，他（她）一愣，但是音乐响起，他（她）马上从中途后面几个字接上。

　　其他配角看上去更年轻。我看到了前天演出《夜明珠》里的重要演员，今天也都饰演了很重要的角色。前天摇头晃脑的城门官，被老婆揪着耳朵的二公子，今天饰演老成持重须发俱白的老仆人，有空还饰演了一下兵甲。前天活泼漂亮又贪财的二儿媳，今天摇身一变为慷慨赠银的小丫头，当然，顺带也饰演了兵甲。前天孝顺的穷养女，今天是识大体的富家女。这么多台词，角色的变化，小年轻挑大梁。没有小角色，只有小演员。她们每周末都在小剧场公益演出，为瑞安周末文化夜生活增添了一抹亮丽的风景。

今天碰巧遇到了瑞安越剧团的团长，她很谦逊地把好位置让给了观众。现在为了维持地方戏，团长很不容易。看戏的都是老人，我问了一下后继和传承问题，她说现在上中小学辅导，培养孩子们对越剧的热爱。元末明初戏曲作家高则诚所作《琵琶记》被称为南戏之祖，瑞安是高则城的故乡，不能让越剧在这一代人手里断流，必须发扬光大。

2023 年初一央视的戏曲舞台上，出现了这些年轻演员的靓影。2023 年 7 月 18 日，他们受邀在北京国家大剧院演出。"转轴拨弦三两声，未成曲调先有情。"南戏故里的金名片终将在北京亮相。

小慈善中见大爱

　　青丝负笈北上，两鬓斑白回家乡。有人问，你回来对瑞安第一印象是什么？是茯茶，哦，不，是慈善，我脱口而出。瑞安变大了、变美了，给人最深的印象却是处处可见的慈善茶亭。

　　清晨，妹妹携我去万松山。于半山腰见到万松山免费茶水服务站，它创办于2001年，距今也二十三年了。茶亭里茶水品种繁多，有茯茶、茶叶水，还有白开水。一个个不锈钢小杯子，用过的、没用过的，分门别类，井井有条。我用茶亭小杯子接了一杯茯茶，有点烫，妹妹说你拿随身带的水杯接一杯带着，边绕山走边喝，不要紧的。这里都是群众自发捐款，她每年也会来捐几百元。

　　去年因为特殊原因，我滞留在瑞安，发现不仅仅是万松山，还有很多地方有免费茶亭。虹桥北路一个火锅店，店门口就放了一个茶水桶，上面贴着茯茶和供环卫工免费饮用的字样。我去后祥大榕树那儿测核酸，发现那里也有一个免费慈善茶亭。湖滨公园有一个王氏公益茯茶亭，每天聚集着的老人们谈天说地、欢歌笑语，顺手接一杯茯茶喝，还有很多打工的人拿水壶、开水瓶接了开水带走。我和湖滨公园茯茶亭的王师傅聊了一下，他这个茶亭不接受捐款，所以政府给他免了水电费，一年所免有四万元左右。白开水是一年到头都有，费用每年一万多元。茯茶是夏季供应三个月，费用在八九万元。因为政府免了水电费，他个人每年负担差不多五万元。他自己每天凌晨三点钟来烧茯茶，所以没有人工成本。

历史上瑞安人一直有做慈善的风尚，更有免费供应茯茶的习俗。光绪三十一年（1905）八月九日，飞云江渡口因管理废弛，致渡船失事，溺死13人。瑞安慈善家吴之翰发起组织"飞云江义渡改良会"，采取各种措施，每年考选渡夫，检查修理渡船，并捐资新建南岸民渡码道和北岸待渡亭。多管齐下，改变了飞云江渡口的安全状态，利乡利民。百余年后，我同学的丈夫、吴之翰的嫡孙吴卓进以他和我同学的名字设立卓美慈善基金，捐赠以千万之巨，慈善精神代代传。瑞安最早的免费茯茶亭是当地百姓的慈善之举，与飞云渡有着千丝万缕的关系。飞云渡来来往往的贩夫走卒，肩挑背扛手提，免费茯茶夏日可一解口渴，冬日可驱寒冷。小马道茶亭应运而生。到1905年，吴之翰征得"午时茶"为义渡百姓所用。民国前期亦是义务烧茶，免费供往来走卒贩夫和轮渡过江者饮用。1995年小马道老人捐资重建小马道茶亭，义务烧茶免费供路人饮用。现在因为老城改造，西门拆迁，小马道茶亭停止了烧茶。但是瑞安其他地方都有了慈善免费茶亭。有人捐钱，有人做义工，有钱的出钱，有力的出力。

烈日炎炎，为了冒着酷暑坚守岗位的环卫工人、快递员、外卖小哥等许多户外工作者，瑞安很多地方出现了免费的"共享冰柜"，为高温下的户外劳动者提供免费冰镇饮品，除了有矿泉水、苏打水以外，还有不同口味的棒冰。"共享冰柜"不断接力，不只有"送出去"，还有"放进来"，越来越多的爱心人士主动加入赠送饮品的行列中。在炎炎夏日，仿佛有一股清泉流过，沁人心脾。"共享冰柜"不仅给酷暑里工作的人们带去一丝丝清凉，也让他们感受到瑞安人的关爱，让爱心在这座城中传递。

　　星星之火，可以燎原。2021 年元旦，瑞安市慈善总会和瑞安市无党派人士联谊会共同发起了公益品牌项目"云江暖心亭"，希望以万松山茶亭为标杆，联合瑞安所有的公益茶亭，通过相互学习与制度化运作，让这些爱心茶亭以运行更加规范、志愿者参与更多、公益内容更广、服务性更好为目标，从暖心茶逐步辐射到其他公益事业，形成具有瑞安人文特色的公益组织。2023 年 6 月，又有四家慈善茶亭签约"云江暖心亭"项目，目前已有 17 家慈善茶亭加入该项目。一杯爱心茶，凝聚爱和善，夏天消暑降温，冬天暖心暖胃，爱心茶不仅暖人心，也温暖了整座城，不仅给本地人带来方便，也让外来务工人员和新瑞安人感受到瑞安的温情。同时很多新瑞安人也成为捐赠者和义工。

　　其实又何止爱心茶、爱心水。有一年我回到瑞安，适逢二月二，北方有二月二龙抬头出门去剃头的习俗。我出门去剪发，却看到八角桥人声鼎沸，支起两个棚子，一群穿着红马甲的志愿者当街炉灶起火，炒菜做饭。旁边还有排队打饭的。凑近一看，这是炒芥菜饭，瑞安不是家家户户会做芥菜饭吗，当街起火这又是唱的哪一出？我围着志愿者问东问西，拿着手机这儿拍拍那儿拍拍，加上北方味的普通话，像个外乡人而不是本地人。一个志愿者拿了一个一次性的饭碗，要给我打一碗芥菜饭。志愿者告诉我，每逢节假日，都会有志愿者做公益活动，为外地来的打工者免费发放，给外地打工者一份温暖。这次免费发放芥菜饭，不仅是玉海街道，其他几个街道也都有。一会儿，妹妹就来电话，要不要来安阳吃芥菜饭？那儿也免费供应芥菜饭。现在很多孩子出去工作，家里老人也怕麻烦。免费芥菜饭为外来打工人和独居老人送去了温暖。瑞安新居民服务中心对外来人口实行各种优抚帮扶政策，让他们感受到千年古县瑞安的绵延不断的古道热肠。

夏季，我每天早晨游泳回来是八点左右。因为固定时间，走的路线也是固定的，这时环卫工已经干完活坐在地上吃早餐。我有些诧异她每天早餐花样不变，都是两个馒头。我跟环卫工攀谈起来，原来她每天去领免费早餐。朋友看我少见多怪，就告诉我瑞安好几个地方给环卫工发免费早餐。在玉海广场和中医院门口，每天早晨环卫工都可以在慈善点领到免费的面包、牛奶。瑞安还有九家爱心驿站，为环卫工提供帮助。

有一天中午，我路过万松路雨花斋，看见雨花斋门口排着长长的队伍，排队的人手里都拿着各式各样大大小小的饭盆。我好奇地凑到前面去看，原来是免费发放菜饭。虽然是素饭，配料很多，色香味俱全。打饭的大婶大妈告诉我，这里免费发放素饭好几年了，都是大家做慈善捐款的，她们都是义工。排队队伍中，除了有环卫工，因为这里离人民医院近，还有很多都是医院的护工。听说上望街道也有一家雨花斋。

瑞安人特别热衷做慈善，各种慈善项目犹如雨后春笋。我在瑞安的时间短，还没有全面了解瑞安各种慈善活动。但是滴水见太阳，就这些点点滴滴，已经让人感动不已。仓廪实而知礼节，衣食足而知荣辱。富裕起来的瑞安人，没有忘记为瑞安奉献力量的建设者，也没有忘记还有一部分人的境遇不是很好，小慈善中见大爱，人人都献出一点爱，瑞安就是一个温暖祥瑞的地方。

十指盛开凤仙花

　　女儿小学时曾在寄宿学校读过三年书。有一个周末，女儿从寄宿学校回来，带来几粒花籽，说是生物老师布置的任务，种在花盆里观察其生长过程。一问花的名称，是凤仙花。这花在老家瑞安叫指甲花。儿时在家乡用指甲花染指甲的情景，一下子涌上我的心头，家乡小院里种着的指甲花仿佛就在眼前摇曳，历历在目。

　　指甲花，学名叫凤仙花，这是我多年以后才知道的，儿时我们都叫它指甲花。我家的院子很大，只有两户人家住。母亲便在院子里种些各种好养的花，大都是有实用价值的。有一种植物，到现在我也不知道在普通话里叫什么，邻居崴了脚，便来要，剪些捣碎了，敷在扭伤的地方，用叶子包起来，很有效。而茉莉花开时，一进院子，香气袭人。在院子里摆上小桌子，就可以在满院的香气中吃晚饭。

　　至于指甲花，我实在想不通母亲这个忙于工作和家务、毫无浪漫情调的人，为什么会去种它。我家的指甲花有粉红、大红等深深浅浅几种红色。放学后，同学都喜欢来我家做作业，她们发现我家种了指甲花，于是大家按自己喜欢的颜色染起指甲来。摘了花，在小碗里捣碎了，加点明矾，然后放在指甲上，再用指甲花的叶子包上。这期间，大家一边叉开十个手指等着干，一边说说笑笑。等差不多了，解开叶子，那红色或粉红色便留在了指甲上，犹如凤仙花开在了十指上。也有人技术不好，或因为手指动来动去，把包的指甲花弄歪了，于是指甲上只有一半，手指头上倒有，便成为大家取笑的对象。

染了指甲，同学们便作鸟兽散。我母亲回来，见我该干的家务没有干，正要骂时，见我还是叉开十个手指，在反反复复地看，欣赏自己的杰作时，便也就罢休了。母亲一声"领妹妹出去玩"，我求之不得，算大赦了，正好出去找没有染指甲的其他同学炫耀一下。第二天上学，染了指甲的几个，连拿书时都是翘着兰花指，生怕把手指甲弄坏了。如此一来，便招来一些还没有染指甲的同学，下课也来我家的小院摘指甲花。叽叽喳喳的，满院子的笑声、打闹声，一时间，院子里的指甲花没有了，那一朵朵红色小花仿佛都开在了我们这群小女孩的十指上。

如今，我的女儿也到了想染指甲的年龄。可是我一直不喜欢我的女儿在指甲上涂上红红绿绿的颜色，总是觉得俗气，希望孩子心无旁骛地好好学习。妹妹的孩子从老家来，手指和脚趾上不仅仅是彩色的，而且那上面竟然画着一朵朵小小的花。尚不更事的女儿见表姐美丽的十指，也闹着染指甲，我一直没有同意。

今天，我儿时的记忆提醒了我，为什么我那忙里忙外、非常务实的母亲，要在小院里种指甲花。如今我家小院已拆迁，母亲已故去。我也到了母亲当年的年龄了，就让我的女儿在暑假里按她的心意，让红红绿绿的小花开在她的十指上吧。可惜，没有了指甲花，只能用现成的指甲油了。

指甲花也罢，指甲油也罢，亲情才是永恒的，母爱总是一样的！凤仙花开在十指上，舐犊之情藏在心间。

幽幽桂香沁瑞城

　　今夏酷暑，一场暴雨击瑞城后，萧瑟寒风起，一夜仿佛入初冬，瑞城的秋天呢？

　　漫步在瑞城的街道上，迎面吹来的风夹杂着幽香，若有似无。抬头寻寻觅觅，茂密的树叶从里，星星点点的黄色小粒，抬头望去，原来是桂花！小小桂花，犹如袁枚所诵苔米花："白日不到处，青春恰自来。苔花如米小，也学牡丹开。"这个季节，无论走到瑞城哪儿，总能闻到阵阵幽香。

　　在李清照的眼里，桂花为花中魁首："暗淡轻黄体性柔，情疏迹远只香留。何须浅碧深红色，自是花中第一流。"南方人对桂花的爱，应该是骨子里的。记得那年女儿刚上大学，走在校园里闻到桂香，微信我：我想念妈妈做的桂花圆子了。我在寄给她的快递里，塞了一小包桂花：你去店里吃汤圆，自己放点桂花吧。虽然女儿生在北京，但是因为我生活习惯里处处有桂花，因此她也爱上了桂花。我和女儿在北京，去三元梅园吃杏仁豆腐，总要多加冰水，实际上那是桂花水。家里冰箱里有糖桂花、蜂蜜桂花，都是温州朋友从她家仰义山上别墅两株桂花树摘下来寄给我的。朋友家每年还泡桂花酒等我回来喝。家里的洗头水和沐浴液，也买了桂花香型，卫生间里留下了似有似无的桂香。

　　瑞城的桂花没有杭城那般著名，我曾经几次与杭州的朋友相约，桂花开时去杭城桂花树下走一走。即使如今交通便捷，去杭州不过须臾，却总也错过桂花开时。去年特地在国庆去了杭城，桂花却因天气寒冷延迟开放，又一次与桂花擦肩而过。今年在瑞城，因各种原因未能回京，蹉跎在瑞城，却也因此享得桂花福。现在瑞城的各个角落，桂花虽不张扬却恣意开放着，风过处，留下一片幽香。黄巢赋菊杀气腾腾："待到秋来九月八，我花开后百花杀。冲天香阵透长安，满城尽带黄金甲。"其实菊花开后还有桂花，南方的桂花并非八月开，要待十月才有"桂子月中落，天香云外飘"。都说开到荼蘼花事了，实际上，桂花开过，才是秋去冬来。

　　瑞城的桂花，不似杭城那般密集，香气也不会扑鼻而来。瑞城的桂花，三三两两毫无规律地散布在各处。瑞城没有一个能呼朋唤友赏桂的去处，却在访亲探友之际，说不定在他家小区门口就能闻到桂香。走在忠义街去听弹词，门口两株桂花树正含笑。去玉海广场，路边阵阵幽香让人放慢脚步。从游泳馆出来，咦，怎么又有桂花香，哪一株是桂花树呢？原来荷花池畔木栈道旁种植着一排桂花树，荷花谢了桂花开。去拱瑞山看文昌阁的说明，又是阵阵幽香，原来石碑正背靠桂花树。傍晚去外滩散步，不经意间也闻到了桂香。

　　瑞城的桂香，不似杭城的浓烈，反倒有一些清冽，香气就像是把手伸到溪流里，溪水在手掌上淌过，手上隐约留下水的痕迹。好似泰戈尔所言："天空没有留下翅膀的痕迹，但我已经飞过。"原来，瑞城的秋天藏在桂香里。

桂香漫过大罗山

　　南方的秋天氤氲在桂香里，茂密的树叶丛中，闪烁着星星点点的金色。微风徐来，传来阵阵幽香，若有似无。小小桂花，犹如袁枚所诵苔米花："白日不到处，青春恰自来。苔花如米小，也学牡丹开。"小小桂花在李清照的眼里却为花中魁首："暗淡轻黄体性柔，情疏迹远只香留。何须浅碧深红色，自是花中第一流。"

　　曾经几次与杭州的朋友相约，桂花开时去杭城桂花树下走一走。即使如今交通便捷，去杭州不过须臾，却总也错过桂花开时。去年特地在国庆去了杭城，却因天气寒冷，桂花延迟开放，又一次与桂花擦肩而过。今年因为疫情，未能去杭州赏桂，温州大学的女教授说，来吧来吧，我们带你去大罗山赏桂去。难道桂花不是种植在城市公园和小区供人们观赏的？大罗山赏桂，这倒新鲜。温州大学就在大罗山下，我曾经跟温大女教授上山观赏过一次杨梅，目睹一担担一篓篓杨梅运下山，我才知道温州不仅有茶山杨梅，而且还有大罗山杨梅。如今居然还要上山赏桂去，这个大罗山，到底还蕴藏着多少宝贝。

　　红色的小车盘旋在蜿蜒的盘山道上，旁边是茂密的树木。山的另一面是大罗山著名的龙脊。龙脊是大罗山一个十分壮观的景点，它因其形状犹如巨龙的龙脊骨，整齐、光滑、逼真。龙脊由 23 块形

状相似的岩石组成，其长约 40 米，宽约 5 米，最高约 8 米，属于花
岗岩地貌，典型的火山岩构造，其形成距今 1.2 亿年左右，鬼斧神
工，上天之作。可是，大罗山的另一面却是郁郁葱葱，跟背后赤裸
的龙脊形成强烈的对比。随着车的行进，绿树顶上一耸耸的金色映
入我们的眼帘。快开窗，快开窗，我们迫不及待地摇下车玻璃。可
能是空旷的原因，香气并没有想象中那般浓烈，一阵阵幽香是风送
来桂花的窃窃私语。车子越往上，两旁的桂花树越茂密，香气逐渐
浓烈了起来。这里是桂花的地盘，所以它们恣意张扬地舒展着。透
过车窗向下看，车子仿佛小船漂浮在绿色的湖面上，而漫山遍野桂
花树树顶的金黄色花蕾似乎是载着红色小船。

　　我们到了光岙村，在一个亭子旁停车，寻找温州大学一个教师
租住的农舍。我们沿着台阶拾级而上，走在夹道的桂花中间，香气
格外浓郁。忍不住摘下几朵，放在手掌中凑近了闻，香气似有若无，
仿佛把手伸到溪流里，溪水在手掌上淌过，手上隐约留下水的痕迹。
转转悠悠，在村民的帮助下，才找到农舍。斑驳的旧门上，贴着褪
色的红对联：南山桂雨北岭松风，东庐书声西园琴韵。门锁着，应
了叶绍翁那首游园不值：应怜屐齿印苍苔，小扣柴扉久不开。只不
过要略微改动一下：秋色满园关不住，几树桂花出墙来。我们还没
有开门，就已经看到高高的桂花树探出了院墙，落了一地桂花雨。
墙上挂着木牌写着"可以居"。主人尚在上海，拿了钥匙的朋友开了
大门，岂止是可以居！且不说屋内匠心布置，光是这院落里桂花树
上累累桂花，就让人惊喜不已。我们收拾出桌子摆出各种糕点，拿
出随身带来的小杯子，到院子里摘一些桂花沏茶。本想坐在桂花树
下，无奈山上风大。阳光已经移去，只停留在桂花树顶，给桂花树
镶了一层金边，犹如桂花树戴上了金色的皇冠，上面洒满了金色的
桂花花瓣。我们起身在院子两株低一些的桂花树下开始摘花。撑开

雨伞，拿着木饭勺，以为敲一敲树枝就会有桂花雨落在伞里。可是现在桂花正值年轻气盛，怎么也不肯低头。只能用手慢慢地一朵地摘花，我们居然都成了采花大盗。已经略有斩获，两株桂花树仅仅被我们触动了一点点，旁边高大的桂花树毫发未损。天色已晚，不宜在山上久留。这一趟大罗山赏桂，已经到达了赏桂天花板：满山桂花开目不暇接，桂花树下喝桂花茶，自家院子采桂花满载而归。锁好柴门那一刻，隐隐有些惆怅、有些不舍。陆游咏梅："驿外断桥边，寂寞开无主。已是黄昏独自愁，更着风和雨。无意苦争春，一任群芳妒。零落成泥碾作尘，只有香如故。"主人再不回来，过几天大风一起，怕是满地金了。城市的桂花被人欣赏的机会多，大罗山的桂花颇有些野趣，也只能孤芳自赏。

下山路上，满山桂花树从我们车窗旁掠过，晚霞映红了对面的山峦，有一对酷似双乳峰若隐若现，下面已经是万家灯火。不过须臾，我们便回到了大学城。头发上还遗留着星星点点的桂花，衣服上包包里都有桂花的余韵，漫过大罗山的桂香留在了我们的心里。

旧时金桂今犹在

　　"八月桂花遍地开"，我们这一代人对这歌词耳熟能详。然而对于我这个温州人而言，桂花永远是装在瓶子里的糖桂花。桂花，奉献给人类的不仅是落地成金的美丽景色和香气扑鼻的芬芳，还要无条件地献身于人类，化作甜蜜的精灵——糖桂花！

　　在老家瑞安，所谓点心就是像馄饨汤圆这些汤汤水水的吃食。虽然同是馄饨，但是瑞安的小摊都是把鸡蛋摊得薄如纸，切成丝，煮好馄饨，加入黄的鸡蛋丝、绿的小葱花、紫菜、虾米皮，口感和色感好很多。甜品也是如此，吃汤圆，有两样东西貌似可有可无，但是一旦或缺，质量大打折扣，那就是糖桂花和薄荷水。在甜汤尤其是麻心汤圆里，用一点糖桂花一点缀，香气和颜色马上把整个甜品的档次提升上来。所以，吃惯甜品的我，对桂花的印象并非桂花树而是瓶装糖桂花。

　　到了北京，总觉得甜品缺点什么。在寻寻觅觅之后，发现北京的稻香村是南方风格，也卖糖桂花，有趣的是还保留着南方的风格，顾客拿玻璃瓶零买。我如获至宝，买了一罐头瓶。难道是南橘北枳的缘故？稻香村的糖桂花太咸，我女儿总说这哪是糖桂花，简直是盐桂花！所以我出差到上海会买一瓶糖桂花带回北京，当然现在北京偶尔也能买到南方产的糖桂花，但是看着标签上注明很多添加剂，所以我现在干脆自己买桂花，然后泡在蜂蜜里。北京桂花不便宜，所以每次买得很少。看老家朋友拍的照片桂花落地成金的景色，不免感叹了一下。温州的朋友马上给邮寄来一大包桂花，我分出一部分装在蜂蜜里，另一部分干桂花装在玻璃瓶放在冰箱。

不知不觉，我没有感觉到时光在流逝，突然发现去年朋友给我寄的桂花犹在，今年的新桂花又要下来了。时光荏苒，尽在瓶中的旧时金桂！

对于游子而言，糖桂花只是南方的一种饮食习惯，却深深地打下了乡愁的烙印。旧时金桂今犹在，乡愁依然心中藏。

铁打营盘栋梁材

2022 年入冬后的第一场雪来得早了些，大雪节气，雪花如期而至，浙江境内飘起了雪花，瑞安金鸡山上已是白雪皑皑。瑞雪兆丰年，瑞安有四所小学迎来了 120 周年校庆。

一

因为疫情，我在瑞安待的时间久了些，不经意间逗留到了大雪的节气。我在接到玉海中心小学的校庆邀请函时，颇为诧异，我的母校原城关一小（现玉海中心小学）居然有一百二十年历史。过去只知道瑞中有百年以上历史（今年是一百二十六周年），并不知晓我的小学母校亦是历史悠久。不仅如此，瑞安今年有四所小学同时迎来了百廿校庆，瑞安市玉海中心小学、瑞安市实验小学、瑞安市玉海第二小学和瑞安市虹桥路小学都是创办于 1902 年。越是了解家乡，越是为家乡有如此深厚的文化底蕴而自豪，也越加对孙诒让先生肃然起敬。

我在北方，人家听闻我是温州人，总会谈及温州人很会赚钱。我却总是分辩：其实温州很重视教育，温州人很会读书，例如苏步青、谷超豪等，还有国旗的设计者曾联松等。我回到家乡，每天步行去游泳馆，都会路过邮电北路的敢心桥，即浙南第一所女子学校德象女学堂遗址，每每为瑞安这样一个小县城在清朝就举办女校而自豪。而我儿时耳熟能详的地方，我的母校以及我童年伙伴的母校都有着如此辉煌的过去。1902 年，孙诒让先生怀着"自强之原，莫于兴学"的信念，倡导并亲力亲为，瑞安乡贤大力协助，创办了四座小学：西南隅蒙学堂（瑞安市玉海中心小学）、西北蒙学堂（瑞安市玉海第二小学）、东南隅蒙学堂（瑞安市虹桥路小学）和瑞安普通学堂（瑞安市实验小学）。

这四所小学中，有三所小学是在孙诒让先生倡导下由地方乡贤所创办的，另外一所则是孙诒让先生亲自执鞭。四所学校地址都在老城区，也就是过去的城关，因此都是我非常熟悉的学校，我的初中和高中同学大多数也是来自这四所学校。瑞安很多家庭三代都在同一个学校读过书。历史沧桑，四所学校几经易名，在 20 世纪 60 年代到 90 年代，实验小学叫县小，那三所学校分别叫一小、二小和四小，所以很多瑞安人都记得这几个名字，对自己的孩子们提及母校，也都说的是一小、二小、四小和县小这几个老名字。

纵观四所学校的起源史，其共同点是最初办学时的地点，四校都不约而同地选择了庙宇，过去很多其他小学堂最初的办学地点也都是在庙宇。1973 年，我在瑞中高中毕业后到飞云江对岸的屿头小学当代课老师时，学校也是办在一个过去的庙里，前面是教室，后面是教师宿舍，与我过去就读于一小旧址许太和老房舍的格局很像。这也算中国历史上佛教为日后教育的发展所作的贡献吧。

二

小学，是孩子们梦开始的地方，瑞安有句俗话：开口奶别吃坏了，说明了儿童启蒙教育的重要性。在玉海中心小学校园内，有一棵百年重阳树。在我们这些曾经在城关一小就读过的同学的记忆中，许太和老房舍一小旧址操场上的那棵大树比这棵百年重阳树大得多，是不是因为我们长大了的缘故？

现在的瑞安玉海中心小学即我就读时的城关一小，其前身是西南隅蒙学堂，是在孙诒让先生的倡导下，由书法家池志澂和乡贤洪炳锵于1902年创办的。书法家池志澂就是为浙南第一所女子学校瑞安德象女学堂所在地敢心桥起名之人。西南隅蒙学堂原校址在所坦街关帝庙，1940年迁往马西桥官，改名为城厢西南镇中心国民小学。1950年，定为瑞安县城区西南示范小学。温州离休干部胡显钦1937年毕业于瑞安西南小学，瑞中毕业后还曾经兼职该校的数学老师。

近代温州知名教育家许冶荪任校长时，爱校如家，先是腾出住宅作西南示范小学的分部，后又把当年占地3亩多的许太和酒坊的全部房产无偿捐赠给了西南示范小学。1956年春，西南示范小学与城区东南小学合并，改称城区第一小学，学校设分部5处，46个班级，3000多名学生。1963年，学校重新划分为城关一小和城关四小（今虹桥路小学），几经易名，2004年改称为玉海中心小学至今。

我家四个兄弟姐妹都就读于一小。我们都记得老校址操场上的那棵大树，还有大树背后的白墙黑瓦的旧房舍，那是前辈校长许冶荪先生捐献的房舍。我们读书时，已经盖了新教室，所以这个老房子有一部分用作教师宿舍。我们音乐教师和我们六年级时的数学老师和体育老师两个退伍军人都住在那儿。最有趣的是听说有个退伍军人老师的新娘子来了，我们叽叽喳喳跑到老房舍去看新娘子，遇到了音乐老师。她说：有什么好看的，以后你们还不是要做新娘子。一句话把我们闹了个大红脸，就跑出了老房舍，回到楼房教室。我们读书时一小有一个分部在马西桥，从学校到分部没几步路，过一座桥。后来分部的地址给了一个绣花厂，记得经常有女工坐在桥头边晒太阳边绣花。等我研究生毕业从事外贸工作时，我常常想，出口的绣花产品里有没有我家乡姐妹绣的呢？后来绣花厂又变成了链条锁厂。

我的四个兄弟姐妹都在一小上学，只要弟弟调皮或者妹妹学习不好，教过我的老师马上就说，你们怎么不跟你姐姐学学。所以弟弟妹妹们对我意见很大。我就读一小时，还没有校服，每次歌咏比赛都是白衬衣黑裤子，因为我每年都窜个子，家里不可能每年都给做白衬衣，所以每次歌咏比赛，班主任老师总是从先唱完歌的高年级同学那里给我借一件白衬衣。我小学毕业时，母亲决定不让我读初中，还是毕业班临时代课的老师特地到我母亲单位做说服工作，我才完成了义务教育。

我只知道与张文宏张文宇哥俩是瑞中校友，这次玉海中心小学百卅校庆庆典，张文宇博士莅临，庆典中校委会与张文宏网络对话，我才知道与他俩还是小学校友。是呀，我们都是小镇青年。铁打的营盘流水的兵，从西南隅蒙学堂到城关一小乃至今天的玉海中心小学，走出了不少优秀的校友。

三

玉海第二小学我们读书时叫二小，地址在仓前街，与瑞中一步之遥。我在瑞中初中高中的四年，每天都会路过二小，所以感觉跟二小的联系绵绵不断。二小的前身是西北蒙学堂，也是孙诒让倡导的，发起人是饶方猷和吴之翰，监督周之冕。吴之翰先生亦是德象女学堂第二任堂长。西北蒙学堂校址在仓前显佑庙。初办时学生40多人。中华人民共和国成立后西北小学改为城关二小，后又将彭城小学并入，学校规模有所发展。

　　瑞安市实验小学的前身是孙诒让先生于 1902 年在县学宫校士馆内创办的瑞安普通学堂。当年著名乡贤、"洋状元"项骧应校长余崧舫之请，为刚刚落成的籀公楼所题的对联为："玉海飞云，杰地自收风月景；籀楼拱瑞，书山多植栋梁材。"1905 年，改办为瑞安官立高等小学堂，孙诒让遥领总理，并亲自编写国语科讲义，多次来学堂讲课。乡绅林养素为监督。次年，学堂有 3 个复式班，102 名学生，9 名教习。孙诒让先生有永嘉学派之风，办学倡导"开国悟民，讲习科学"，从课程设置到教学方法都注重学以致用，因材施教。1912年学校更名为瑞安县立高等小学校。1929 年，始行男女同校。中间几经变革，直至 1949 年学校定名为瑞安县立中心小学，也就是我们通常讲的县小。近代瑞安屿头村"一门四院士"的伍家中，中国科学院院部委员、我国生物学奠基人伍献文的儿子伍霖生是著名画家，师从傅抱石。抗战时期，伍霖生在瑞安中心小学毕业，而后进入瑞安中学。2023 年 7 月，伍霖生 54 幅美术作品捐赠给瑞安博物馆永久收藏。

　　县小地址在过去叫县前头的地方，那一带也叫学前，是瑞安县政府的所在地，那里也是瑞安城区最中心的地方。我有同学住在县人武部，所以我们只要闲逛，必定到县小门前打个转。在我离开瑞安负笈北上后，我的高中同学林大智，也是我在一小读书同届不同班的同学，在他 25 岁那年跨进了县小，成为一名光荣的县小教师。他这一进去，从青年教师到校长，就是整整 35 年，最后在校长的位子上荣休。他和当年我们一小母校的前辈校长许冶荪先生一样留下了"爱校如家"的名声。为了 120 周年校庆，也为了更多的学生记住学校的历史，林校长用了近半年的时间，亲手绘制、建模、3D 打印了"70—90 年代实小模型"，为百廿校庆送上美好祝福。

　　四所小学里，我最不熟悉的是虹桥路小学即我们读书时的四小，它的前身是乡贤项方昕先生于 1902 年 8 月在瑞安东南角破旧的广济庙里创办的东南隅蒙学堂，首招 28 名学童，后来几度更名，历经沧桑。这次我回来，详细了解这四所有百廿历史的学校时，才知道其实我与它也是有着血缘关系的，因为 1956 年在它名为城区东南小学时并入一小，1963 年又独立出来为瑞安市城关镇第四小学。虽然我在一小读书时，它已经是独立的四小，但是打断骨头连着筋，血浓于水。

　　瑞安四所学堂开办时间之早，教育改革之先，名列全省前茅，历史上对温州其他区县发展小学教育颇有影响。现在教学成绩卓著，为上级学校、社会输送了许多出类拔萃的人才，在各行各业竭诚奉献，或为家乡服务，或为祖国出力。十年树木，百年树人，铁打的营盘流水的栋梁材，四校百廿桃李芬芳来。流水不争先，靠的是绵绵不绝。严冬过去了，百廿四校将迎来教育春风，百年老树发新芽。

顺出泰顺共富路

泰顺县地处浙南边陲，素有"九山半水半分田"之称。过去受地理位置限制，交通不发达，工业基础薄弱。近二十年来，在八八战略的引导下，充分发挥绿水青山就是金山银山的优势，如何将山区生态优势转化为产业优势，形成高质量发展的新增长点，是泰顺这几年关注的重点。

2021年6月，《中共中央、国务院关于支持浙江高质量发展建设共同富裕示范区的意见》正式发布。高质量发展建设共同富裕示范区，聚焦解决地区、城乡、收入"三大差距"，对浙江而言，重点和难点都在山区26县，突破点也在山区26县。2021年，浙江省委省政府印发了《浙江省山区26县跨越式高质量发展实施方案（2021—2025年）》，浙江省社科系统也制订了《社科赋能山区26县跨越式高质量发展行动方案》。泰顺作为26个山区县之一，如何发挥自身优势，在"九山半水半分田"舞台上，唱好山水这台戏，化劣势为优势，延伸产业链，发展旅游业。

泰顺的茶叶闻名遐迩，历来也是泰顺的支柱产业之一。在利用好"三杯香"茶叶区域共用品牌影响力外，发展各自茶叶品牌，提高茶叶的等级，优质优价。在充分利用好原有的茶叶资源的基础上，增加新品种，扩大再生产，增产绿茶，发展白茶和红茶。在泰顺县茶产业发展中心人员的陪同下，温州大学和温州理工大学调研组实地走访了几家茶企，有茶叶生产企业，也有茶叶流通企业，探讨其未来的发展方向以及泰顺如何以茶叶为基础，延伸产业链。

政府扶持。浙江省财政每年都给予 26 个区县大量的扶持基金，泰顺每年也都能受惠。自产农产品免征增值税。泰顺地方政府对于建厂房买机器都给予补贴，企业产品认证给予三万元补贴。"三杯香"作为茶叶区域共用品牌，由泰顺政府统一管理，用该品牌的必须经过验证，统一标准，以防一损俱损。浙江省和温州市为了实现共富，在杭州滨江建立了滨泰飞地，一万亩给泰顺做产业园，企业在泰顺注册，税收算泰顺的。在温州鹿城建立了鹿泰飞地。泰顺商务局建立了滨泰共富数字经济产业园，入驻产业园减少了很多人工成本，如图片设计、视频拍摄和直播销售，可以从园区获得支持。

茶企自主经营。泰顺原有三大国有茶场，连年亏损，改制之后，由民营企业承包，解决了老职工的养老保险问题，茶企自主经营，焕发了新的生产力。其他民营茶厂也是生机勃勃。泰叶农业开发有限公司年产成品茶 10 万吨，正在研究开发夏秋茶。泰龙茶业有千亩茶园，目前产值有三千多万。其领头人谢细和三十年前就在杭州开茶叶店 5 年。谢细和感觉茶叶质量不稳定，于是回泰顺种茶，是泰顺首届十大制茶工匠之一。泰龙已经能够生产夏秋茶。泰龙白茶和红茶都做得非常成功。在其他企业做完春茶就停工时，泰龙的生产线正热火朝天地生产夏秋茶，自动化生产水平也非常高，茶叶质量比纯人工的稳定。但是因为茶叶的特殊性，高端茶叶在线上销售不畅，还是依靠传统经销方式。老一辈人做茶技术好，现在缺乏年轻人接班，开拓新的经销方式。泰顺万兴茶叶专业合作社主要是收购茶叶进行加工生产，产值达千万，其生产的白毫银针高质高价。但是生产周期长，须得 50 天自然发酵才能达到好的品味。泰顺万兴茶叶专业合作社生产周期为 2 月份到 10 月份，以批发为主。进入十月份，没卖完的茶叶就进行压饼。今年茶叶价格比去年高 30%，因为去年干旱，茶叶产量低，价格上去了。泰顺茶企过去只做春茶，现在开发新品种，生产白茶红茶面临着新问题。茶叶，在山上是叶子，只有采下来才是茶才是宝。如何把山上的老叶子充分利用起来，开发新品种，发展夏秋茶，是目前茶企所面临的问题。夏秋茶的茶多酚含量高，技术处理不好的话，口感涩。前期投入需要解决技术问题和资金问题。

带动共富。旺季招聘人来采茶叶，带动农村零散劳动力就业。泰龙有万亩茶园，每年旺季开车去乐清招收采茶工。泰叶农业开发有限公司在旺季的时候，四周来采茶的有五百人。有些专业采茶的固定工，天亮就上山，带着食物和水，天黑才下山，一天可以赚两三百元。因为泰叶茶园离县城近，有很多人是进城陪读的，也加入采茶队伍，他们根据自己的时间安排，论斤付酬劳。

企业回归。温州一直有产业空心化的趋势，大量企业和人才外流。现在泰顺发展好，政府扶持力度大，吸引在外泰顺企业回归。泰顺茶企鸿渐生物科技有限公司，借助中国农业科学院茶叶研究所的技术和电商销售的加持，深耕茶叶深加工休闲零食领域，其品牌"茶食源"已经有了一定的知名度。原来其茶叶蛋的生产基地在河南，现在已经在泰顺盖厂房，准备明年回归泰顺生产。

吸引人才。过去泰顺地处一隅，招聘靠定向招生定向分配，生源来自农林大学。现在泰顺已经成为吸引人才的宝地，现在已经逐步取消了定向招生，因为有好学校好生源来应聘，一个岗位的招聘信息往往有上百个人来应聘，还有来自浙大的来应聘，真正应了那句："广阔天地大有作为。"

延伸产品茶食。随着科技的发展，茶不仅仅是饮品，还可以运用新工艺，生产出丰富的茶衍生品。做茶食美食糕点，健康食品，用"茶叶"炒菜的茶香佐料、用泰顺红茶煮制的茶叶蛋、用茶叶饲料喂养的茶香猪等延伸产业链。现在尽管有了一部分，但是还远远没有形成规模。此外很多机构研究了茶精油、茶面膜等很多产品，这种美容产品需要前期投入大量的广告，如何与研究单位合作，产业化，也是未来发展方向。

发展旅游。泰顺有非常丰富的旅游资源，旅游发展业落后于文成。泰顺山清水秀，有著名的廊桥、碇步、土楼群水城厝、胡氏大宅等，现存各类桥梁970多座，古廊桥33座。15座古廊桥和"仕水碇步"被列为国家级文保单位。还是周大风先生创作著名的《采茶舞曲》的发源地。春天的时候，泰隆的万排万亩茶园本身就是非常美丽的观赏地，泰叶的茶园离县城近，春天也非常方便旅游观赏。虽然高速路通了，但是各个旅游景点之间相距很远，非自驾不能到达。只能吸引温州乃至浙江省内游客，无法吸引全国乃至全世界的游客。同时，如何吸引游客来参观，还要让其留下来。文成每年吸引大量老年人到文成避暑，泰顺夏天也是避暑胜地，多开设价廉物美的农家乐，建设成绿色旅游胜地、绿色养老基地。

顺山顺水顺茶，顺出泰顺共富路。

再见棚下菜市场

　　当新南门菜市场在 7 月 20 日隆重开门纳客时，就意味着棚下菜市场完成了其历史使命。果不其然，8 月 7 日棚下菜市场已经在开拆了，工人抡开了大锤子，一下一下砸在旧柜台上，也砸在时光的年轮上。很多人带着不舍去和棚下菜市场告别，边走边画的潘老师拿着他三年前菜市场的画去合影。还有很多人去拍照片、拍视频。为什么这样一个简易的连名称都如此随意的菜市场会让人恋恋不舍呢？

　　官方给予棚下菜市场的正式名称是虹南便民服务点，即使这样一个官方的名称，也透着随意。大家还是简称其为"棚下"，瑞安城区的人可以说无人不知无人不晓。即使搬到安阳和瑞阳新区的人，很多人还是回到棚下菜市场买菜。

　　很多年轻人不知道，棚下菜市场前身是工业品小商品市场，还有一个上不了台面的名字叫"走私场"。20 世纪 70 年代末 80 年代初，福建沿海渔场和瑞安东山沿海渔场，有一些非正常渠道通过海上交易进来的四喇叭录音机、进口手表、自动伞，还有一些化纤布料。在南城街一带慢慢地自发形成了一个市场，大家都叫它"走私场"。经过打击走私后，录音机、手表等大件比较少见了，而价廉物美的化纤布料加上一些国产布料，在与南城街平行的填河而来的南堤街自发形成了一个布匹市场。随着改革开放，管理上也允许个体经营。从浙江尤其是温州市场形成的规律看，都是先有小摊贩自主形成市场，而后政府管理入住。瑞安管理部门因势利导，搭了简易棚，让流动商贩、固定摊主都集中到棚下市场。即使后来完全杜绝了走私物品，"走私场"这个名称也还是沿袭下来。

20 世纪 90 年代初，布匹市场无法满足来自四面八方客商的需求，1993 年 10 月瑞安商城正式开业，布匹市场正式蝶变为商城，形成了浙江省数一数二的交易市场。这边，留下了浓浓烟火气息的棚下菜市场。原来的棚下市场很长，有一部分没有棚子遮盖，后来杜绝了走私货后，留下的棚下市场土特产品、海鲜干货经营商进驻。慢慢地海鲜和蔬菜果品也都顺势而为，形成了菜市场。此时与其相隔不远的南门海鲜市场还在。望江菜市场、棚下菜市场和南门海鲜市场三足鼎立，各有特点。相对而言，望江菜市场品种多一些，而南门海鲜市场由于其靠码头近的得天独厚的优越条件，以海鲜为主，固定门面不多，大多是拆迁回迁的门面房，所以很多摊贩都是流动性的，下午三点来，卖完就走。瑞安南门海鲜菜市场的名声在外，价廉物美，很多温州人都赶过来买海鲜。但是占路摆摊不易管理，所以管理部门取缔了南门海鲜市场，大部分摊贩合并到棚下菜市场，小部分去了望江菜市场，还有一小部分摊贩觉得固定摊位费贵，自己的门面不能利用，就歇业了。南门海鲜市场合并到棚下菜市场后，棚下的海鲜品种立刻丰富了起来，这也是棚下菜市场能与望江菜市场并驾齐驱的原因，棚下菜市场的地理位置也非常有利于老城区居民的购物需求。

棚下菜市场，大家口中的"棚下"，有着浓厚的市井气息。在棚下，人与人之间都很熟络，卖菜的和买菜的大都是老城区的人。南门一带的人从水心街这个口进，虹桥路的人会从东边的口进，东口的三百巷还在。从北京回来的我买菜从水心街进棚下，从上海回来住中国银行楼上的同学从东口进，然后我们约好在哪个摊位碰头。去棚下买菜经常会遇到老邻居，她们会介绍我到某个摊位买螃蟹，而卖肉的大婶就是过去住在后河街的老邻居，她家长辈和她几房兄弟过去都在后河街菜市场卖肉，后河街拆迁转移到棚下。在棚下我遇到了几十年没见的小学同学，还遇到了在瑞安游泳馆游泳的泳友。棚下这个简易的菜市场养活了很多人，既有靠它谋生的商贩，也有靠它生活的买家。几十年过去，来买菜的中年人已经步入老年，那些跟着父母到棚下买菜的小孩子，已经成家立业自己来买菜回家做饭了。也有很多卖菜的，子承父业。卖肉的邻居大婶，就带了她儿子一起出摊。

　　历史的车轮滚滚向前，城市管理也日新月异。就像开车一样，眼睛总是要盯着前方，只能偶尔从反光镜往后看一看，不能一个劲地往后看。时代在进步，菜市场也在更新换代。凤凰涅槃，市场蝶变，带着不舍，带着留恋，跟承载着瑞安人几十年生活的棚下菜市场说：再见，棚下！

chapter
03
▼
第三卷

山河故人

醉瑞安 Zui Rui An

穿裙子的母亲

　　打从我记事起，母亲似乎就是一个中年妇女，齐耳短发，衣着朴素。我从来没见过母亲穿花衣服，更勿论穿裙子。记忆中的母亲似乎没有过青春。

　　学长小准给我发了两张旧照片，那是他的母亲和我母亲工作时的集体照，是瑞安食品公司财会股连续两年获得优胜奖的纪念照。当我看到照片刹那间，有些恍惚，那是我记忆中的母亲吗？梳两条辫子，白衬衣黑裙子。这是我第一次见到穿裙子的母亲。此时我也恍然大悟，母亲领着儿时的我出门时，总有人尊敬地叫她洪会计。

　　我懂事时，母亲已经调到五交化公司工作。她坐在高高的收银台上，头顶上一根根粗铁丝向各柜台辐射。顾客来买东西，柜台售货员开好单据，把顾客的钱和单据一起夹在铁丝的夹子上，"嗖"的一声滑到收银台。收银员把找的零钱和单据也同样夹在夹子上，滑到柜台交给顾客。收银员中午轮班交接回家吃饭，一班是中午 11 点回家 12 点上班，另一班 12 点回家下午 1 点上班。母亲选择 11 点下班，为的是孩子们中午进门就有饭吃。她在早晨先买好菜赶去上班，中午 11 点回到家以最快的速度烧菜做饭，而她自己匆匆扒几口饭，就急急忙忙地再去上班。这期间她居然还能抽出时间在煤球炉上熬绿豆粥，让我们午休后喝一碗绿豆粥当"接力"。有时候，有几分钟宽裕时间，累得不行的母亲会说：我在床上"摆摆"（就是在床上贴一下打个盹），然后赶去上班。

外婆去世早，大舅外出谋生，时局动荡断了联系。我母亲算是老大，长姐如母，她带着弟弟妹妹和外公过日子。在她几个兄弟姐妹中，母亲是文化程度最低的，却写得一手好字。她会女红，绣花赚钱；厨艺精湛，巧妇能为少米之炊，还当过老师、会计。我见过母亲写的东西，言简意赅，条理分明。不是亲眼所见，很难相信那是出自每天拿着菜篮子与小贩讨价还价的妇女之手。

母亲那张照片中的几个阿姨以及另外几个朋友，是瑞安最早的一批女干部。母亲接触的人层次比较高，工作利索泼辣，很多见解非当时一般的家庭妇女所具备的。由于多年辛勤持家，带大弟弟妹

左一为作者母亲

妹，在生活中又很现实，回到家里，精打细算，锱铢必较。五交化
公司卖的每样东西都是紧缺货，灯泡、铁丝、油漆、染料和钉子是
老百姓家家都要用的，所以公司按计划分配给职工当柴火烧的木箱
子，母亲是决不允许我们姐妹用柴刀胡乱劈了。她要求我们用钳子
把钉子一根根拔出来，整整齐齐地包好，等谁家缺钉子来要，再一
包包送人。我家有一个抽屉是专门放钉子的。这些我家用不着的钉
子，给我们增加了劳动强度，经常为了拔钉子手上起了泡。这条小
街上谁家没灯泡，第一个就会想到我家。有时五交化公司缺货，母
亲就从我家灯头上拔下一个灯泡让人家先用着，让我们姐妹挤在一
个灯头下做作业。我家院子里种的花，除了茉莉花只能闻香味，其
他的也是为了助人为乐的。母亲种的花草里，有一种草药，可以治
跌打损伤的。邻居脚崴了，就来摘草药捣碎敷在红肿处。种的指甲

前排左二为作者母亲

花（凤仙花），邻居小孩或我的同学常来摘了染指甲。

　　出身书香门第的母亲其实是有家底的。每年六月六"晒霉"，她关上门台大门，让我把她几只皮箱抬出来，把压箱底的各种衣服布料拿出来晒。当时时兴的"的确良"要票才能买，棉布布票不够用，母亲经常拿出一些旧衣服改给我穿，我非常抗拒。在成年后才知道当年母亲改给我穿的衣服都是高级面料。而今天，看见母亲穿裙子的照片，才知道母亲和我一样也曾经年轻，也曾经爱美。这一辈妇女，不是不爱红装，而是因为身挑职业妇女和家庭主妇的重担，放弃了自己。正如我晒出自己年轻时的裙装照片，也会令我的孩子惊艳。

　　所有的母亲都有一个共同的名字，那就是奉献。

英雄父亲

　　曾经站在罗中立的油画《父亲》面前，泪流满面，那种震撼多年难忘。

　　我的父亲，浙江省瑞安市一个平凡的老人，参加过抗日战争、解放战争和抗美援朝，在朝鲜战场上负伤归国的革命伤残军人。瑞安西山抗美援朝纪念馆里还有他的照片和负伤情况。作为一个老革命，老共产党员，他八十高龄骤然离世时，没有存款，没有自己的房子，是在民办的自缴费用的养老院去世的，就连丧事也是在民办的养老院办理的。他的一生，真正是做到了两袖清风。

　　我并不十分了解父亲的光荣历史。在我的眼里，他不过是一个普通的工农干部。朝鲜战场负伤回国，在杭州荣军学校进修了文化课。转业时，有自知之明的父亲谢绝了组织安排的职位回到了家乡。20 世纪 50 年代初，父亲转业时的工资是 53 元。从此以后，几十年来，父亲从来没有加过工资，一直是让而不是争。几十年，父亲的职位非但没有提升，实际上由于从县供销社主任调到乡村供销社当主任，级别没变，职位是降低了。工作地点离家越来越远，从离家几步远的商业局到县供销社，再到要坐渡船的南岸供销社，再调到离家几十公里的乡村供销社。别人不愿去的地方，他去。别人去了几年就调回来的地方，他是落地生根。最后在乡村供销社离休时，离休工资要在供销社发，而此时乡村供销社根本已经是入不敷出了。他几乎连离休工资都无法领到，更别说医药费的报销了。万幸的是，市委决定参加过抗日战争、解放战争的老干部的离休工资由市财政统一拨款到老干部局，才使这一批老干部老有所养。

出身书香门第的母亲，虽然为了养育弟妹很早辍学，但是写得一手好字。相比母亲的能干，父亲更显得憨厚老实。父亲在职时，正是我国物资极度匮乏的时期，而父亲所在的供销社是掌握大批生产资料和生活用品物资的单位。然而，父亲非但没有给家里一点帮助，相反，他甚至还是家庭的累赘。每次他从供销社回家，哪怕在供销社有两个月没回家，他永远是空手而归。相反，他离家赴任，母亲还要给他带上各种东西。买东西需要各种票证的年代，正是我们兄弟姐妹长身体的时候，布票不够粮票不够。我们住外公的房子，还要赡养外公。当好人缘的母亲向熟人朋友讨要各种票证时，大家几乎异口同声地说：你家老林当供销社主任，你家还缺这些？我到居委会抓阄买"的确良"的票，我也会被人讥笑成凑热闹。母亲经常说，要是你爸不当供销社主任，别人同情我，我能要来很多票，可是你爸当这个主任，反而不好开口跟人要了。

我坚持要读书，不得已我二妹辍学去供销社下属工厂里当临时工。当她被机器压断食指时，身为供销社一把手的父亲没有为他的女儿申报工伤，没有让供销社出钱为她接上手指，二妹落了个终身遗憾。当供销社出售床单时，妹妹自己去排队买床单。快轮到她时，被前来监视的父亲发现，当众把二妹骂得落泪，床单也不卖给她。父亲出生于农村，乡下亲戚来城里，好面子的母亲要想方设法安排周到，还要经常接济乡下亲戚。我母亲弥留之际，父亲流泪对我们说：这个家全靠你妈妈撑起来的。我一直怨恨父亲从不顾家。我甚至想，共产党员就不该结婚生孩子！

　　如果说，父亲从不顾家就算了，可是他还经常连累到我们。那个非常时期，他受到了不公正的待遇，但是斗来斗去，我父亲最自豪的是，他毫无经济问题！他逃到乡下避难的那段时间，工资被扣发。几个月，家里六个人就靠母亲的 30 元工资。躲在乡下的父亲杳无音信，家里老少妇孺全靠母亲一人。可是等父亲被扣的工资发还时，他全部拿去资助了帮助他躲难的农村人。因为他在躲难的几个月里，看到了农村人生活的艰辛，没有看到我母亲一个人带着老人和孩子的艰难。1977 年恢复高考，我参加了高考，想考华东政法学院。从小到大学习向来都是名列前茅的我，做梦也没有想到我父亲还没有被"解放"，一个老干部、老革命、退伍伤残军人的女儿，竟然没有资格上政法学院。不得已我只好等父亲的问题彻底得到解决，才在 1979 年重新考上大学，学了并不喜欢的经济专业。因为此时，我已经不敢奢望学法律了。

　　父亲离休后，老干部局聘请他负责监督老干部局的一些工程。很多人觉得这是有油水的好事。可是父亲在采购中货比三家，从未喝过供应商的一杯茶。有一年过年，一个远房亲戚因为父亲采购过他的一些东西，在过年吃分岁酒时拿了两瓶瑞安产的老酒汗来拜年，结果父亲当场翻脸，弄得大家都下不了台。改革开放，小妹自谋出路摆小摊。父亲经常到她摊位上，当着客人的面说，秤一定要称准！小妹非常尴尬，这样很容易让客人误会她的秤不准。父亲的医药费是全报的，母亲曾经让父亲多开些感冒药，但是父亲却说，这是组织给我报销的，你的药咱们掏钱买吧。在家颐养天年时，父亲每天拿着大扫把去打扫门前的马路。隔壁邻居小朋友都不知道这个天天笑眯眯的老爷爷是革命功臣，负过伤的胳膊上无法抬起来，也无法拿重东西。邻居小朋友都特别喜欢这个慈祥的老人，总是到我家门台里玩，"阿公"长、"阿公"短地叫着。

　　外公的老房子拆迁，父亲没有向组织提出任何要求。后来有一套房子计划时，家里没有余钱，小妹结婚没有房子，所以只拿了一间一套的房子计划让小妹买，以至于他本人最终在民办养老院过世。父亲进了养老院之后，很快就跟大家打成了一片。夏天，他总是拿出自己的钱，请厨房烧了绿豆汤，让全体护工喝。他自己胳膊有伤不能拿重东西，经常拿出钱来请人代买西瓜，请厨房工人吃了解暑。父亲在养老院不过短短的一年，受到了养老院上上下下全体人员的尊敬和爱戴，甚至包括福利院一带的邻居也都非常喜欢父亲。父亲是突然去世的。父亲丧事的花费，是我们三姐妹凑的钱。老革命、老共产党员的父亲，没有房子没有存折，两袖清风，满身的伤疤，离开了人世，与我母亲合葬在我母亲生前就买好的公墓。

　　他是在台风云娜肆虐时走的，最后一刻才懂他的我，知道他不愿意给组织添麻烦，所以我不希望在抗台时惊动领导，因此我没有通知老干部局。得知消息后，市委还是派了老干部局的领导给父亲送行。父亲出殡时，很多离休老干部都被家人搀扶着来送行。此外，很多素不相识的群众冒着台风自发来送行。福利院门口卖报纸的老伯，与我们素昧平生，冒着暴雨搭丧棚，为我们忙了三天三夜。福利院上上下下，护工和厨房里的工人全都来了。福利院附近的邻居也都冒雨自发来送行。身为长女的我，曾经无数次怨恨父亲不顾家，还无数次连累家庭，不明白他的所作所为。此刻，多年对我父亲的怨气被暴雨冲刷得一干二净。因此，当老干部局局长问我，家属有什么要求时，在最后一刻，我代表父亲告诉组织，我们没有任何要求。因为父亲革命一生清贫一生，还是让他两袖清风地走，他才会走得安心！

　　写完这文，到老干部局查看父亲的档案，才知道他 1945 年 5 月入伍，1946 年 2 月入党，参加过淮海战役、渡江战役，荣立二等功两次，1951 年参加抗美援朝。在朝鲜战场负伤回国，因战致残评为二等乙级伤残军人。领导告诉我这是战功，比平时立功含金量高很多。在他生前却从来没有告诉过我他曾经荣立两次二等功。原来平凡的父亲也是英雄。

父亲，平凡如斯，正是千千万万个像我父亲般平凡的人奠定了共和国的坚实地基。

豁达外公

我是无神论者，信奉"人死如灯灭"，然而我去世已久的外公，不仅没有随着岁月的流逝被我所遗忘，相反，随着我知识的增多和阅历的加深，他在我心目中的形象反而日益高大，犹如酒，年代越久，越醇香。外公的逝去越久，我越思念，对他的品德和开阔的心胸越敬佩。他是一个不平常的平常老人。

作为老干部的父亲一直没有分到房子，而外婆死得早，外公也需要妈照顾。所以，我家和小姨家都住外公的房子。我姨和邻居们总是强调我小时候是外公抱大的。据说我小时候换奶妈，我不要陌生人，哭声大得满院子都能听见，外公就抱着我满院子转着，哄着。我小时候又缺钙，那时说是软骨病，我小时候没有消停过，很令人烦。可是外公从来没有对我夸耀过他养育我的功劳。他喜欢让我给他捶背，捶一百下给奖励一分钱。不知道那小小的拳头捶背是否有劲，还是外公想补贴我零钱的借口。总之捶了一百下，给一分钱。拿了钱，我赶紧跑到摆小人书的摊上看一本小人书。过年的压岁钱，别的兄弟姐妹都只有五毛钱，唯独我是一元钱。我跟母亲赌气，不吃饭，跑到同学家玩，饿的是我自己，心疼的是外公，外公总是颤巍巍把饭送到我同学家，弄的大家都知道我外公对我有多好，就是我本人不知道。

外公从来没有大声说话。奇怪的是我母亲、二姨、小姨都是大嗓门，都爱嚷嚷。我二姨住在温州市地委宿舍，我们住在瑞安县城。只要急性子的二姨一来，一看见外公穿着旧衣服，就对我外公大声嚷嚷起来，说女儿们都穿得好好的，老父亲穿得跟乞丐似的，多丢人。外公一声不吭，跟小孩似的，任凭二姨数落。我心里愤愤不平，外公无非穿得旧一点，我天天帮他洗衣服，干干净净的，怎么像乞丐了，说得那么难听。但是二姨说大人说话，小孩是不许还嘴的。所以我只能一边腹诽，一边急急忙忙地帮外公换上新衣服。二姨一走，外公就把新衣服换下来。下次如果听说二姨要来，外公就提前换上新衣服。外公对我说，人老了，新衣服留着，万一哪天人不行了，再穿新衣服走，也省得花钱重新做衣服。其实，外公是替儿女们想呀。我的记忆中，冬天的早晨，我要去帮外公穿上那件黑色的旧棉袍，整个过程很艰难。此外，外公的被套是瑞安传统的蓝夹缬，是一块块拼的，每一块花纹是两个童子。蓝夹缬被套入水后很重，每年冬天我最怕给外公洗被套。

外公的一日三餐是我送到他的房间里的。那时家里经济不是很宽裕，母亲担心那点好菜会被孩子一抢而光，于是先把给外公的菜留出来。不知道外公本来就吃得少，还是为我母亲省，每次送去的菜，总是剩一点端回来。我母亲总是叫他不要剩菜，剩下来也是浪费，小孩子是不肯吃老人剩菜的。可外公就是不听，每次看见剩菜，我母亲就生气，又不敢对外公嚷嚷，只好对我嚷嚷。冬天，我家唯一一个铜"火箱"是给外公用的，每天傍晚弄好炭，我给塞到外公蓝夹缬的被子里。

外公写得一手好字。平常给唐山的舅舅写信都是用小楷毛笔，给外公磨墨是我的专职。当时，女人很少写一手好字的，可是我母亲和两个姨都写得一手好字。外公有很多书，楼上有一间空房间，满满的全是书。那个非常年代，很多书都被说成了"毒草"。身为共产党员的二姨，赶回来让外公把书烧了，免得留着祸害。外公一辈子没有留下任何财产，只留下了一屋子书，还要被烧掉，他安之若素，只是为我留下了一本唐诗三百首，为他自己留下了一本线装的词典。那时我小，不知道那是什么词典。我每天烧饭的引火柴就是外公的藏书，我每天拿已经被扯破的书页，半懂不懂、囫囵吞枣地看几页。看着所有珍藏的书籍化为灰烬，外公外表平静如水，内心是否波涛起伏，就不得而知了。但是从那以后，他不再用毛笔，开始学着用圆珠笔给舅舅写信。

我小姨曾经笑话我这个念了研究生的人写的字，连我母亲这个小学毕业生都不如。所以现在回忆起来觉得奇怪，小时候外公怎么不教我写字呢？我只记得很小的时候，外公教我不要乱扔写过字的纸，说乱扔“字纸”，下辈子会瞎眼的。那是外公唯一一次说过重话。对外公的话，我母亲让我们做到：外公轻轻地说，我们就要重重地听。我们家从来不管我学习的事，那时又闹哄哄的没有机会学习。我之所以学习一直优秀，一定是遗传了外公的基因。遗憾的是外公没有看到我后来还上了大学，还获得博士学位。尤其遗憾外公没有用上我挣的钱。其实外公更希望的是生前能看到我出嫁，我却未能让他如愿。

家里没有多余的钱给外公订报纸。每天，我要到外公的一个朋友林先生家拿前一天的报纸给外公。这位林先生是当地的名门望族。每天去别人家拿报纸，我总觉得很羞愧，可是外公从来不卑不亢。后来我才知道，外公在瑞安也是非常受人尊敬的，人都尊称其为洪先生。外公一辈子从来没有报怨过什么。就连唯一的儿子在唐山工作，经济条件不允许回来探望，他也只是默默地想念。他对我说，遗憾的是他不可能看见我结婚的那一天了，而且孙子是不可能来为他送终，只能靠我这个外孙女了。外公总是想出门走走，母亲和姨总是怕他摔了，不让他出门。结果他还是偷偷出门，摔成骨折卧床不起了。年幼的我，不知道那个没有电视、买不起收音机、藏书被焚的年代，一个老人在只有几平方米的小屋里是何等寂寞。可是，母亲和姨却责备他，不该经常出去以致摔伤，外公从不辩解。现在，我一想起来就流泪。那时我实在是不懂老人，不知道应该多陪陪他。他这一辈子，尽量不给别人添麻烦，就连他去世时，还叫我小姨别害怕，平静地去了。

在我的心中，外公是一个平常的老人。但是外公去世之后，随着我年事的增长，我才知道什么叫深水静流。其实外公是个很不平常的老人。说他不平常，并非他曾做了什么惊天动地的事，而是认识到他荣辱不惊、富不骄穷不馁的开阔心胸，是我这个自以为高学历、走南闯北、见多识广的人所远远不及的。

20 世纪 80 年代初期，我在念研时，突然冒出了一个在台湾的大舅，这距外公去世已经好几年了，是我母亲历尽艰辛托人寻找到的。回想起来，外公在世时，牵挂的何止是在唐山的小儿子，还有他这个失散多年的大儿子。外公的家族其实是名门望族，就像红楼梦描写的那样经历了繁华到衰落的过程，这一切都让外公赶上了。外公经历过大富大贵，而且学富五车。可是他的晚年穷得连报纸都买不起，从来没有一句怨言，从来没有抱怨经济的窘迫。有道是谁人背后不说人，谁人背后不被人说，可是外公从没有说过谁的一句不是，当地还有外公很多的学生，邻居们对外公都是恭恭敬敬地称他洪先生，没有人说过外公的闲话。

后来才知道，外公早年曾任瑞安商科学校校长，为人儒雅，知识渊博，精通商业知识和会计专业，在中国古诗词方面造诣颇深。上海华东政法学院教授陈炳章一直难以忘怀他在瑞安商科学校就读时，时任校长的洪公著时常代告假老师的课，讲的全是诗词格律，如四声、平仄、押韵、对仗等，还详细讲解诗坛典故、文人逸事，他均听得津津有味、如沐春风。"洪老先生作为传统诗词启蒙者，一直活在我心里。他讲的每一字、每一句话，都深深印在我脑海里。"

陈炳章在回瑞安参加瑞中 120 周年校庆时，仍不忘提及恩公洪公著为其诗人的梦想插上翅膀，他经历大半生，依然回归到诗词书法，就源于少年时的耳濡目染和传统启蒙，从那时候开始，"诗人和书法家就成为我追求的目标"。我不知道为什么在我儿时外公从没有教过我这些，是不是那个非常时期导致的后遗症，这就不得而知了。

什么时代都有世态炎凉，人生难免起起落落，与其抱怨怀才不遇，不如学学外公随遇而安，以豁达的胸襟、平静的心境对待人与事。我曾经大权在握，也多次处于逆境，我时常会想起我外公这个不平常的平常老人。让外公在我心里陪我走完有权不贪、无钱不叹、顺境不骄、逆境不馁的人生之路。

我流着泪写完这篇文章。对于最亲的人、最爱的人，文字是最匮乏的。千言万语，难以表达我对外公的思念。一个不平常的人以豁达的胸襟过完了平常的一生。

1972 年，煤炭专家洪瑞燮（第二排左四）回瑞探亲时与家人合影，第一排中间那位老人是洪公著先生

专家舅舅

舅舅洪瑞燮，教授，研究员级高级工程师。国务院特殊津贴获得者，曾任煤炭科学研究总院唐山分院选煤研究所所长。

书香门第，耳濡目染　知识渊博

晚清时期的瑞安有不少文化望族，洪氏家族与孙、黄、项三家并称为瑞安"四大家族"，但洪氏家族知识群体的术业传承取向却有其独特个性。洪氏定居瑞安南门，其后裔则聚居在县城林宅巷、柏树巷、后河街一带，人丁十分兴旺。300多年来，洪氏子孙繁衍，代有知识群体。

洪瑞燮出身于瑞安后河街书香门第家庭，深受其父洪公著影响。因此，虽然他所学所从事的是理工科专业，但是他古文造诣颇深，无论行书还是草书读起来都朗朗上口。他文笔好，专业知识丰富，出口成章，退休后还一直给专业期刊审稿到80多高龄。在父亲洪公著悉心教导下，洪家兄弟姐妹均写得一手好字。洪瑞燮的毛笔字刚劲有力，他儿子们结婚时的请柬、喜宴名单都是他亲自书写。在儿子结婚酒店，看见其他家请专业人士写的字时，他自豪地说还不如他这个业余人员写的。晚年时洪瑞燮经常在家教孙女书法。

　　洪瑞燮为人谦和，家庭幸福美满。1976 年唐山大地震，一家人失去了所有，所幸家人平安。洪瑞燮的爱人陈北辰教授任教的原唐山工程技术学院（现华北理工大学）是地震重灾区。当时洪瑞燮的两个儿子一个只有 15 岁，另外一个 8 岁。但是洪瑞燮和妻子陈北辰教授两个人冒着余震的危险，马上投入到抗震救灾建设新唐山中，重建家园。他教育儿子勇敢面对生活中的困难，奋发上进，做一个正直的对社会有用的人。两个孩子也都非常优秀。大儿子和大儿媳都是高级工程师。1976 年唐山地震时只有 8 岁的孩子，现在已经是医学博士、神外专家，儿媳也是医学博士、内科专家。

　　洪瑞燮天赋异禀，思维敏捷，计算能力极强，到了晚年孙女们在中学时每每遇到数学难题都会向爷爷请教。他给孙女起名"洪烨"和"浩铖"，说"海阔凭鱼跃，天高任鸟飞"，希望两个孙女前程远大，成就宏图伟业。两个孙女一个是华西医科大学博士毕业，另外一个在西南财大金融专业毕业后，去美国宾夕法尼亚大学读研获得硕士学位回国报效祖国。

学有所成，成绩斐然　多次获科技进步奖

　　洪瑞燮早年失怙。自幼吃苦耐劳，刻苦努力，勤奋好学，是瑞安中学 1952 年高中毕业生，同年考入北京矿业学院（现中国矿业大学）有用矿物精选专业学习。因为温州交通不便，所以大学四年以及毕业工作后很多年也没有回瑞安探亲。晚年时他也曾经感叹应该考上海的大学，能够有机会回瑞安照顾到老父亲。但是当时报考专业都是为了祖国最需要而考虑，因此选择了矿业学院。

　　洪瑞燮在校期间，学习优秀，多次被评为校级三好学生，作为优秀学生代表上台给新生作报告。1956 年毕业分配到煤炭科学研

究总院唐山分院工作，曾任煤炭科学研究总院唐山分院选煤研究所所长等职务。洪瑞燮待人诚恳，在单位是一位好领导，从不居功自傲，也不盛气凌人，对每一名同事都客客气气。工作上作为学科带头人，主持选煤厂煤泥水处理研究工作，在我国首次实现选煤厂煤泥厂内回收，科研成果在全国煤炭行业广泛推广应用，效果显著。先后获全国科学大会奖、原煤炭部科技进步一等奖和二等奖、国家科技进步三等奖。1978 年获全国科学大会奖，主持研制的 XMY340/1500 压滤机获得煤炭部科技进步一等奖，MYZ 自动压滤机获国家科技进步三等奖。获专利 1 项，在国内外科技期刊上先后发表论文近百篇，专著（合著）4 部。曾任煤炭工业技术委员会委员，煤炭工业资源利用与环保专业委员会常务委员。他先后多次出国考察，多次被评为优秀党务工作者，工作勤勤恳恳，

1972 年洪瑞燮回瑞安探亲与姐妹合影留念

努力攀登。于 1987 年被评为教授、研究员级高级工程师，1992 年开始享受国务院政府特殊津贴。

　　洪瑞燮从瑞安走出，为了报效祖国，选择了祖国最需要的专业。因为温州交通不便，回瑞安的机会很少，忠孝难以两全。但是他一直心系故乡瑞安，每次收到瑞中校友通讯，他总是看了又看、读了又读。洪瑞燮爱人陈教授说，他想家了！他晚年让儿子儿媳和孙女代表他回到故乡瑞安看看。两个孙女都在考上大学的那个暑假分别回到瑞安，看看她们爷爷的家乡，拜祭太爷爷（曾祖父）洪公著先生。

　　专家舅舅，永远的瑞安之子。

长途话务员小姨

　　5 月 17 日是国际电信日，从 1969 年开始确立国际电信日以来，每年的主题都随着电信技术和网络的发展而变化。2021 年主题是"在充满挑战的时代加速数字化转型"，2022 年的主题是"面向老年人和实现健康老龄化的数字技术"。

　　回老家瑞安，前去探望已是耄耋老人的小姨，看见她在整理老照片，蓦然发现她一张年轻时的工作照，坐在机器前，头戴耳机，手里拿着插线，工作着的小姨真美呀。望着老照片，我的耳边想起了声声呼唤"小姨，小姨"。那不是我在叫小姨，而是几十年前我的同学、我的朋友、我的工友在电话那头呼唤在邮电局工作的长途话务员小姨。

　　回首往事，个人命运与国家经济发展休戚相关。20 世纪 80 年代初，中国处于改革开放初期，温州人敢为人先，从小生意起步，向全国拓展。此时中国的通信事业还非常落后，普通百姓家装电话寥寥无几，单位电话也不普及。瑞安还是个小县城，没有公用电话。个人打长途，要到邮电局排队。单位打长途也必须通过邮电局的长途台转接。而我小姨就是长途台的话务员。

　　小姨学校毕业以后，先是被分配到高楼和营前当话务员。后来结婚生子调回城里，和我家一起住在外公家的大门台里。大门台宽敞，同学和朋友都喜欢来玩，所以人人皆知我有个在长途台当话务员的小姨。改革开放，到外地做生意的人越来越多，或有家人去了外地，都需要打长途。于是，打长途找小姨就成为我同学和朋友心照不宣的途径。小姨上班时，无端多出很多叫她小姨的人，邮电局同事都知道是找谁。排队等候打长途的人经常这么说："小姨，我要挂某某省某某电话。"那个也说："小姨，我要某某电话。"

此时，我并没有近水楼台先得月，因为我正在读大学。我母亲从来没有给我打过一次长途电话，我与家里的联系都是靠八分钱的邮票写信。有一次我同学出差，火车经过我学校所在地有几分钟短暂的停留，我母亲托他带家乡食物给我。课间，当听说我有一封电报，所有人都呆住了。我颤抖的手怎么也撕不开电报。那时唯有急事才会打电报。撕开电报，看清楚是去火车站拿东西，才放下心来。那时进火车站必须拿电报才能买站台票。母亲想得很周到，唯独没想到我受的惊吓。

随着电信事业的发展，有了数字传呼机，个人私事要到附近公用电话去打，经常还得排队等候。由于控制办公费用，公事也必须经过批准才能打长途电话，更遑论国际长途。我出差去日本，团里只允许一个代表往家里打电话，再由她家属通知我家里。几年以后，很多人家里安装了固定电话，电脑拨号上网，上网和电话不能同时用。

作为长途话务员，需要耳聪眼疾手快嘴灵。我小姨就具备了优秀话务员的特质，无论工作中还是退休后都受到大家的尊重。小姨退休后，她儿子顶替进了邮电局，从事高空作业。到了一定的年龄从事居民家电话安装工作。此时长途电话再也不用通过长途台，在家里也可以直接拨区号打长途。我和老家的联系方便了，然而由于父母年事已高，我并没有很多机会利用电话打长途。曾经是长途话务员的小姨，今天也通过手机给我打长途。

　　光纤促进了宽带技术，2023 年电信日主题是"宽带促进可持续发展"。长途台话务员这一职业已经退出历史舞台。话务员一般都有职业病，有咽炎，耳朵背，习惯性大声说话。在这个国际电信日，我们不应该忘记像我小姨一样成千上万的普通话务员的贡献。

小姨的工作照

母亲的厨艺

年夜饭，瑞安叫分岁酒。吃完分岁酒，小孩子就大了一岁，老人们就老去一年。有时候没有年三十，年廿九就是除夕，是合家团圆吃分岁酒的日子。而我过去的家，即我在父母的家，无论过年有无年三十，我家都是年廿九吃分岁酒，因为那天是我父亲的生日。过去小孩子的生日还能在面条里加个荷包蛋，大人哪有闲心和物质条件过生日，于是分岁酒就成为我母亲给我父亲过生日的好机会，借花献佛既隆重又省事。

母亲厨艺高超，过去条件不好，没有很多好食材供她发挥，外婆去世早，母亲的厨艺应该是无师自通吧。北方的年夜饭，大多是大鱼大肉，而南方的年夜饭，比北方讲究得多，讲的是菜品新鲜，做得精细。过去即使经济不宽裕，瑞安的年夜饭除了有全鱼全鸡全鸭三道必不可少的热菜外，还有多种热菜，主食也要有好几道花样，结束时还要有多种解酒甜品。瑞安的分岁酒上菜规矩是非常科学的，先是吃饱的，再是吃好的，然后是解酒的。瑞安人很会喝酒，八盘凉菜（瑞安话叫盘头）更是缺一不可。我家八个凉菜都会摆得很好看，母亲刀工很好，先把切下来的好东西摆在一个敞口碗的底部，再把切下来的零碎摆上去，把碗扣在盘子里翻过来，一盘整整齐齐卖相很好看的凉菜就完成了。食材不够，就配一些其他东西在底下，削好皮的白荸荠，去了皮的黄色橘子瓣，吃到底下又爽口又漂亮。鳗鲞和酱油肉凑一盘，一片薄如蝉翼的鳗鲞夹一片酱油肉，红的肉白的鲞，又好看又好吃。

葱烧鲫鱼，是母亲的拿手好菜，但是太花时间。把剁好的肉馅儿调好佐料塞在鱼肚子里，然后把鱼放在只刷了一层油的锅里慢慢熸着，而不是像北方人在油里炸一下。等鱼的两边都熸好了，才下老酒、酱油、糖、葱、姜等佐料，起锅时放上绿绿的小葱，色香味俱佳。我厨艺高超的二姨父都自愧不如，说明母亲的葱烧鲫鱼确实是佳肴了。

分岁酒，母亲不上桌，在厨房烧一道菜上一道菜，让大家趁热品尝菜肴的最佳时机。结束后母亲才来吃点残羹剩菜，然后给孩子们换上新衣服。分岁酒穿的新衣服，还不算真新的，只是把姐姐哥哥的旧衣服染过改过看上去焕然一新。真正的新衣服要到大年初一才给穿。初一开始，我们要吃好几天剩菜了。好的食材放在一个大竹篮里高高挂起，等待上门拜年的亲戚们。

年底还要晒汤圆粉，做炊糕、箸糕、年糕。从泡糯米开始，磨粉，上笼屉蒸，都是她一个人，连酒都自己做。还要做肉冻，先把鸡汤煮好，捞去鸡骨头，再用鸡汤烧猪蹄，然后冻起来。这样肉冻里密布着鸡丝，口感很好。母亲是职业妇女，还要养四个孩子和我外公，难道有三头六臂？平时的家常菜，什么芥菜饭、生炒糯米饭、八宝饭等，都非常好吃。早晨的蛋炒饭，为了防止早起的我挑走大块鸡蛋，她炒的鸡蛋居然是如此均匀分布在米饭里，让我无从置喙。我老家的厨房很大，站三四个人都不觉得挤，但是我不喜欢在厨房里待着，因此没有学到母亲的厨艺，如今悔之晚矣。

每逢佳节倍思亲，新年的脚步越来越近了，虽然有疫情，但是浙江政策对外地回家过年或就地过年的人非常有人情味。过年，过的是年，看的是亲人，父母慈祥子女孝，分岁桌上乐陶陶。

聆听母亲

儿时，经常被母亲训话。

不知道是不是越是书香门第出身的规矩越多、越传统，总之我是在"封建残余"的淫威中长大的。我是老大，受到的压迫最多，奇怪的是，我家数我最叛逆。要不说"有压迫就有反抗"。

小时候，大人说话不能"应嘴"，就是说，不能反驳，不能解释。如果我母亲说我，我要解释什么，别说我母亲，大老远来做客的二姨都会不顾她是客人身份，坚决维护我母亲的权威，说我竟敢应嘴，没规矩。至于晒衣服必须这样，吃饭的样子必须那样，将来不能让婆婆挑理什么什么的，时时刻刻絮叨，感觉我母亲是在把我培养成贤妻良母而努力。

我成年后，发现这种教育有利有弊。利是我有很多地方很自觉，朋友们都愿意与我交往。干活不惜力，赚钱顾家不顾己。弊是我太传统，观念守旧，很多事情放不开，逆来顺受，自己很吃亏。比我小十来岁的好朋友同事说我"不管读多少书，也是没有自我的女人"。

其实我小时挨骂的话，现在想起来就是生动鲜活的地方方言。可惜大部分地方方言押韵，翻译成普通话就失去了韵味。

母亲说我时，我很想辩解，她就说我"砂锅打了应张嘴"，用普通话说只剩嘴了，估计是煎药的砂锅。

我要是真"应嘴"，她就说我是"死人凶过凶手"。

我们几个同学，在十五六岁的时候看人家订婚，见新郎长相不怎么样或者看别人不顺眼，在那叽叽喳喳议论时，母亲就说我们："没到八十八，别笑人家眼瞎。"这句话，我受益终身，我也继承下来教给女儿。人这一辈子不知道会碰到什么事，有些高官厚禄者，转眼成阶下囚；有金钱万贯，转眼成空；踌躇满志，刹那间病魔缠身。阅历越多，越体会到不能因为自己得意而嘲笑他人。

我买东西，买到喜欢但无用的，被说成是"女儿大于娘"，不是青出于蓝而胜于蓝的意思，而是有点买椟还珠的意思。

还有，我是"大在眼里，败在脚下"，就是该省的不省，不该省的偏偏去省。这缺点到现在也没改掉，而且愈老弥坚。

"上台发台怨，下台唱不完"，意思是说不该干的事干得很好，该干的事不成器。我现在经常不务正业，该写的冥思苦想不得，不该写的文思如泉涌。有诗曰：有心栽花花不发，无心插柳柳成荫，有点异曲同工的味道，不同的是前者是贬义，后者是褒义。

"人抬人，自抬自。"也就是说尊重别人也是尊重自己，适当地抬高别人，其实也就是抬高自己。所以我从不做那种故意贬低别人，尤其是贬低朋友损人不利己的事。

"力气是攒不住的，睡一觉就又有了。"所以，我以后工作起来不惜力，偷奸耍滑与我无缘。

有一句话我终身受益，那就是："不是肚子大能多吃饭，而是命长才能吃多饭。"所以，人不能急功近利，而是要风物长宜放眼量。

还有很多，很多瑞安话非常生动，言简意赅！

多想再聆听母亲训话，可惜女欲听而母不待，再也听不到了。

油菜花开寄哀思

　　北京的春天来得晚，只有零星迎春花点缀在枯藤上，而家乡的朋友们说，家乡油菜花开了，金灿灿的，很美丽。是呀，清明在即，若不是新冠疫情，我也该踏上回乡的路途，去给过世的父母扫墓了。

　　父母的墓地是母亲生前自己置办的。瑞安人向来有生前就为老人置办墓地的习俗，称之为喜坟。母亲省吃俭用，曾经早早地在外公墓地旁边为自己置办了喜坟。山高路远，过去给外公扫墓，都要爬得气喘吁吁。多年以后，在听说瑞安第一个公墓还有位置时，母亲当机立断马上一掷万金，定下了新墓地。这对于平时锱铢必较的她，完全是不可理解的。多年之后，在我们给父母扫墓时，在我独自回到家乡，一个人去往墓地时，才体会到她的良苦用心。

　　母亲置办喜坟时，公墓还没有通公共汽车。虽属郊区，但是离城里很近，是我们儿时春游常去的地方。我回到家乡探亲，听母亲说置办了喜坟，于是在油菜花开的季节，我们姐妹几个就去看看。一路走过去，油菜花开，溪水潺潺。我们穿过油菜花田，就像是一次春游。妹妹家的小孩子，在油菜花田嬉戏着、打闹着，仿佛蜜蜂般嗡嗡嗡。回到家里，就吃瑞安人叫紫菜花头炒年糕，其实就是油菜花嫩芽加上春节还遗留的酱油肉炒年糕，这是在北京想一想就流口水的家乡美味。

　　好花不常开，好景不常在。再一次回到家乡，父母均已过世。老门台也被拆迁。我不仅没有了家，而且是连根拔起。我在温商大酒店租住了一个月，俯瞰着万家灯火，却没有一盏灯为我点亮。清明时节雨纷纷，凄风苦雨，我一个人踏上去往墓地的路。此时，我才体会到母亲为什么要放弃已经建好的私墓，买了公墓。为了节省土地，私墓那边已经平整土地。而现在瑞安郊区也已经开通公交车，走路也不远，很方便后人扫墓。我初回瑞安期间，因为心情不好，常常一个人去墓地坐坐，跟父母说说心事。瑞安的郊区有了很大的变化，我第一次去时，那些大片的油菜花田已经被开发成房屋，溪水也已经干涸。我坐在父母的墓地，向下俯瞰，还能看到零星的油菜花在风中摇曳，仿佛在喃喃细语。

　　本来已经在北京安家落户不打算在瑞安置办房屋的我，接手了父母居住过的老房子，因为父母墓碑上刻着他们生前住过的房屋楼号。父母去世后，我若不在瑞安置办一套房子，就像没有根的浮萍，是不会回来了。装修了父母的房子后几年，在油菜花开的日子，我都会回到家乡。今年因为疫情不能回去，在这个油菜花开的季节，我通过"云祭扫"，祭奠父母，为自己点亮一盏心灯。

　　油菜花开，诉不尽哀思。

婆媳相处之道

　　现在在电视剧、微博或视频里经常看到婆媳大战，尤其是农村婆婆带着一家子来城里反客为主。回忆起我奶奶和我母亲的关系，感觉有些不可思议。

　　回想起来，奶奶和我母亲两个人居然几十年没吵过架，应该说没红过脸，甚至两个人一丝不高兴的样子我都没见过。她们亲如母女？不，绝没有。她们的相处之道就是有一定的距离感。

　　我母亲出身书香门第，父亲是来自农村的工农干部。奶奶和叔叔、姑姑都在农村。我们一家在城里都住外公的房子。我奶奶我叫阿婆。阿婆每年在乡下叔叔家住半年，到城里我家住半年。一来当时家家都困难，不太可能每个月给乡下奶奶寄钱，即使寄钱，也会贴补到叔叔家用。奶奶来城里，我家无非多添双筷子。二来乡下吃的苦，番薯丝当饭很正常。而我家即使困难时期配给粮票搭几斤番薯丝，也是很少吃的，多是白米饭。搭配的番薯丝磨成粉，掺点面粉做饼也是很好吃的，不像乡下顿顿番薯丝当饭。奶奶来我家住半年，也是改善一下伙食。

　　奶奶一般三四月份来，那时是青黄不接的时候，然后住到下半年秋收后回去。奶奶从不像电视剧里的乡下老太太指手画脚，也不摆婆婆的架子。她真正做到入乡随俗。每年奶奶来了，母亲就拿出新毛巾牙刷牙膏和她独用的脸盆。我们不知道她在乡下怎么样生活，在我家，她就是跟我们一样讲卫生。老天爷也算是公平，阿婆有一个好身体，尤其让人最羡慕的是有副好牙齿。她在乡下未必像我们一样爱护牙齿，可是老人家八十岁了还能嘎嘣嘎嘣吃硬豆子。这一点，我父亲也继承了我奶奶的好牙齿基因。而我们姐妹全继承了母亲的。我既遗传了母亲自来卷头发，也遗传了母亲的牙齿不好的基因。

　　奶奶话不多，也不去隔壁院子东家长西家短地扯闲篇。她安安静静的，出太阳了就在院子里晒晒暖，做点小零碎针线活。我们的新袜子，她都给缝了新袜底，这样很耐穿。我缝东西的手法和给线打结的手法还是她教的。但是，即使她在城里也是半年，在乡下也是半年，感觉她记挂着乡下的多。跟我们总是客客气气，不远不近。我母亲从来没有跟她大声说话，真的有一种添一双筷子的感觉。反正大家吃啥她吃啥。唯独一样，我记得很清楚，奶奶特别怕热，夏天一吃热粥就满头大汗。所以只要有剩饭或剩粥，她都抢着吃。但是我母亲是决不允许奶奶吃剩饭剩粥，怎么说她怕热也不行。家里有剩粥，永远是我吃。我问过母亲，母亲说，说出去不好听，阿婆在你家吃剩饭。我母亲是个礼数周到的人，据说她怀着我的时候，爷爷去世，她挺着大肚子还赶到乡下，把乡下亲戚都吓坏了，生怕把我生在乡下了。叔叔姑姑虽然都在农村，也都是客客气气地来往。我感觉奶奶可能是觉得农村困难，体谅叔叔家，所以在我家住的时候，总爱搜罗我们穿过的旧衣服和用过的旧东西，走的时候打包带回去，给我的印象是她身在曹营心在汉。

　　不懂为什么两个儿子她各住半年，还是偏心乡下的，可能觉得乡下才是她的家吧。也可能我父亲很早离开家参加革命了，阿婆一直跟叔叔生活，给叔叔娶妻生子。而我父亲一直是自己在外打拼，成家立业后还是一辈子寄住在我外公的房子。阿婆来我家住，跟我母亲从不红脸，但是也不亲近。在乡下跟婶婶反而有吵架的时候。可能她其实在城里并不自在，觉得在这里是客人，回乡下是她的房子她的家。

　　其实这样一来，婆媳关系反而简单了。几十年如此，奶奶和我母亲没有说过对方一句坏话。就是背后，每个人都认为我是最亲的人，但是没有人跟我说过一句对方的不好。这也太难得了。看来，婆媳关系真的不要指望亲如母女，还是有一定距离感的好。

大爱无言

从瑞安去厦门，顺便去探望一下朋友的父母。

去之前，我已经很忐忑，又不知怎样开口问。朋友是心里一直在的朋友，就是很少联系。

十几年前，朋友的母亲来北京做过脑手术。当时朋友父亲和姐姐全程陪护。这种手术会伤及大脑对肢体的控制。十几年过去了，也不知老人怎样，也不好打听，总不能问某某人的母亲怎样了吧？

这次到了厦门，打电话联系，朋友说她下午要到上海出差，因为不知道我来，上午已经安排了到大澄去。于是，我约好下午在她去机场前到她家去一趟。

事先我问了其他朋友，说本来朋友老母亲手术后恢复得还可以，只是后来又摔了一下，另外有老年痴呆症，恐怕已经不认得你了。

等我到了她家，看见老母亲坐在轮椅上，也是意料之中。只是让我很难过的是，老母亲已经丧失了语言功能，而且已经不认得我了。但是老人家却知道家里来了客人，尤其让我感动的是，坐在轮椅上并且患有老年痴呆症的老人家，双手合十向我致意。朋友的父亲，是著名老教授，十几年前在北京见面时，风趣幽默，现在身体状态也很不好，也有轻微的老年痴呆症。此时，我也不知道他是否还记得我。

朋友要出差，她先吃饭先走，不过是一碗粥两个素菜。

我留下来与她姐姐一家和父母亲一起吃饭。吃饭时，已经不会说话而且手也不听指挥的老母亲，一直努力地示意我吃虾。朋友姐姐告诉我，那是野生的虾。即使是患有老年痴呆，老人家竟然还会让客人多吃菜，多吃她认为是珍贵的菜。

我吃饭快，我放下碗筷，注视着老人家。发现老母亲开始努力向朋友的姐姐示意虾，后来又示意豆腐，等朋友的姐姐把虾和豆腐端到她自己面前并开始吃时，老人家才安静下来，静静地看着她大女儿吃饭。那时，我的眼泪在眼眶中打转，强忍着才没有流下来。

饭后，我默默地坐在老母亲的轮椅旁，摩挲着老人家的手，一直到我该起身离开。说实话，我不敢奢望下次来还能见到朋友的老母亲，而且估计下次我再来，朋友父亲也不会认得我了。

但是我记得，即使已经患老年痴呆症，已经彻底丧失语言功能，而且连举手投足都无法做到的老人，还会惦念着让女儿多吃，并且如此困难地努力地表达出她的意思。

真是大爱无言！

这是多年前在厦门见到的情景，永生难忘。父母健在的朋友们，多陪陪你们的父母吧！

两位老人曾经睿智的对话：

有一天，老母亲感叹说：男人呀，无论受了多少教育都还是自私的！

平时老父亲很少与老母亲争辩，那天突然很快地回应：女人哪，无论受了多少教育都还是不可理喻的！

母亲般的温暖

小学同学给我发来一张老照片，摄于 1975 年，是我们在原瑞安城关一小（现玉海中心小学）毕业六年后回到学校合照。从入学到毕业六年，而后又一个六年的轮回，在那个动荡的年代，我们小学同学回到母校第一次聚会。

坐在我们中间的只有一个老师，是我们小学一、二年级的班主任兼语文老师。在小学毕业并且又过了六年后的第一次聚会，请的老师是小学一、二年级的老师。这说明这个老师在我们的心目中占据了非常重要的地位。她是瑞安城关一小的林美娥老师。我和男同学聊起来，他说林老师就像母亲般的慈祥。这种说法与我心中的印象如出一辙。

我们入学时，与其他班级年轻漂亮的女教师不同，林老师岁数比较大。朴素的短发，朴素的黑白灰衣服。我记得她的好，却不是对我，而是对班上一个同学。看一个人的品德不是看他对你怎么样，而是看他对别人怎么样，一叶知秋。林老师把很多精力和关注点放在了一个特殊的同学身上。这个同学叫新新，入学晚，比我们大好几岁，身体又高又胖，但是智力发育有些迟钝，说话也不利索。这还在其次，最主要的是她会无缘无故地晕倒，然后全身抽搐，口吐白沫。当时瑞安说这是"抖起疯"，其实在医学上叫癫痫，可是那时候大家都不怎么知道这种病。每次她一晕倒，林老师就飞奔而来，瘦小的身躯不知道哪来的力气，把新新同学抱到没人的教室，给她擦干净嘴边的白沫，给她喂下温开水，也不用送医院，恢复过来就好了。回家歇几天再过来上课，一切都好像没发生过，林老师也只字不提。因为好几次我帮忙托着新新的脚，所以每次看着林老师照顾她，觉得只有母亲才不嫌弃孩子。后来到了三年级，换了年轻的新老师，新新一晕倒，新老师吓得不知所措，幸好林老师及时赶到。新新身患癫痫是不幸，但是遇到林老师是幸运的。

　　小学林老师那母亲般的温暖给我留下了深刻的印象。在以后的工作生涯里，我也曾兼职当老师十年之久。我主要教自考生的会计课程。自考生来源复杂，成绩良莠不齐，宽进严出，需要极高的自律才能最后拿到证书。越是好学生，我敲打得越多，要求越严格，

1975 年，一小 63 级 2 班回校与林美娥老师合影

同时对其未来发展也会给予一些建议。我对不同情况的学生会有不同的建议，与其说我给予他们生活上的关心，不如说我更愿意在事业和学业上用我的知识和阅历给予指导。有一个来自山东农村的学生，非常刻苦。最后这个男生通过自考专科本科，两次考研最后考上了研究生。他在一个教师节给我的短信是："您给了我母亲般的温暖。"我觉得那是众多问候短信中最令人高兴的一条，是对我工作最好的表扬。

有一首歌叫"长大后我就成了你"，这就叫传承。

银脚镯

孩子脚上曾经有个银脚镯，是最普通的款式。随着孩子的长大，本来应该换大的或者取下来不戴了。孩子的脚腕处因为长期戴脚镯已经有了茧子。孩子说戴了二十几年银脚镯了，习惯了，不想取掉。可是换的话，谁能给换呢？那是她的外婆我母亲生前送的礼物，说是保佑孩子健康成长的。

瑞安有个习俗，孩子满月时外婆要给婴儿打一套银首饰。我在北京，北京并没有这个习惯。我孩子满月时，我母亲托人给捎来一对小银手镯，上面挂着小铃铛。等到孩子周岁时又托人捎来一只银脚镯，说是银器能保佑孩子。从此孩子脚上就再也没有离开过银脚镯。这只银脚镯确实保护了孩子。孩子三岁时，孩子爸爸骑车带孩子，把孩子的小脚卷到了二八的自行车里。幸亏脚镯的保护，只伤了外皮，没有伤筋动骨，银脚镯却拧得像个麻花。所以孩子和我都认为是外婆的银脚镯庇护了孩子。听说原来的脚镯坏了，我母亲又重新在瑞安定制了一只大一些的银脚镯，托人捎到北京。从此孩子就一直戴着银脚镯，春夏秋冬，没有一天脱下过银脚镯。在小学里，学校规定不许戴饰品，老师听说了脚镯的故事，就默许了。孩子上中学了，不张扬，大部分时间穿校服长裤，所以只有非常要好的同学知道她还戴着脚镯。本来孩子长大了，按惯例外婆会给换大一点的新银脚镯，可是我母亲已经去世，没有人给孩子操心这事了，所以孩子仍然戴着小了的银脚镯。眼看要脱不下来了，孩子说，不脱了，她要永远戴着。就这样，孩子戴着这只银脚镯，读完大学进入工作单位。直到有一次生病住院，戴着银脚镯不方便检查身体，此时脚镯已经太小脱不下来了，无奈只好强行剪掉。本来我说回瑞安重新给她打一只脚镯，她说外婆不在了，她不想要新脚镯了。

　　我北京家里还有一些旧的银饰品，已经氧化发黑。这些旧的银饰品并不十分精美，都是我离开家北上求学时我母亲给我置办的。小小银饰品，每一件都有故事。一条项链是我离家上大学时，母亲从手里很紧的钱中挤出一点，请邻居手工制作一条银项链，那时的工艺很粗糙。母亲说戴银能避邪，在银项链上挂了块老白玉吊坠，说是出门胆子大，不会被脏东西吓着。大学毕业我来北京读研究生时，年迈的母亲很伤感，说我离家越来越远，没准将来离开人世时都见不到我（事实的确如此），所以又请人打了一条银项链，这回加了一个心形的坠，上面手工刻着纪念两字。

　　现在我手里这些旧的银饰品氧化后发黑，比起我后来自己购买的金、白金、钻、宝石等其他首饰，这些旧银饰品既不值钱也不漂亮，但是由于蕴藏着母亲良好的祝愿，所以我一直留着，思念母亲时拿出来看看。孩子脚上的银脚镯，因为天天戴着，还是银光闪闪，最终也还是剪断了。

　　剪不断理还乱，脚镯在脚上，思念在心里。母爱无价！

床底下的小猫

　　孩子奶奶的八十寿宴，特地选了孩子高考结束才办。席间，我有些伤感，要是孩子的外婆还在，知道孩子考上了好大学该多高兴呀。外婆去世已十多年了。远在千里外的老家瑞安的外婆，生病时孩子还小，我就没有带孩子回去，每次都是自己回去。这么多年了，她应该是不记得外婆了吧。所以席间，我问孩子，还记得外婆藏在床底下的好吃的吗？孩子也只能有个大概印象了。因为她这代人，从来不缺吃的，而外婆，还是习惯性地把好吃的干货藏在床底下等她心爱的小人儿回来，生怕其他大孩子们给吃没了。

　　我们小时候，印象最深的一个是吊起来的大竹篮，节日间大竹篮里有好吃的鸡鸭鱼肉，一来没有冰箱，怕坏了，二是怕我们偷吃，所以要挂得高高的。其实是防君子不防小人，我这大高个，拿个凳子就够着了，不过我不敢！其次就是床底下的干货了。尤其是春节前夕，那些拿票买的花生瓜子糖果之类的，都藏在床底下大大小小的马口铁饼干盒里。后来生活富裕了，有了冰箱，大竹篮退役了，床底下的饼干盒更新换代了。母亲去世那年我回去清理遗物，在床底下拖出一大玻璃瓶的杨梅酒。我父亲恍然大悟，他记得端午节时我母亲泡了两大瓶杨梅酒，他只吃到一瓶，有一瓶一直没见到。原来是我母亲藏起来等我回去吃的。看见杨梅酒，我的泪都下来了。

　　这么多年过去了。我想，孩子应该不记得外婆了。可是孩子说，她记得，记得外婆从床底下给她找出来的小猫！其实，此小猫非彼小猫，说的不是真正的小猫，而是一个小猫卷笔刀，毛茸茸的，很可爱，于是外婆就藏了起来，不给别的大孩子。孩子很小的时候，我带她回瑞安，当外婆从床底下某个角落里找出小猫卷笔刀给孩子时，小猫身上的毛都有些脱落了。我想应该是外婆无数次地摩挲这小猫，想象着她的小人儿拿到小猫时的情景吧！孩子有过无数高级的玩具和文具，幸好，居然没有忘记儿时外婆从床底下拿出给她的小猫卷笔刀。

　　如今，这个来自外婆床底下的小猫卷笔刀，与孩子那些高级的时髦的玩具保存在一起，甚至与她昂贵的首饰在一个盒子里。

鲍五往事

缘起

"岩前死了。"

久别回家乡，立春四个少年朋友聚会，其中一个是我在鲍五工厂的同事。席间，回忆起我们一起在鲍五的日子，我说好想去鲍五看一看。前同事说现在鲍五变得你认不出来了。我问起过去其他同事，她说：岩前死了。我一下子陷于沉默。回家后，很多往事涌上心头。

岁月尘封了记忆的盒子，若哪天不小心碰倒了盒子，所有以为早已忘怀了的东西，撒了出来，清清楚楚在眼前，消失的只是时间而已。一句岩前死了，仿佛在塘河里扔下一块石头，激起了漪涟，在河面荡漾开来，一圈又一圈。又仿佛塘河里的小火轮开过去激起的浪花，扑面而来。这句话勾起了我在鲍五那段日子的回忆，真实的人、真实的事都浮现在我眼前，单只眼老书记、地主儿子岩前、讲灵姑的大婶等人，都穿过了五十年的岁月，站在了我面前。我回家在电脑上打下了"鲍五往事"四个字。

重晤鲍五老路亭

　　我 1976 年离开鲍五，1979 年负笈北上，再没有回过鲍五。因了立春前同事一句"岩前死了"，我有了故地重游的念头。朋友在瑞安市东边的汀田当乡镇干部，从汀田再往北，就是鲍田。我跟朋友说：带我去一趟鲍五吧，我已经完全不认识了。于是有了 2023 年 2 月 24 日的故地重返。

　　鲍五是温瑞塘河边的一个村庄。温瑞塘河是母亲河，曾经既是运输枢纽，舟楫之利以济不通，又是灌溉农田源头，还是两岸百姓浣洗之处，甚至还是饮用水。一条塘河，养活了多少人，塘河边的村庄发生了多少故事。而我，就是在 1974 年清明那天，沿着塘河走到这个叫鲍五的村庄，在那儿度过了我十八到二十岁的岁月。

　　高中毕业后的我当过乡村代课老师，也做过征收粮食和红糖的季节工，我的正式工龄却是从 1974 年 4 月 5 日清明到鲍五那天开始计算的。这个连续工龄，让我在 1979 年考上大学后，迈过了五年工龄的门槛，可以领到职工助学金，解决了大学的生活费。

　　1974 年清明的那个清晨，我没来得及吃清明饼，就匆忙赶到瑞安东门码头，坐上开往温州的轮船。温瑞塘河上小火轮拖着长长的几只轮船，是温瑞的主要交通工具。船上很热闹，卖花生瓜子的，唱温州鼓词的，你方唱罢我登台。这次我不似儿时的津津有味，而是心有旁骛。我的青少年时代已经结束，带着忐忑的心情上船去往未知的乡下。船靠拢塘下河埠头，我们一行十个人加上带队的外贸局的领导下船了。去鲍五本还要换小船，我们人多，便沿着塘河的支流，走到了鲍五。清明时节雨纷纷，心情是压抑的，那个没有高考的年代，我满怀一腔文艺青年的忧愁，踏上了去往鲍五的泥泞小路。

转眼将近五十年了，故地重游，塘河上不再有载客的轮船。从导航上看，我家去鲍五是十四公里，自驾的话只需半个小时。我们驱车前往鲍五，沿途高楼林立，再无过去的痕迹。在鲍五镇前大桥处泊车，两座老路亭映入眼帘。同去的朋友指着一座三层路亭说，他儿时就常来这个老路亭里玩。我说，不，这不是老路亭。别看它貌似沧桑，却是在我离开鲍五十几年后才造的亭。旁边一座貌似很新却非常简朴的路亭，这才是老路亭。

路亭，一种有顶无墙的建筑物，建在交通要道边供行人停留歇息。至秦汉时期，已形成"十里一亭，十亭为乡"。后又以隔十里为长亭，隔五里为短亭，故李白有"何处是归程？长亭更短亭"。北宋柳永亦有"寒蝉凄切，对长亭晚，骤雨初歇"的词句。我在鲍五时，还只有一座特简陋的老路亭，位置在河流进村与塘路交点。而朋友嘴里的老路亭碑上说明是1989年捐资建造的路亭，在我眼里依旧是新路亭。

看见我一个外乡人在拍照，村民们纷纷围上来，七嘴八舌解答我的问题。他们告诉我，老路亭是一个叶姓善人建造的，有百年历史。因为新修缮了，所以老路亭的说明碑还没有弄好。此时，我向他们打听我模糊记忆中的几个人，居然都得到一一对应，甚至比我当初知道的还多。过去的人过去的事，老书记、岩前、讲灵姑大婶等，在村民们的口中慢慢地清晰起来。

单只眼老书记

鲍田人不姓鲍，鲍一至鲍三姓戴最多，鲍四姓郑和冯比较多，鲍五人姓叶。

　　我们当初到鲍五见的第一个人是老书记，我们叫他老叶叔。他的特征是有一只眼睛视力不行，我们背后叫他单只眼老书记。在老路亭，问起单只眼老书记，村民们说他叫叶岩仁，已经不在了。老房子呢？老房子还在，顺着这条塘路往前就是。他儿子搬到前面新房子了，还办了一个工厂，会时不时回来看看。

　　从瑞安老东门向东，乡镇沿着塘河衍生。塘路的前身是堤塘，起初是为了阻拦河流减灾防灾，慢慢地在两边建造了民居。塘路很窄，有些像城里的小巷，却很长，可以通往汀田、莘塍、上望、东山等地，往北接连鲍田、海安、场桥等地。在 20 世纪 90 年代之前，塘路一直作为温瑞平原上不可或缺、名副其实的交通"大动脉"。我在鲍五时，这条塘路是鲍五最繁华之处，是一条商业街。我沿着塘路寻寻觅觅，却找不到当年的痕迹。记得当初我们就住在老书记的对门，一个两层楼的楼上。超乎我对农村的想象，这里二楼居然是木板地。正因为如此，大家就在地上打地铺。好在城里去的都是女性，一个房间，十几个人，一溜排开就是了。不能升学却到乡下打地铺，我郁闷至极。一起下乡的一个大姐，是商业局干部的新儿媳，在黑龙江插队，比我们这些初出茅庐的人见多识广，也现实得多，常常提醒我不要太小资，虽然那时我并不懂何为小资。

　　单只眼老书记仿佛神一样的存在。我们这些城里来的女孩子，每当遇到点事大惊小怪时，老书记总会及时出现。鲍五是被水环绕的村庄，每当台风来临时，便会首当其冲。城里来的我们从没见过那阵势。一天深夜，我们在一阵阵锣声中惊醒过来，中间还夹杂着含混不清的喊声。我们拥被而坐，在地铺上瑟瑟发抖，不知道外面发生了什么事。此时，住在对门的单只眼书记在楼下敲我们的门，告诉我们是喊人去抗台，叫我们别害怕，也不要出门。

我们才放心地躺下来。这是我们这些城里来的女孩子第一次真正面临的抗台。

鲍五属于丰硕之地，有河有稻田，大闸蟹又肥又便宜，比城里便宜不少。一个休息日的前夕，大家都买了一些大闸蟹，准备第二天早晨坐船带回家。半夜突然有人尖叫一声，开灯一看，大闸蟹从笼子里跑出来了，满地爬。我们是打地铺的，如何敢再睡。却又不敢去抓螃蟹，用脸盆扣住一个，用肥皂盒扣住一个，大闸蟹就顶着肥皂盒爬。深夜里，我们的大呼小叫惊动了对门的单只眼老书记。他上来一看，哭笑不得，把螃蟹一个个抓回笼才离开。我们怕大闸蟹也成为村里流传的笑话。

老书记平时并不管我们企业的事，外贸家属厂办在他的地盘上，而他把我们的住处安排在他家的对门，在他眼皮子下生活，安全感爆棚。

沉默的岩前

岩前是我见过的最聪明最能干又最不幸的人。

刚到厂里，发现当地来的人，除了几个叽叽喳喳的农村大婶外，还有一个沉默不言的大叔。农村所有的墙都是透风的，用不了多久，我就知道他是"地主的儿子"，叫岩前。按说，安排进乡镇企业，对当地人而言是好事，怎么会轮到地主的儿子。可是一开工，一切就明白了。刚办的企业，经费不足，没钱买机器，很多都是靠人工，沉默的岩前就想出一个又一个的点子来用人工代替机器。例如没有给纸板压痕折纸盒子的机器，他就想出人工踩踏板，没有钉瓦楞箱的机器，他让我们把扁铁丝用钢丝钳剪成一段段，用锤子人工订。我们好像回到了原始社会，一切都是手工制作。但是随着一批批产品运出来，慢慢就有了一些资金积累。

　　鲍五地处塘河支流边，外贸局局长是鲍五人，把家属厂办在鲍五，一方面解决外贸局和商业局的家属就业，另外一方面也给家乡解决部分人就业。我们产品是外贸出口产品的包装，这些大而轻的纸盒子，就高高地垒在小船上，一船船源源不断地通过塘河运送到城里。夏天干旱，支流会断流，这些体积大重量轻的货物并不十分适合水运，因此两年后工厂在鲍五就办不下去了，回到了城里另起炉灶。而我们回城后，岩前也失去了工作。我这次故地重游，在老路亭打听岩前时，几个老人告诉我，他后来就是靠给人家办丧事时吹拉弹而谋生。这又如何能维持温饱呢？

　　岩前是心灵手巧、多才多艺的人，写得一手好字，刻得一手好钢板，油印材料非他不可。他还无师自通，能吹拉弹唱。却因为出身于地主家庭，一辈子抬不起头。好日子来了，他却走了。生不逢时这四个字，用在岩前的身上，再合适不过了。就凭他那聪明劲，在农村又有文化，在改革开放的温州岂不是大展宏图。他终究还是没有赶上好时候。

讲灵姑的大婶

　　故地重游，路过鲍三文化礼堂，挂着红色的横幅，庆祝饭佛娘娘寿日。当年我在鲍五工作时，这些属于封建迷信。但是在农村，明里暗里总会有封建迷信的东西存在。而我们厂里的一个大婶就是所谓"讲灵姑"的。

　　瑞安外贸局长把外贸家属厂办在他的家乡鲍五，能带动鲍五一部分当地人就业。城里去的都是年轻人，当地来的大都是大婶，讲灵姑大婶就是其中一个。

　　所谓讲灵姑，是指能通灵的女性。这个大婶来上班，时不时会带来一些吃的东西分给大家。在那个饭都吃不饱的年代，居然还有零食分给工友，我对这个大婶充满了好奇。大婶对我青眼有加，邀请我上她家玩。有一次我冒冒失失跑去了，适逢她正"上胴"（即神仙附体）。她看见我来了，生怕怠慢客人，居然招呼了我一声，一下子有了穿帮的感觉。我恍然大悟，为啥她家那么多吃食，原来都是别人孝敬的。

　　第二天上班，幼稚的我跟大婶掰扯，说她搞封建迷信。大婶也不生气，笑眯眯地跟我说她能让八仙桌自己转圈。我不信，她当场表演。首先拿一个竹子做的量米罐，她用手指头在上面画符，然后在一张八仙桌桌面中间画符，再把桌子倒过来放在量米罐上。四个人手心向下扶着桌腿。她在桌腿上画符然后又在四个人的手心画符，把手心的画符与桌腿画符对上。因为我是讲科学的，自然要亲身体验。我的感觉是她用手指头在我的手心是写了一个马字。其他三个人也都是城里下去不迷信的人。大婶对我们的要求是当桌子转动时，我们跟着桌子的方向走，不要故意按着桌子不让走。我们保证了。因为我确实是想看看桌子是否真的会转动。只见她嘴里念念有词，一会儿，桌子动了，确确实实是向前动了。我们手轻轻搭在桌腿上，脚不由自主地顺着桌子方向挪动，桌子确实是在转动。我真是吓一跳，口服心不服。我是坚定的唯物主义者，虽然不相信，但是其中的奥秘就成为不解之谜。可惜回城后还要谋生还要考大学，以后离开家乡几十年，再也没见过讲灵姑大婶。在食物匮乏的年代，她带来的一点点吃食，让我感到了鲍五给予我的温暖，可是桌子转动的秘密却被讲灵姑大婶带进了坟墓，不得而知。

一个猪头引发夫妻当街大战

在改革开放前，整个温州因为被割资本主义尾巴，老百姓穷得叮当响，相对而言鲍田还算是个相对较富的地方。温州是人均三分田，鲍田既有水田，又靠近海可以捕捞海产品，还办了一些小型乡镇企业，可以说是瑞安最富的地方。我在鲍五却目睹两口子为了过年买一个猪头在当街大打出手。当时惊得我目瞪口呆。

鲍田本是个鱼米之乡，可是在那个特殊年代，百姓家的生活依然是捉襟见肘，饱腹不易何来零食。我在供销社买了苹果，站在柜台削皮时，马上有孩子把我削下来的皮捡走，就手塞在自己的嘴巴里。我站在那里，有几个孩子叽叽喳喳议论什么，一个男孩跑过来，在我的脚背上摸了一下飞快地跑开，我揪住一个问，原来他们在打赌我有没有穿袜子。孩子们没见过透明的袜子，所以他们几个打赌，赌我穿没穿袜子。

快过年的那天，我们几个城里来的工人下了班走塘路，想买些螃蟹第二天带回城里。在街上，遇见厂里的一个大婶兴冲冲地提着一个大猪头走来。她说肉太贵，买个猪头，过年就够了。她边说边笑，为买到实惠的猪头而高兴。话音未落，我看见一个男人走了过来，骂她糟蹋钱，叫她把猪头退了。大婶不肯，说人家不让退，再说过年总该吃个猪头吧。就这样，两人在街上吵了起来，那个男的是大婶的丈夫，劈头盖脸地给了大婶两巴掌，大婶上去拉拉扯扯，又哭又闹。我从来没见过这架势，吓得我不知怎么办。正巧我们单只眼书记来了，给拉到他家去了。第二天上班，遇到大婶时，她说还是去把猪头退了。这个鱼米之乡，竟然穷得过年连个猪头都吃不起。

改革开放后的鲍田，还是这些人，还是这么多田，国家还是没有给投资，现在鲍田人的生活真是与过去天壤之别。有了钱修桥修路，再也不用因为大旱不能走船要步行进城。公路四通八达，还直通温州机场。当年为买个猪头过年还当街大打出手的人家，如今应该是吃腻了山珍海味了吧。

尾声

去鲍五的那个清明，离我十八周岁还有一个月，我以一个"城底人"的眼光打量鲍五的人与事。当地人认为理所当然的事，于我却是新奇的。而我自己的行为可能在当地人的眼里也是稀奇古怪的。在鲍五，当我自艾自怜的时候，仿佛一个为自己没有新鞋而哭泣的小孩子，突然看见了失去了双腿的人，治好了小资病。在鲍五，很多情节于我而言都是很荒谬的，讲灵姑大婶手下会动的八仙桌、过年买个猪头当街大打出手的夫妇等。但是荒谬构成了生活的真相。诺奖得主路易吉·皮兰德娄说："生活充满了奇怪的荒谬。奇怪的是，这些荒谬甚至不需看似可信，因为它们是真实的。"

如今的鲍田，俨然一副社会主义新农村的模样。相比湖岭山区，塘河边的村庄莘塍、塘下、鲍田和海安等乡镇是先富起来的地方。尽管过去作为塘河的主要运输工具小火轮已经停开，随着五水共治，塘河的水质也得以提升，塘河边村民的生活越来越好。如今通往温州机场的轨道交通 S2 线在鲍田就有一站。过去连机耕路都没有的鲍田，居然能直接坐轻轨去机场，这是讲灵姑大婶做梦也想不到的吧。

我的青春却犹如塘河水：逝者如斯夫。鲍田还有很多的人和事，这些仅仅是撷取鲍五生活的一角。泰戈尔说："天空没有留下翅膀的痕迹，但我已经飞过。"原来，鲍五的人与事，都在我的心里留下了痕迹。

硕导夏光仁轶事

　　我这个人有点愣头青，不怎么怕人。人民大学夏光仁教授，我的硕导，是我这一辈子少数怕的人之一。他若还在世，看见我用这种口吻写他，估计我会有麻烦了。当然，他若还在，我也不敢。

　　首先要感谢他，当年收了我当他学生。那时硕士招生少，每个导师只招一个硕士生。那时没有电脑，在报纸上刊登的招生简章，全国范围内，他只招一个。我就这样莽撞地考上了。我那年我们系（大系相当于现在的商学院）只招收了 12 个硕，只有我一个来自外地外校，其他都是人大本校和人大一分校。很多老师看不起外校，记得有个老师当着那么多老师的面说我：外校的学生基本功就是不如人大的学生！这不是当着和尚骂贼秃吗？我和夏老师都不说话，我不知道夏老师怎么想，我对自己心里有数。

　　读三年的硕，我乖乖地听他的话，拿着他开的书单去图书馆读书，一摞摞的书，一张张摘抄小卡片。三年中无论我怎样努力，我一直感觉夏老师对我不满意，他当面说过：别人成绩可优可良，给优，你的成绩可优可良，给良！所以我的成绩只要是他打分我几乎没有优，当然其他大课考试不是他打分，努力就优，躺平就良。他的课，本不用努力，再努力也是良，可是我怕他，只好努力去争取既定目标良。做了三年乖乖女，只在临毕业前忤逆过他一次，就是论文题目我自选，夏老师说我驾驭不了，我固执己见。当然结果皆大欢喜。我的论文里的一部分还在《管理世界》杂志发表。

其实我骗过他。初试合格后要到北京面试，他要我寄我大学论文给他看。大学我学会计，忙着考研专业是企业管理，论文最大的问题是过去都是手写，我的字很丑。所以我央求我大学班长帮我抄了一遍，然后寄给他。等后来他收了我当学生，发现我的字实在太差，已经木已成舟不能退货了。我的博导也是收了我当学生后才发现我的字出乎他意料的差。

说起来，夏老师也是骗过我一次。第一次见面他以慈父的面貌对我。我刚到人民大学第一次拜访他，他拿出几十斤米票换给我，我差点热泪盈眶了。那时候，北京每人每月只有六斤米票，其他是面票和粗粮票，他知道我南方人吃不惯粗粮和面食，所以一开始就给我一个慈父的感觉，也是我迈进人大感受到的温暖。接下来慈父变身严父，除了可优可良永远是良外，我感觉他的要求是无尽头的，就是说所有的时间都要花在学习上。我本来就是学习乖乖女，他还不知足。有一次我追电视剧，到处找哪里有电视机，被他知道了，然后当着那么多老师的面说：听说你到处找电视机？然后系主任教研室主任们好像都在"不怀好意"地窃笑，打人不打脸好不好，夏老师！

当然，我也有扬眉吐气的时候。期末考试后，有个导师当着夏老师的面说：我那几个学生，唉，一言难尽，你看你这个学生多好。我偷瞄一眼夏老师，然后看他也不接话，心里应该是高兴的吧？

去夏老师家，有时候夏老师也会起身做一个菜。师母说，因为怕影响夏老师科研，所以很少让儿女来，对你算是优待了，夏老师还会为你做一个菜。有时候饭后去，师母问，我就说吃过了，师母会说食堂吃过不算，于是我就十个饺子下肚。师母总着急我没有男朋友，夏老师说，好好学习，学习好自然会有男朋友。师母唠叨多了，夏老师总算松口同意师母给我介绍。也不知道什么人，总之老师让去他家相亲就得去。那人家有点烦，男方妈说要先看看我，说想要一个白净的。这时夏老师说了一句话回归他慈父本色：看就看，我闺女不怕看！其实相亲这事吧，完全是大人们瞎着急，男方谈过一个，女朋友出国甩了他正痛不欲生，哪有心思相亲，而我此时正被一个人追着六神无主，天天想这人行不行，七上八下会影响学习，还是赶紧断了好好学习吧。相亲是无疾而终，不过有了夏老师那句话很欣慰：我闺女不怕看！

死板的老师估计招的都是死板的学生，有一次联欢，看人家的学生一个接一个出节目，我们这一堆木木地坐着。夏老师这回急了，说下次招研究生要招能歌善舞的。我心想，能歌善舞的能天天坐图书馆做读书卡片吗？

跟了他三年，只有在毕业时，才听到他对我的最高评价：去研究所做研究，当高校老师，或去实际部门工作都很合适。那时我们找工作很容易，导师用不着推销学生，所以此时我才知道他对我也不是处处不满意的。尤其是我的毕业论文的一部分发表在《管理世界》杂志上。毕业后，我还去他家，还是拘谨，还是怕去的时间不合适，影响他看书研究。

多年以后，重新回人大读博。打印博士论文终稿时，从他曾经住过的林园走过，热泪盈眶，要是他还在，该多好！他要是知道我又回来读完博士，他会高兴的吧！

夏老师，我想你和师母！泪满襟。

求学路上燃灯者

　　我是我家里学历最高的，与如今家长拼命呵护的高考生不同，我求学路上的坎坷一言难尽。我父亲常说：我家该读书的不读书，不该读书的去读书。不该读的却去读书指的是我。我是家里老大，父母希望我早点辍学以便能够帮助家里。天助自助者，我的坚持以及坎坷求学路上老师们的帮助，我最终完成了博士学业。我能有今天，应该感谢求学路上的燃灯者。

两个代课老师帮我迈进大学校门

　　我小学毕业前夕，正值动乱时期。班主任老师生孩子，学校请了个退休的代课老师来应付完最后一个月的语文，所以连老师姓什么我们都懒得问，一毕业就作鸟兽散了。我母亲说，小学毕业就别读了，现在这么乱也学不了什么。听说我母亲不让我上初中，这个返聘退休老师，打听到我母亲的单位前去劝说。据我母亲说，她一而再、再而三地说：你这个孩子，不读书实在可惜！我母亲说，好像你是什么宝贝似的。我上学时，家里从来不管我学习的事，记得要一元钱买词典都要不出来，不得已总用同学的词典。学习好是理所当然，作业要在做完家务才能做。小学老师如此强调，母亲也有了女儿学习不错的概念，就同意我去瑞中上初中。好险！要是小学毕业就辍学，哪有今天的我！

　　初中毕业升高中的挫折就不提了。遇到另外一个代课老师是在多年后，我参加高考的辅导班认识的数学代课老师。恢复高考时，我已经在工厂工作五年了，工厂领导和母亲都不同意我参加高考。我白天上班，下班干完家务才能看看书，连书都借不到。我报名参加了瑞中办的复习班。我要考文科，可是当时瑞中没有文科复习班，我只好插到理科班瞎听。我根本听不懂数学，而且我不知道高考是看总分的，以为自己考中文系好好学语文就行了。复习班教数学老师岁数很大，听说是从温州市里请来的，曾经经历坎坷，腿有残疾。这个数学老师能看英语原文书，还动不动声情并茂地背诵"落霞与孤鹜齐飞，秋水共长天一色"。我这个文科生数学很差，这老师也不嫌弃我，时不时翻开他的英语原著给我看，我是什么都看不懂。等我高考完了，因为分数上杭州大学绰绰有余，就只填了个杭大中文系，下面傻乎乎地随手写了个服从分配。不知道当时浙江由于大学少，过重点线的让外省的先挑。等我拿到通知书要到外省读什么会计时，简直要疯了，我哭着说我不上大学了。

　　那个数学代课老师，竟然打听到我的家庭住址，拖着他那条伤腿，用一只手扶着墙壁，走过了我家那条长长的小巷，来到我家跟我说，一定要去上大学。他强调学会计如何如何重要，现在看来他是高瞻远瞩。当时我不是被他说的会计重要性说服，而是被这样一个跟我毫不搭界的临时代课老师，被他拖着伤腿来我家的行为所感动，不得不去上的大学。那时对上大学不像现在这样重视，如果说从小学到初中是一个台阶的话，那么读大学又是一个高台阶，不迈上这级台阶，人生就是另外一条道路了。

托两个代课老师的福，我这个无缘读书的人才能进入高等学府，开启了不同的人生道路，在我的面前展开了一个新的世界。

两个住对门的老头帮我考上研

帮你考上研，还这么不尊重地叫人家老头？我一直很尊重地称他们老师，只是看了黄永玉写的书《比我老的老头》觉得好有趣，另外有一个老师已经九十多岁了，还老是给我发些有趣的 PPT，所以就叫他老头也无妨。

刚上大学那会儿，我这个哭着喊着要读中文的人却被弄去学会计，英语和数学就是拦路虎。大学一年级，我埋头恶补英语和数学。英语李老师水平很高，清华世家，是西南联大毕业生，给周恩来总理当过翻译。特殊情况李老师全家被发配到安徽，高考恢复后才进入大学教书。1979 年书很少，教英语的李老师弄了本很老的英语课本给我，我就天天自己看书做习题，然后把做的题给英语老师改。他天天给我改额外的作业，我从没给老师送任何礼物。去他家时，他在唱机上放上黑胶片，给我放外国音乐。来自县城的我哪见过这阵势，完全是聋子的耳朵——摆设。李老师说你想象一下田园风光，后来才知道那是贝多芬的 F 大调第六交响曲。一年之后，我的英语水平大有长进，甚至在全校都略有薄名，为我以后的考研奠定了良好的英语基础。他不是对我一个人好，只是我的格外刻苦让他对我青眼有加。有同学用了一句话来形容：入学方识 ABC，毕业时节可留洋。

大三结束的那个暑假，我决定改专业考研，要考当时最热门的企业管理专业，还要考名校。那时研究生名额很少，考研要考五门：政治、英语、数学、企业管理和商业经济。我在大一打下了良好的英语和数学基础，于是我找到另一个老头，外系教商业经济的沈老师，希望他辅导我一下。沈老师说考虑一下，不置可否地走了。第二天，沈老师主动答应辅导我。原来，沈老师住在李老师的对门，他特地去问了李老师有关我的情况。商业经济不像英语数学那样吃功夫，学习的方法很重要，商业经济这门课我花的时间最少，考的时候最轻松。我这书呆子，连个水果都没有给老师买过。

考研结束回到学校，沈老师第一时间问我考得怎样，我说恐怕不行了。沈老师说，你明年一定重考，你现在马上开始复习！明年一定考！缓过劲来他又问，你觉得怎么不行？我说，也就门门及格罢了！沈老师说，只要门门及格，你就上了。那时考研都是百分制。我还以为都得考八九十分呢！我在大学所有的功课没有下九十的。结果不出沈老师所料，我一战上岸。那年我考的那个系招 13 个研究生，有 12 个是本校或本校分校的，只有我一个来自外地学校。当时刚考完研以为自己没希望时，沈老师马上叫我准备明年重考的情景，使我很感动，有一种他对我寄予重望的沉甸甸的感觉，增强了我的自信心。如果我那年没有考上，我一定会因为沈老师而重考。

1986 年，我研究生毕业后顺理成章到了国家部委工作，是该部第一个研究生。知识改变命运，我原来是小县城一个家属厂的集体制工人，后来能够在国家部委工作，离不开求学路上的老师们的帮助。多年后我回大学母校拜访这两个住对门的老头。遗憾的是没有见到沈老师，他退休回江苏老家养老了。只见到了李老师，后来他也去广州儿子家养老。后来几年，我的邮箱里经常收到这个九十多岁老头睿智风趣幽默的 PPT。这两位好心的老师现在都已经仙逝，但是我永远忘不了这两个住对门的老头。他俩就是我的福星，高照着我的求学路。

　　为人师者，须有仁心。在以后的工作生涯中，我也曾多年兼职当老师，除了给学生以专业指导，也是尽力给学生以学业外的帮助，把爱传递下去。一个来自山东农村的贫困生，在他两年考研路上我一直给予鼓励。他给我发短信，说我让他感到母亲般的温暖，这是我收到最好的教师节礼物。淋过雨的人，也要给他人递去伞。我也要做其他人求学路上的燃灯者，这就是传承。

献一束红玫瑰

　　从北京回到老家，适逢清明节前，我跟学长小淮说，若你去祭奠吴老师，请带我去。清明节，我带了一束红玫瑰放在了吴引一老师的墓碑前。看到别人墓前是香烛和白菊花，而自己碑前灼灼其华，我的恩师，与众不同的吴引一老师的在天之灵，一定会为我的不落俗套的做法而放声大笑吧。我仿佛已经听到了他那熟悉的爽朗的大笑声。

　　吴引一老师，出身书香门第，毕业于复旦大学法学院。1955 年，他远离家乡江苏淮阴，调瑞安中学任语文教研组长 30 年。他书房窗朝北，每每临窗读书，北望故乡淮阴，感慨之余，取书房名为"北望亭"。

　　很多瑞中校友说起我都会提到吴老师，说吴老师特别欣赏你。其实我初中和高中四年，吴老师并非我的语文老师。我和吴老师结缘于 1979 年高考复习班。当我白天从工厂下班，晚上插班到一个高考复习班时，心里是忐忑不安的。谁知道老师们怎样看待我们这些失学多年的大龄学生。我怯生生地静悄悄地坐在了后排，颇有些自卑。

　　吴老师给了我一个开门红。插班，自然要考试，当场命题作文，两个小时当堂交卷，题目单字："桥"。我已经不记得自己写了什么，因为语文老师吴引一把我的作文当作范文在班级读，吴老师声情并茂的样子，让我记住了自己作文的开头语和结尾。

开头：有山就有水，有水就有桥。结尾：逢山开路，遇水搭桥。

吴老师的表扬给了我这个离开课堂多年的工人多么大的鼓励是难以言状的。我经历的那些年，没有人鼓励学生好好学习，家长对孩子的学习也可有可无。作文一再被老师在班上宣读，一种鼓励的教育方法生效了。我真的以为自己有文学才能，也立志要考中文系了。于是，吴老师冠以"北望亭"的书房里便不时出现了我的身影。

在那个住房紧张的年代，所谓书房也不过是文人的自得其乐而已，其实就是瑞中分派给教师的住房。吴老师以前搞研究积累的资料在特殊时期化为灰烬，他把所有的精力都放在了培养学生的身上。可是在他教书的那些年，有多少人认真读书呢？直到恢复高考，老师们个个都使出全身解数教学生，我们这些白天上班晚上读书的学生也是废寝忘食。吴老师渊博的学识引经据典无形中感染了我，引导着我。在北望亭，我可以很随意地跟吴老师谈天说地，还翻看他家人的影集，旁边的题字活灵活现衬托了照片中的主人翁。我还记得小淮学长一张趴在地上的照片，因为抬着头，所以吴老师在旁边题字是：咦，阳光从哪里照进来的？我于是就东施效颦，从此我和同学郊游的黑白照片上都有我各种胡编乱造的题词，或者我想出来的各种暗含名字寓意的题词。我给照片起各种名字、各种题词的习惯就是从北望亭开始的。

高考顺利，不料马失前蹄，志愿没有填好。我分数够了，便草率地填了杭大中文系，并随手写了服从分配。安徽财经大学到浙江招生老师是温州人，就优先挑走了我和另外一个温州考生。当我接到录取通知书是会计专业时，我是哭着喊着不去上学了。最终还是复习班的数学老师蹒跚到我家劝我去上大学。那时的吴老师，一定也和我一样难过吧，我还记得他一再说：可惜了！可惜了！

　　吴老师应该很怀念他的家乡淮安吧。书房叫北望亭，给儿子起名叫小淮。到瑞安几十年，他也没有忘记家乡的食物。我上大学前去辞别吴老师，他嘱咐我一定要尝尝一种叫心里美的萝卜。这种萝卜全身是宝，表面是不起眼的绿色，里面是紫红色的心，水分很大，可以当水果，也可以切丝当凉拌菜，皮还可以腌了当小咸菜，一点也不浪费。我读大学时，经常买心里美萝卜当水果，现在也经常买。每当看见心里美萝卜，就情不自禁地想起吴老师。他不就是心灵美的老师吗？

　　当我大学毕业考上人大研究生时，对于独自北上的我，吴老师更多地予以了生活上的关心。他给我写了一封信，让我去找中办工作的陈进玉老师。三年后，我研究生毕业选择进了国家部委工作，就一心一意要实现吴老师的夙愿，接他到北京来游览。我和陈进玉老师商量过多次，我年轻且各方面条件也比中办自由，接吴老师进京指日可待。我却忽略了此时吴老师年事已高。而当时北京温州之间既没有飞机也没有火车，就是因为交通问题，在北京招待吴老师的愿望最终落空。如今，京温天堑变通途，可是斯人已逝，唯有涕零。

　　吴老师，现在我回来了，我以经济学博士、高级会计师的身份回来了。这些年，因为我有良好的语文基础，专业研究得心应手，业余也写散文、报告文学和短篇小说，但是终究是辜负了您，终没成大器。平安即福，终究做一个心里美的人归来。历经万水千山，归来仍是您的学生。

　　放一束红玫瑰在您墓碑前，师恩难忘。

放一曲《田园交响曲》

手机里播放着《田园交响曲》，我潸然泪下。我想起了我的英语老师李增德，他让我第一次见到了唱机，第一次听到了《田园交响曲》。而他在过完小年后，走完了他人生之路，享年105岁。

我在医院与医生聊起我的英语老师，高寿且睿智，是人生的赢家。医生说，看来人要是少受苦，就能长寿。我说，非也，不是少受苦，而是乐观豁达才能长寿。他出身清华世家，父亲李广成是清华附中前身成志学校的创办人。他本人从西南联大毕业，并在美国密苏里大学读过研究生，在上海和北京的中国银行工作过，是协助冀朝鼎创建和发展中国贸促会的元老之一。在中国贸促会任翻译工作期间，他曾为周总理做过翻译。他与夫人的婚礼还是时任清华大学校长梅贻琦主持的。

个人的命运往往与国家的命运休戚相关。1961年春天，这个清华世家出身的高才生，被连根拔起，全家被迫离开了北京，被调到安徽财贸学院任教。当安徽财贸学院从合肥迁往蚌埠，他全家也不得不随之迁往蚌埠。在那个没有空调、没有取暖器的日子里，不知道过惯了北京有暖气的李老师一家，是如何熬过蚌埠那一个个没有暖气的冬天。后来安徽财贸学院被撤销，1970年，李增德老师被调到蚌埠九中任英语老师。1977年恢复高考，李老师才迎来了他职业生涯中最后一段高光时刻，重回大学任教。他先任合肥工业大学教师，而后回到复校的安徽财贸学院任教，直至 1988 年退休。

1979 年，我考入了安徽财贸学院。从工厂走到大学的我，英语基础几乎等于零。1979 年英语教材和辅助资料很少，李老师弄了本 20 世纪 60 年代前的英语课本给我，我开始了自学英语，天天自己看书做习题。李老师每天批改我自学的英语作业。一年之后，我的英语水平大有长进，为我以后的考研奠定了基础。我的一个同班同学说，我们这些学生入学时英语水平很差，经李老师调教，大有长进。同学用了一句话来形容：入学方识 ABC，毕业时节可留洋。这个同学毕业后，曾经考上名校研究生并公派出国留学，都与李老师的教诲分不开。

在李老师家，我第一次见到唱机和黑胶唱片。我听不懂，他让我想象一下田园风光。我后来才知道那是贝多芬 F 大调第六交响曲。有时候我们宿舍聚餐，派我去要蜂窝煤，师母梁老师总是笑呵呵地给我。

李老师的手写体英语非常漂亮，可与印刷体媲美。李老师有深厚的音乐修养，为了提高大家学英语的兴趣，他在英语课结束时教大家唱英语歌。我们这些学生过去从来没有接触过，大家兴趣盎然。《圣诞歌》《五百英里》等都是李老师教的。我从没听过他抱怨，他给我的印象就是乐观豁达和高雅。我后悔过去没跟他多聊天，他的人生经历就是一本书。他在这样的大起大落中又如何做到保持这种豁达乐观精神的呢？

在决定改专业考研时，我找到教商业经济的沈老师，希望得到他的辅导。沈老师只说考虑一下，不置可否地走了。第二天，沈老师主动答应了给我辅导。沈老师住在李老师的对门，他特地去问了李老师有关我的情况，李老师给予了美言，沈老师才答应的。商业经济不像英语数学吃功夫，考试方法很重要，商业经济这门课我花的时间最少，考的时候最轻松，一举成功。我这书呆子，连个水果都没有给两位老师买过。

多年以后我回母校，特地去看望他几次，后来他到广州儿子那儿养老，我跟他邮件联系。当时已经九十多岁的耄耋老人，比我还时尚，我经常收到他有趣的 PPT，他特别像黄永玉笔下的有趣的老头。李老师在 103 岁时，头脑清晰，手机电脑不离身，还能全文背诵《醉翁亭记》。他说现在很多人讲养生，他认为生活要有规律，心情保持愉悦，人跟人相处和沟通要开心，好学博闻乐观豁达才是他的养生之道。他很早就自学电脑，用手机和电脑与外界保持联系。他的生活有两大爱好，一是看新闻，关注国家大事，二是爱好诗词尤其是唐诗。他喜欢和同爱好的朋友交流，聊诗词和唐诗，著名的诗词都能流利地全文背诵。耄耋老人，手边词典地图不离手，有问题就查阅，有了手机和电脑，更方便学新知识。多年翻译生涯，李老师养成的习惯是看见新词语，必须知道外语翻译。他认为一个人一辈子活到老学到老，他是这样想的，也是这样做的。正因为如此，百岁老人思维敏捷，与时俱进。

如今李增德老师驾鹤西去，李老师：我用手机放一曲《田园交响曲》给您听，师恩难忘！

语言大师林斤澜

　　林斤澜是我温州老乡，我很钦佩他。几年前曾打电话想去拜访。但是又犹豫怕打搅老人，就没去。他说要不下次老乡聚会时见吧。

　　有一天晚上，冥冥之中，好久没有关注文学一直埋头研究经济的我，挑了林斤澜来写他的写作风格。第二天一早，我把短文发给人大的一博士，他说："你是在写悼念林斤澜的文章吗？""什么悼念？"我问。"林斤澜昨天去世了！"

　　惊闻林斤澜逝世，不禁扼腕感叹，唯一一位集京味文学与温州方言于大成的语言大师去了，不会再有能驾驭两种不同语言的大家存在了。之所以说这是两种不同的语言，是因为北方人根本听不懂温州方言，而温州人其实也是在改革开放走向全国乃至全世界才学会讲带有很重口音的普通话的，所谓温普。

　　要读林斤澜，得先过他的语言这一关。他的语言，单看一个字、一句话，都极讲究，下字精到，讲究炼字、炼句。在林斤澜的作品中，无论是用京味还是用温州话，都一个贯穿性的主题，就是人，人的价值。知识分子生活，自然取自京城；而农村生活，一是取自故乡温州，另一则取自京郊，所以他是集京味文学与温州方言于大成的双栖作家。

　　都说读林斤澜的文章难，可是我却从来没有这种感觉。作为地道的温州人，作为与林斤澜一样的新北京人，读林斤澜的温州味小说，觉得亲切，读他的京味小说，觉得熟悉。虽然我与林斤澜一样，游走于北京和温州，也靠码字谋生。回北京也是回，回温州也是回（林斤澜语）。我一直认为北京话与温州话完全就是两种语言，温州方言是只可意会不可书写的，林斤澜却把它变成了喧腾腾、活生生的文章。而这个和我一样说着温普的人，所写的京味小说折服了地道的北京人。这令我百思不得其解。

北京是大家的北京，是全国人民的北京，但是创作京味文学却是少数人才能驾驭的。所谓京味文学，北大的孔庆东曾撰文写道：京味文学有两层含义。一是题材的京味，即传神地描绘北京地区的文化风俗。二是语言的京味，即使用纯正地道的北京口语。这二者往往是密不可分的，特别是描写北京地区的风俗时，如果离开了北京话，就难以奏效。出身于满族的知名作家赵大年在北京文学馆的讲座中说到如何界定京味时，他认为京味小说有四个特点：一、运用北京语言；二、描写北京的人和事；三、环境和民俗是北京的；四、挖掘北京人特有的心理素质。这些条件也许太苛刻了，尤其是第四条，最难也最重要。但若没有这一条，即令你标明了描写的是北京人和事，说的是北京话，那也缺少北京味儿。所以京味文学必须有乡土味、传统味和市井味，也就是说要写北京的人、事和景，如果不符合这三个条件就不是"京味文学"。正因为如此，在无数舞文弄墨的文人骚客中，无论是已经沉浸下来变成新北京人的还是浮在面上的北漂，都写不出京味文学。

现代文学作品中，京味文学的代表作家首推老舍先生，他的《二马》《骆驼祥子》《四世同堂》《月牙儿》等一长串著名篇章便是最原汁原味的京味文学。1997年燕山出版社推出一套京味文学丛书，收集了张恨水、老舍、萧乾、林海音、汪曾祺、林斤澜、邓友梅、

刘绍棠、刘心武、陈建功、韩少华、苏叔阳、毛志诚、赵大年等 14
人的中短篇小说和散文，每人一集。

当深入阅读林斤澜的作品并去了解林斤澜其人时，不禁使人迷
惑不解。既然林斤澜是京味文学的代表之一，而且颇具代表性，其
作品《十年十癔》在京味文学占有重要地位的人，不仅不是土生土
长的北京人，而且他的另一代表作影响颇大的《矮凳桥文集》竟然
糅进了大量的温州方言，别具一格，鲜亮、热辣。可以说林斤澜是
集京味文学与温州方言于大成的双栖作家。

林斤澜 1923 年 6 月 1 日出生在浙江温州，中学时代曾参加抗日
救亡运动，15 岁离家独立生活。1945 年毕业于国立社会教育学院，
1949 年后到北京市文联创作组从事剧本创作，1956 年出版了第一本
书——戏剧集《布谷》。以后发表的作品大多为短篇小说，一般取材
于农民或知识分子的现实生活，讲究构思立意，风格清新隽永，独
树一帜。短篇小说《台湾姑娘》在题材和写法上新颖独到。1962 年
春，由老舍主持，北京市文联举行了三次"林斤澜创作座谈会"，专
题讨论其作品的风格特色。

20 世纪 50 年代的林斤澜，曾用他饱蘸热情的笔歌颂过美好的生
活，其笔调欢快明朗，热烈抒情。然而经历了十年浩劫，当作家重
新提起中断了 12 年的笔时，他变得异常的深沉冷峻、隐晦犀利。作
为一个老作家，他保持了恒定的母题——深刻揭示十年浩劫对人性
的戕害，和恒定的艺术表现形式——将写实的手法和变形的手法有
机融合在一起。"文革"结束后，林斤澜写了一系列以"文革"为
背景的《十年十癔》，描述了那个疯狂年代给人的心灵带来的痛苦不
堪。在林斤澜笔下，以冷峻、严厉、深沉、尖刻、嘲讽、诡奇的笔
调，用反复多样、丰富具体的变奏反映"疯狂"主题，写出那个颠
三倒四的年代里，可悲可怕可笑的疯狂气息，塑造出一批"很不正

常的生活里，活出来很正常的人"。林斤澜不写悲欢离合、哀婉感伤，却专注于发掘表面冻结了的心灵深处，生命与人性的尊严，自由与责任的分量。（黄子平《沉思的老树的精灵》）

1983 年，他借温州文学青年函授班讲课之际回了一趟家乡。那时温州纽扣市场等小商品市场名声大噪，但是又未被中央所肯定不知是姓社还是姓资时，他被温州热火朝天的情形所感动，本来想待半个月，结果待了五个半月。"用不着等待什么路，什么模式讨论清楚，我只不过亲眼见到了些事情，发生了亲心的感想……写下该我说的话。"（林斤澜《矮凳桥后语》《十年矮凳》）一系列以浙江温州农村为背景的短篇小说，于 1987 年结集为《矮凳桥风情》出版，一时为人传诵。《矮凳桥风情》以浓缩的结构、突兀跌宕的情节，白描出一系列人物形象，语言凝练、含蓄，兼容温州方言于其中。

对于林斤澜的京味文学，文学界有很高的评价。其小说多取材于北京郊区农村生活和知识分子的遭际，以散文的笔法，着力表现一种特殊的氛围，结构精巧多变。晚年的作品冷峻、深沉、尖刻，被称为"怪味小说"。有人评价从 20 世纪 50 年代走出来的一批作家之中，除王蒙外，林斤澜对小说形式技巧的探讨是最下功夫的。1962 年老舍说："在北京的作家中，今后有两个人也许会写出一点东西，一个是汪曾祺，一个是林斤澜。"预言得到了印证。当然由于汪曾祺的作品平易好读，而林斤澜的作品晦涩，曲高和寡，导致林斤澜的名气在普通百姓中不如汪曾祺大。所以有人评论，看出汪曾祺的好较为容易，看出林斤澜的好更有鉴赏力。连汪曾祺都说看林斤澜的作品要沉下心来看。"林斤澜回温州住了一段，回到北京，写出了一系列关于矮凳桥的小说。他回温州，回北京，都是回。这些小说陆续发表后，有些篇我读过。读得漫不经心。我觉得不大看得明白，也没有读出好来。去年十月，我下决心，推开别的事，集中精力，读斤澜的小说，读了四天。读斤澜的小说，有点像这样：费事。读到第四天，我好像有点明白了，而且也读出好来了。"（汪曾祺《林斤澜的矮凳桥》）连汪曾祺都费事，何况普通百姓。在这个快餐时代，费时费力咀嚼林斤澜的作品的人自然不多。但是林斤澜的作品好像青橄榄，入口时是涩的，回味却是清香甘贻。

程绍国所写的《林斤澜说》中曾讲述过一个故事：沈从文与林斤澜聊写作，提起刘绍棠写景爱用"鸟语花香""桃红柳绿""大地回春""风和日丽"等成语，沈从文直摇头，问："刘绍棠呢？他看见的春天呢？他在哪里？"后来有教育家自费出版散文集，向林斤澜索序。林斤澜以为其文章无个性，亦以此典故回敬，借沈从文口问道：你呢？你在哪里？你的春天呢？你的感觉？你的个性？

孙犁先生对林斤澜的评价是："他的作品，如果放在大观园里，它不是怡红院，更不是梨香院，而是栊翠庵，有点冷冷清清的味道，但这里确实实储藏了不少真正的艺术品。"孙犁先生把林斤澜描绘成一个"老石匠"："在深山老峪，有时会遇到一处小小的采石场。一个老石匠在那里默默地工作着，火花在他身边放射。锤子和凿子的声音，传送在山谷里，是很少有人听到的。但是当铺砌艺术之塔的坚固、高大的台基时，人们就不能忘记他的工作了。"

孔庆东在《北京文学的贵族气》一文中口无遮拦地说：江浙一带的作家大多不能体会北京话的妙处，郁达夫如此，不懂装懂的徐志摩也如此。其他如鲁迅、周作人、茅盾、朱自清则老老实实，干脆不写。所以京味文学的作者主要是土生土长的北京人或者长期住在北京的人。否则，对北京生活没有深厚的体会，是难以"知味"的。有些京味文学与京派文学是一体的。例如汪曾祺就既是京派也是京味，林斤澜似乎二者都沾边。京味文学的贵族气还表现为，追求语言风格的个人化和艺术化。虽然都使用地道的北京口语，但各自仍具有不同的特色。林斤澜的通脱，邓友梅的练达，苏叔阳的俏皮，陈建功的潇洒，细品之下，都饶有趣味。

可见林斤澜的京味是为许多大家所津津乐道的。汪曾祺认为这与"林斤澜在北京住了三十多年，对北京，特别是北京郊区相当熟悉"分不开的。林斤澜的语言原来并不是这样的。他的语言原来以北京话为基础（写的是京郊），流畅，轻快，跳跃，有点法国式的俏皮。我觉得他不但受到老舍的影响，还受了李健吾的影响。后来他改了，变得涩起来，大概是觉得北京话用得太多，有点"贫"。（汪曾祺《林斤澜的矮凳桥》）

在散文《怀念北国的春风》中，林斤澜用京味描写北方的风，北国的山民。林斤澜的《满城飞花》写大学毕业生李百啭为找工作，到研究所主任那里自荐，描述了见多识广的北京人素来具有凭借一张嘴打天下的神奇本领。在《十年十癔》中的一篇小说"哆嗦"，只是写了一个动作：哆嗦。如果说林斤澜在《十年十癔》较多地用了白描的手法，那么在《续十癔》中，那京味十足，很难想象这个作者是一个能说一口谁也听不懂的温州话的南方人。

林斤澜笔锋一转，《矮凳桥风情》系列小说，以故乡温州的家乡人和事为题材，融现实生活的变动和民间传说的叙说为一体，描绘了一幅幅梦幻般变化着的温州风俗画面：千里地外都知道有个两三年里就发起来的矮凳桥全国纽扣集散市场，镇上有一条六百家商店三十家饭馆的街道和又绿又蓝非绿非蓝的如幔之溪，从憨憨跑供销扯到空心大好佬讲的黑胡须白胡须憨憨造楼的传说，鱼圆店女店主溪鳗与传说中的美丽水妖互相游……林斤澜这些温州风味小说的特征，首先是传说性。这些"并不是作者家乡改革开放的诸人事的实写，而是一种'当代传说'，它在发生的一刹那已和其他传说一样，成为物换星移、沧海桑田的历史上的又一则故事"。其次是迷幻性，似散非散的旧梦和将信将疑的新梦纠合在一起，亦真亦幻的场面和时远时近的传说搅和在一起，给作品造成了奇异的迷幻境界。然而它却使人不仅能感觉到混沌体的生活和"模糊美"的存在，还能感觉到其中闪烁着的现实与历史双重复合的文化审视和思考，可以触及中国人文化心理结构深层的某些东西。最后是寓言性："矮凳桥世界是一个寓言的世界，它讲述着一个关于历史的过去与明天、关于认识过去与明天、关于拯救过去和走向明天的寓言。"

汪曾祺在《林斤澜的矮凳桥》一文中写道：斤澜则是基本上用了温州方言。这是很自然的，因为写的是温州的事。斤澜有一个很大的优势，他一直能说很地道的温州话。一个人的"母舌"总会或多或少地存在他的作品里。在方言的基础上调理自己的文学语言，是 20 世纪 80 年代相当多的作家清楚地意识到的。语言是一种文化现象。语言的背景是文化。一个作家对传统文化和某一特定地区的文化了解得愈深切，他的语言便愈有特点。所谓语言有味、无味，其实是说这种语言有没有文化（这跟读书多少没有直接的关系。有人读书甚多，条理清楚，仍然一辈子语言无味）。每一种方言都有特殊的表现力，特殊的美。这种美不是另一种方言所能代替的，更不是"普通话"所能代替的。"普通话"是语言的最大公约数，是没有性格的。斤澜不但能说温州话，且能深知温州话的美。他把温州话融入文学语言，我以为是成功的。但也带来一定的麻烦，即一般读者读起来费事。

林斤澜先生驾鹤西去，在天堂，您用温州话还是用北京话与上帝聊天？上帝驾驭语言的能力恐怕逊于您吧？

七试不第张阁老

　　高考成绩出来，几家欢乐几家愁。这让我想起温州大名鼎鼎的张璁张阁老。有谁会想到张璁曾经七试不第、在应试路上如此不堪，而后却大器晚成呢？

　　立冬过后，秋天的金桂早已随着秋风而去。然而，每天我穿过忠义街到体育馆游泳，或者在瑞安外滩散步，总还能闻到淡淡的似有若无的桂香。到了温州三垟湿地的丹桂栖霞，也是桂香幽幽。此时还有桂花？我寻寻觅觅，茂密绿树叶丛中，仍然点缀着星星点点的银桂。要不是因为散发出的幽香，不注意看，很难发现。这让我想起了温州历史上的一个人——曾经三度位居首辅的张璁。

　　提起张璁，温州人喜欢叫他张阁老，至今流传着许多张阁老的传说故事。我对张璁的了解，也是源于儿时老一辈人口口相传的故事里的张阁老。温州龙湾的贞义书院和罗峰书院，曾是"山中相"张璁研学和创办书院的地方。赫赫有名的张璁还有一个大器晚成的励志故事："七试不第"而后一举成名天下知！

　　弘治十一年（1498），张璁二十四岁中举人，弘治十二年（1499）张璁第一次进京参加礼部会试名落孙山。温州位于东海偏僻之处，进京赶考要经过万水千山艰难险阻。从温州走水路出发，沿瓯江逆流而上至处州（今丽水），再由陆路翻越括苍山至兰溪后，再改水道顺流而上到省会杭州，此后沿古运河到天津再陆行抵达北京。路程长达 50 多天，风餐露宿，疲惫不堪。在 480 年后的 1979 年，我离开温州读大学时，先从瑞安坐汽车到温州，坐二十四个小时的海船到上海，然后在上海坐火车北上。由于海船受潮汐影响，时间不定。为了节省时间，曾经试过坐汽车到金华坐火车，但是浙江界内只有一趟 45 次火车从福州发往北京，车到金华，不要说座位，站的地方都没有。后来上学又改变路程，坐长途汽车到杭州，从杭州坐火车北上。瑞安到杭州汽车要一天时间，山路崎岖，而且不安全。总之，上学路上试过多种途径，耗时又费劲，一票难求。所以大学和研究生七年，我没有一次回家过年。这还是在现代化时代，换作张璁年代，我更是无法想象。

路迢迢，千辛万苦，这种际遇一次就足够了，张璁居然七试不第。七试不第，屡战屡败，屡败屡战，这得有多强大的心理承受能力。纵然如此，张璁并没有因此失去斗志。落第之后，明正德十三年（1518），张璁在离其家十五里的瑶溪购置土地，开垦菜园五亩，建造瓦房三间，取名罗峰书院，开始居山修业、游历山水、授徒讲学和著书立言的耕读生活。此时他已经四十四岁。因为书院建在大罗山脚下，张璁在建书院之际，写了告大罗山文："罗山之英，瑶溪之灵，璁顽钝无成，苦无肄业之地，托址溪山，建兹书院。以翌日落成，将率学徒讲学其间。窃念白鹿、武夷之胜，斯道攸赖，固地灵而人杰也。今兹地灵矣，其人杰则固有所待者。苟或自异其学，自畔于道，宁不有负于兹山之灵也哉！神其启翼，俾璁不迷。"此文不仅阐述了开办书院的宗旨，而且文人的可爱之处，跃然纸上。大罗山脚下办书院，人融山水，心旷神怡，清风明月伴读书，山风花语解玄机。不知道是罗峰养育了张璁，还是张璁造就了罗峰圣地，或者二者皆有之吧。

　　此时张璁并未知自己堪称大器晚成之楷模。他身居山野，耕读之余，不忘天下。张璁在《板障潭》吟道："绝壁抱深清，波流长弥弥。足以纳千涧，一决乾坤洗"，其志向可见一斑。罗峰书院建成后，张璁在《罗峰书院成》诗云："卧龙潭下书院成，白鹿洞主惭齐名。松菊已变荒芜径，溪壑更添吾伊声。苍生有望山中相，白首愿观天下平。青衿登进乐相与，日听沧浪歌水情。"何等气魄！传说"苍生有望山中相，白首愿观天下平"原文是山中象，后来因为张璁位居高位才改成山中相。

　　明正德十五年（1520）二月，张璁应礼部试。次年张璁中二甲进士，观政礼部，从此入仕途。这年他已经四十七岁，可谓大器晚成。前面的挫折仿佛在为其以后的加速度蓄力，张璁从中第到入阁，才短短六年，两年后便担任首辅，是明代自内阁创建以来从入仕到入阁时间最短的人。史称张璁"新进议礼，立谈拜相"。而后他又三起三落，三度任首辅。张璁五十五岁那年，嘉靖八年（1529）八月被罢职回家。行至天津得召还朝进内阁首辅，革新朝政。五十七岁时，又因严惩贿官自京师罢职回家乡，居瑶溪山中贞义书院旁舍。两年后，五十九岁的张璁又官复原职抵京师仍居首辅。六十一岁时屡次上奏以病告老还乡，回到家乡仍居瑶溪贞义书院。第二年又被召复任，行至丽水，病加重，折回瑶溪。七试不第，而后又三次大起大落，在古代交通如此不便的回乡路上车马劳顿，来回奔波，不知张璁作何感想。

　　张璁研学和授徒及养老的贞义书院，是温州历史上唯一奉旨敕建的民间书院。嘉靖七年（1528），明世宗敕建"敬一亭""抱忠堂"并赐名"贞义书院"，成为温州文化教育的一个重要组成部分和历史渊源。为了展示贞义书院历程、张璁历史功绩，重现书院昔日风采，2022年12月21日，贞义书院正式授牌开院。同时，新建的张璁纪念馆也同时开馆。

在温州民间，流传着许多张璁的传说故事。这些传说故事在中国民间文学中占据重要组成部分。我少年时，特殊的年代书籍较少，关于张阁老的故事很多都是源于老人口口相传。我在不认识张璁的"璁"字时，就会讲很多有关中国民间故事，包括张阁老的故事。温州百姓口口相传的"张阁老传说"，具有深刻的人性、人情、乡情，这种张璁文化现象，对研究温州人文历史、民风民俗、独特方言等都有重要的参考价值。

张璁的民间传说中，很多都是他体恤百姓平易近人的有趣轶事，可见他在百姓心中好似亲人般存在的清官。我却更关注他屡战屡败过程中的轶事。瑞安马屿山上有一个地方叫圣井，有经年不干涸井和石殿，问签求卦很灵，从古至今，香火络绎不绝。张璁多次不第后心情郁闷，慕盼神示，特赴圣井求兆。是夜卧于石床，三更时节做一噩梦惊醒，大汗淋漓。梦见一恶煞挖出其一眼，钉于门前树上。张璁翌日清晨匆匆下山。待他官至首辅，想起圣井之梦，心有余悸，尚有剜眼余恨，率兵来剿圣井石殿。兵至半山，遇一老者，鹤发童颜，问气势汹汹所来为何。张璁说明原委，老者仰天大笑道：亏你还是大学士，一"木"一"目"，如何不"相"！张璁顿悟，起身拜谢，老者倏然不见。张璁恍然大悟，奋斗路上似有神助。后张璁出资造一座圣井石牌坊，并在当年兵马停留处造石马栏，还把御赐之宝"乌梨木桥架"送给石殿。从此，圣井山求兆灵验名声更是闻名遐迩。我在上大学前当工人时几个同学也去过圣井，我没有问签求卦，同学那支签抽出来时，我们都说不灵，事后却得到验证，也是奇妙。我们下山时遇到山洪暴发被困在村民家，在村民家坐了一夜。当时坐月子的女主人冒雨到邻居家借米和鸡蛋给我们做晚饭。我们留钱给她不收，在化肥厂工作的同学留下了化肥计划票给她。瑞安马屿文人辈出，曹村还有一个进士村，两百多年出八十多名进士。今年更是传说圣井出两个宰相，更增添了圣井的神秘感。只是香火过盛，香烟袅袅，污染了空气。

张璁还有一件有关温州海坛山的轶事，张璁曾记录"海坛沙涨，温州出相"的民谣，未知张璁出相入阁那年，温州海坛沙是否有涨。今年我站在张璁纪念馆看到海坛山照片，旁边一个陌生人也作沉思状，我俩相视而笑，仿佛心有灵犀：不知道今年海坛有没有涨沙。

从古代的永嘉到今天的温州，历朝历代都是把学习奉为圭臬。即使在商品经济大潮中，温州人也没有迷失读书的方向。从历史上看，温州就是一个宏观的书香门第，文化传统浸淫其中，源远流长，哪怕在山野田园，都有书院。温州永嘉学派的"事功"务实精神，反对空谈义理，倡导研究和解决问题。布衣精神是温州区域文化组成部分，未仕之士，坚守自己的操守，关注培养自身独立人格和自由精神，力求"以天下为己任""居庙堂之高则忧其民，处江湖之远则忧其君"，张璁的布衣情怀、入仕品格和务实为国都展现了永嘉学派经世致用的精神。

张璁个人经历对现在很多跋涉在应试路上的莘莘学子，对创业路上屡遭磨难的人，还有职场上困难重重的人，何尝不是一种启迪。温州精神向来是拼搏，就像那倔强的迟桂花，立冬之后，仍然散发着自身的魅力。

双星闪耀照青史

　　温州历来出才子，在大器晚成的张璁崛起之前，元末明初温州还有两位才子，虽然走的是不同的道路，却都是名垂青史。一个是协助朱元璋打天下被誉为"帝师""开国元勋"的刘基，另外一个是写《琵琶记》被誉为"南戏鼻祖"的高明。这两个同时代的温州才子，先后中第考上进士，因性格所致，同途殊归，所谓性格决定命运。他们的分歧并没有阻拦他们的友谊，他们不仅在诗词上有酬和之作，而且在朱元璋处也有交集。2023 年春节，这两位才子又穿过时空在故乡交集。除夕夜，南戏故里高明家乡瑞安越剧团《琵琶记》片段登上了央视戏曲频道，春节期间刘基故里成为旅游的一大热点。

　　高明（1305—1359），元末明初戏曲作家。字则诚，一字晦叔，号菜根道人，温州瑞安阁巷柏树村人。瑞安古属永嘉郡，故他常自署"永嘉高明"。唐武德五年置东嘉州，所以人又称其为"东嘉先生"（卒年不确定，在世约七十岁）。

　　刘基（1311—1375），字伯温，浙江青田（现温州文成）人。元末明初政治家、文学家、军事家和思想家，明朝的开国元勋。

　　高明与刘基是同一时代人，又是邻县同乡，均出身于书香门第、官宦人家，家庭教育背景也颇为相似。两人从小都聪慧好学，

工诗文，均在元朝后期考取进士。刘基比高明小六岁，却于 1334
年中进士，时年 23 岁。高明中进士是在 1345 年，时年 40 岁，比
刘基晚 11 年。此后，两人均在浙江处州（今丽水）、杭州、绍兴
等地为官。因政见相同，1348 年两人同在处州为官时认识而成为
至交。虽然家庭出身、受教育程度和中第而后进入宦海都并无太
大差别，但是两个人以后的发展与其个人的秉性有很大的关系，
可谓"我命由我不由天"。

艺术特质高明

瑞安最好吃的白菊瓜（白洋瓜）产自高明故乡阁巷。至今推车
卖瓜者，叫卖时依然高声喊：阁巷的白菊瓜（白洋瓜）。此外，阁巷
文人频出。瑞安乡村素有书香渊源，马屿的进士村在两百多年就出
了 82 名进士。阁巷一个陈姓家族祖孙四世十五人，均善为文赋诗，
通晓音律。陈姓与高家世有联姻，高明年少失父，陈家见其聪慧，
允其进陈氏家塾读书。高明对旁门左道学说饶有兴趣，可谓杂学旁
收，有"自少以博学称"。高明年稍长便与宋濂（《送东阳马生序》
作者）、王祎、戴良和陈基等好友出门游学，后回乡设帐授徒，过着
师友同乐、觞咏唱和的生活。1340 年恢复科举考试，其祖父督促和
亲友催勉，高明也自视甚高，欲从仕途上一展抱负。高明参加 1344
年乡试，次年登进士第，初任处州录事。此时他已四十岁，已届不
惑之年。

初上任的高明，踌躇满志，意图实现其年轻时的抱负："几回欲
挽银河水，好与苍生洗汗颜。"高明历任处州录事、江浙行省丞相
掾、福建行省都事等职，为官清明练达，曾审理四明冤狱，郡中称
为神明。他关心民间疾苦，不畏权势，处州期满离任时，百姓曾为

他立碑。然而，既有欣赏高明才干的，也有厌恶其为人处世方式的，褒贬不一。1348 年，台州方国珍聚众起事，受招抚后为元朝官史，两年又复叛。浙江上司欣赏高明的才干，见其为温州人，应熟悉浙东地理和民情，欲委以重任。然而高明本性倔强，一语不合，动辄就"上政事堂慷慨求去"，三番五次，相看两生厌。高明对仕宦生活心生厌倦，萌生退意，"争如蓑笠秋江上，自脍鲈鱼买浊醪"，最终挂冠而去。之后"旅寓鄞之栎社沈氏，以词曲自娱"。他寓居在宁波鄞县栎社沈氏楼，以三年时间，废寝忘食撰写戏文《琵琶记》。另外一说是在处州（今丽水）写的。其实在何处写的并不重要，重要的是他以《琵琶记》一鸣惊人。以其刚直不阿的性格，即使不辞官，仕途未必顺达。《琵琶记》的成就远远超过高明在仕途所能达到的高度，成为中国文学史和戏剧史上的一段佳话。

朱元璋 1368 年建立明王朝后，高明的同门好友如宋濂、陈基和王祎等人，纷纷前去效力。好友刘基被誉为"开国元勋""帝师"。朱元璋也曾征召过高明，他以抱病推脱。人贵有自知之明，高明找到了适合自己的道路和生活方式。

政治谋略家刘基

刘基祖上为名门望族，少年时除精通主课外，还喜欢涉猎天文地理、兵法战略。刘基 23 岁中举，虽少年得志，其仕途也不顺遂，在宦海中六起六落。即使三番五次隐居山林或市井，刘基都是以退为进，韬光养晦有待复出，这也是其军事家、政治家的谋略。

温州的永嘉学派对后世的影响颇为深远，其注重事功务实救国思想，对温州学者影响颇深，对温州的学术风气和社会风气具有长远和深层的影响。自宋以后，大批温籍学者都通世务为世用，耻于蹈袭旧说。作为温州人的刘基和高明都秉持永嘉学派"事功"务实救国的观点，区别在于高明以避世而埋头戏曲创作，刘基却秉承浓厚的入世动机。刘基在《送高则诚南征》五首五言古风中就有："握笔事空言""不如属橐鞬"。刘基在《次韵高则诚雨中》中有："从来杞国最多忧"。刘基向朱元璋陈述《时务十八策》，分析天下形势，见解务实精辟独到，得以重用。

刘基中举三年后方任瑞州高安县丞，为政期间廉洁奉公，爱民护民，官声很好，颇受赞誉。年轻气盛的刘基初涉官场便碰壁，1340年首次弃官隐居。与高明不同的是，刘基仍向往建功立业和高官厚爵。刘基隐居与游学相结合，时长近八年，其间包含两段桐庐隐居与三年左右的江东游学，还去过杭州丹徒等地。在桐庐期间刘基还设馆教学，与当地士人交往颇多，留下不少有关桐庐的诗文。

刘基再入官场，仕途仍旧坎坷。他1351年称病，次年复出，出任浙东元帅府都事，赶赴台州抵御方国珍，短暂任职，1354年便移居绍兴。在绍兴期间，刘基交游广泛，徜徉于秀丽的自然风光，写下许多优美的游记。其间刘基从未放弃出仕的念头，伺机复出。1356年，刘基复出为行省都事，后为枢密院经历，处州守将元帅府都事。

刘基第三次弃官归乡隐居与方国珍有关。与高明一样，刘基也并不看好方国珍。作为军事家的刘基明察方国珍是伪降，其后必反。但是其他官员贪图方国珍贿赂，所以意见与刘基相左。刘基处处被掣肘，无奈愤而辞官，回温州青田（文成）老家，隐居期间写出代表其哲学思想的《郁离子》。这期间刘基思想观点有了很大的变化，他密切关注时局变化，认为元朝大厦将倾。

无巧不成书，在刘基预感方国珍必反愤而辞官之际，正值高明受召赴福建行省都事。此时方国珍行贿当权者，受诏任江浙行省参知政事。高明路过宁波时，方国珍欲留高明在自己幕下。高明得知好友刘基因方国珍而辞官，岂能行割席之举，断然拒绝。

这对性格耿直好基友在任上，都不肯对上级阿谀奉承，爱民、安民的策略而屡屡受阻，甚至被排挤。从考上进士当官，到屡遭排挤辞官归里写作等，两人都有较为相同的经历，也都看穿了时叛时降方国珍的真面目。不同的是高明绝尘而去，刘基韬光养晦等待时机。

刘基在老家隐居约一年后，对元朝彻底失望。一直怀有建功立业心态的刘基，1360 年受朱元璋征召，在孙炎再三邀请下，与好友宋濂、章溢、叶琛同赴金陵，为朱元璋建言献策，献时务十八策，深受朱元璋重视，辅佐其建立了明朝的大业，即佐命帝业，功成名就，从而被尊为"开国元勋""一代帝师"。

但凡正直的人在官僚体系中很难如鱼得水，即使有如此丰功伟绩，刘基在明朝也并非一帆风顺，伴君如伴虎，难免有猜忌。刘基严格执法，宜肃纪纲，便有谗言。刘基向朱元璋表明求退之意，得到朱元璋允许返回乡里。后因定西失利，朱元璋又将刘基召回，并对刘基赏赐甚多，追赠刘基祖、父皆永嘉郡公，想要再晋刘基爵位时，则被刘基婉言谢绝。三番五次，加上年事渐长，参透世事，刘基对权势和高官厚爵再无留恋，欲急流勇退，保全家族以避祸端。刘基真正归隐是在 1371 年，已年过花甲。如果说前几次隐居是韬光养晦"仕隐并重"的话，这次归隐在青田老家才是真正的隐退。青田地处偏僻，山路险峻，交通极为不便。刘基一改过去那种广泛交友之举，低调内敛，隐居山间，闭门谢客。即便如此，仍旧无法脱离京城官场的纷争，还被朱元璋除去俸禄，无奈入京谢罪。在京期间忧愤交加，旧疾复发。1375 年，朱元璋遣使护送其回乡，一个月后，刘基病逝于故里。时年六十五岁。1514 年明武宗追封他为太师，谥号"文成",这也是 1946 年成立的文成县的名字一直沿用至今。

我几次造访刘基故里和隐居之处文成南田和武阳,印象最深的不是刘基作为明朝开国元勋的事迹,而是刘基墓的设计。传说重病中的刘基知道自己时日无多,撕毁了家人为其设计的豪华墓地图纸。他说:古人造字有讲究,墓,上有草下有土,若上面光是豪华石头,还叫什么墓。此外,风水讲究,墓高子孙做官多,人丁不兴旺,墓低后代做官少,但是庇佑后代人丁兴旺。刘基选择了低墓的方案,其后代官宦确实不多却人丁兴旺。当然这只是传说,考无实据,也是表达了刘基家乡人民对其的崇敬和美好的愿望。

刘基给老家温州文成留下的文化遗产是旅游资源。如今温州文成以南田刘基故里、武阳是七星武阳和刘基隐居之地作为旅游金名片。七星武阳是刘基的故里,四季气候宜人,夏天是避暑胜地。村子背靠五指仙峰,形似五指微曲,掌心就是武阳村。田垟中镶嵌着七个小土墩,如天上七星有序排列,故名"七星落垟"。村尾水口山形如金龟上山,左边弓箭山,右边宝剑山,形成了"左弓右箭,七星落垟,金龟把水口"的人间佳境。武阳以名人故里和绿水青山的资源优势,将名人文化、非物质文化遗产体验和乡村旅游业有机结合起来。文成武阳修复的廊桥上还有后人所书所画的郁离子。

琵琶记重放异彩

朱元璋在成功上位后,便有了闲情逸致,对高明所留下的《琵琶记》赞不绝口,谓之:"五经四书,布帛菽粟也,家家皆有。高明《琵琶记》如山珍海味,富贵家不可无。"这与帝师刘基对高明的推荐是分不开的。

高明写《琵琶记》并非空穴来风,而是以民间文学为基础。在温州民间，一直有唱鼓词和莲花落等习俗。过去民间艺人文化程度低，很多盲人唱鼓词，莲花落还带有乞讨性质。戏本都是口口相传，粗鄙、庸俗、口语化。陆游曾写道："斜阳古柳赵家庄，负鼓盲翁正作场。死后是非谁管得，满村听说蔡中郎。"指的就是盲人走街串巷的说书，一种说唱艺术。《琵琶记》是在民间流传的《赵贞女蔡二郎》的基础上进行再创作而成。高明是文人，把民间戏文进行再创作，对故事框架结构重新进行巧妙的设计，文字上一改过去俚俗的粗鄙。《琵琶记》语言既清丽文雅，又不失口语本色，戏剧语言朗朗上口，贴近人情世故，达到雅俗共赏。高明曾说："论传奇，乐人易，动人难。"三年的写作，口吟手舞足蹈，徘徊诵咏，按节拍点地则楼板皆穿。高明改编《琵琶记》故事情节，意图起教化作用，提高南戏地位达到"载道"的作用。经世致用是温州文人的重要特点之一，处处可见永嘉学派对高明潜移默化的影响。

因官场失意，高明借古喻今，借他人酒杯，浇自己块垒，他对蔡伯喈形象作了比较大的变动，把自己仕途中的痛苦与感受，写进了蔡伯喈的矛盾，把民间万人唾骂的负心郎改成了被"三不准"约束的无奈之举。

高明的《琵琶记》意义在于一改过去南戏粗俗俚语形象，使之登上大雅之堂，开雅俗共赏之先河，而后文人雅士纷纷效尤，后人誉之为"南戏鼻祖"。至于高明在《琵琶记》中宣扬孝道等具体内容，随着时代的发展，自然有其局限性。高明在结构中的冲突安排，为以后的戏剧冲突性起了良好的示范作用。此外通过强烈的贫富对比技巧，一边是入赘牛府富贵齐天，一边是糟糠之妻吃糠充饥对比，喊出了"糠米本是相依偎，被簸扬作两处飞"的悲怆，增强了戏剧性。

1984 年 12 月，上海昆剧团将新编《琵琶记》搬上舞台，提出让

《琵琶记》回故里，希望将这部新编《琵琶记》首演安排在高明故乡。瑞安县文联大喜过望，全力以赴加以协助。大上海的剧团屈尊来小县城演出可谓是一场文化盛宴。瑞安观众对昆曲相对陌生，但跌宕起伏的剧情和精彩演出深深打动了观众，赢得满堂彩。第二天晚上，上海昆剧团又在温州加演了一场。演出后，上海昆剧团邀请瑞安文化界和戏剧界人士召开座谈会，听取观感并征求修改意见。该剧编导采纳瑞安方面对于观众不一定适应悲剧结尾的意见，而后将结尾做了一些调整。

上海昆剧团《琵琶记》回高明故里的演出，深深触动了瑞安，促使瑞安文化界认识到高明以及《琵琶记》的文化资源与文化价值，在官方指导下成立了高则诚研究会，并在高明的故乡阁巷柏树村建立了高则诚纪念馆。

地方戏曲，薪火相传，需要获取年轻人心，很多传统文化须用年轻人喜欢的方式来传承。2009 年，瑞安越剧团新排了越剧《高则诚》，并进京在长安大剧院演出，取得了成功。2022 年，改革后的瑞安越剧团在政府的大力支持和资金投入的基础上，起用年轻演员，新排了越剧《琵琶记》，2023 年 7 月晋京在国家大剧院演出。

温州史上双才子，殊途同归垂青史。文成以刘基故里为契机，打造旅游胜地，瑞安以在南戏鼻祖故里重排《琵琶记》，作为瑞安对外宣传的金名片。

后 记

　　岁月缱绻，葳蕤生香，花开瑞城，水流云间。

　　游子归乡，从而处处触及故乡情。我笔写我心，小文散见于学习强国浙江学习平台、《温州文学》杂志、《玉海》杂志、《丽水文学》《百岛》杂志、《东海岸》《温州日报》和《瑞安日报》等报刊。雕虫小技，不意居然有了一集之多。我不企望做一个大散文家，只希望自己是一个温暖的人，文为心声，文字能够在读者中引起共鸣。感谢瑞安籍军人、画家、大校、教授徐贤佩和瑞安画家李浙平为书插图，他们的画，把深埋在我心底的儿时的瑞安再现了出来。

　　抚流光，逝者如斯夫，不必沉溺于过去，从乡愁标签到重新发现，以此书为句号，重新向前看。要有新故事，才不会对从前念念不忘。

　　新故事就是我的下一本书：我听到了冰裂的声音（南极行）。